西部小说系列

雪漠

挥挥手，
告别那邂逅，
因为有遥远的路要走。
有心背负了它，
可又太沉，
怕只怕，
轻装的我，
再也没有了嘹亮的声音……

——作者题记

雪漠 著

中国大百科全书出版社

图书在版编目（CIP）数据

无死的金刚心 / 雪漠著. —北京：中国大百科全书出版社，2017.5

ISBN 978-7-5202-0046-2

Ⅰ. ①无… Ⅱ. ①雪… Ⅲ. ①传记小说-中国-当代
Ⅳ. ①I247. 5

中国版本图书馆CIP数据核字（2017）第084867号

出 版 人　刘国辉
责任编辑　李默耘
责任印制　魏　婷
装帧设计　U-BOOK
出版发行　中国大百科全书出版社
地　　址　北京阜成门北大街 17 号
邮　　编　100037
网　　址　http://www.ecph.com.cn
电　　话　010-88390603
印　　刷　阳谷毕升印务有限公司
开　　本　880 毫米 ×1230 毫米　1/32
字　　数　494 千字
印　　张　17.375
版　　次　2017 年 5 月第 1 版
印　　次　2021 年 5 月第 3 次印刷
定　　价　75.00 元

目　录

目　录

引言　神秘的伏藏

1.《琼波秘传》

《琼波秘传》一直以某种神秘的方式存在着，被人们称为“伏藏”。

伏藏包括书藏、圣物藏和法藏。书藏指经书，圣物藏指法器、高僧大德的遗物等。笔者发掘的金刚亥母舍利，便是典型的圣物藏。那些伏藏，以不同的形式，保存在地、水、火、风、空五种物质形态里。

伏藏中最为神奇的，便是识藏了。识藏也是法藏的一种。当某种经咒、教法或别的文化在因缘不顺无法广传时，就由佛菩萨或神灵授藏于某人的意识深处，以免失传。待到机缘成熟时，在某种神秘力量的激发下，再从识藏持有者心中流淌出来。

《琼波秘传》就属于识藏，它将琼波浪觉那段灵魂求索，藏于某个神秘所在。在多年前的某个时刻，我跟它相遇了。

那瞬间，我忽然想到了琼波浪觉。我很想知道他的证悟之路。对于那些寻求自由的人来说，更有意义的，其实不是结果，而是战胜自己、抵达自由彼岸的过程。我很想知道，作为凡夫的琼波浪觉，究竟经过了怎样的生命历练，才成长为一代圣者？

于是，我依托一种超自然的证境，穿越时空分别，抵达我想抵达的所在。那时，经过多年的光明大手印修炼，我已参破障碍，分别心开始消融于光明之境。在那种无边的澄明中，我开始祈请观察。很快，我看到了一个明点，它很像暗夜中游曳的萤火虫。开始，它游来荡去，若有若无。后来，它终于静了，像暗夜里的星星那样定在了一点。我便在明空之中观察它。不久，明点化成了一支烛光，初时，烛光摇曳如豆，渐渐朗然开来，竟光明四射了。于是，我看到了一个蜡台，再看到举蜡台的手。沿着那手臂，我看到了举蜡台者的全身。一个目光深邃的老人正看着我，他很是清瘦。他告诉我，他就是琼波浪觉。我觉得奇怪。因为唐卡中的琼波浪觉是个胖喇嘛。但他告诉我，真正的琼波浪觉是个清瘦老人。我看到的形象，是他一百四十八岁时的模样。

就这样，在那种光明境中，我们达成了交流。我问询他的过去，聆听他的故事，叩问关于他的一切。多年之后，当我向十世班禅的一位弟子提及此事时，他神秘地笑了。他说，别将它当成梦境。

有一天，那个老人在我眼前摊开了一本书，那便是《琼波秘传》。那书页，似乎已经泛黄了。他翻开了第一页。我认真地读它。我每夜可以读几十页。一天天过去了，我读完了那本书。一位证悟者告诉我，那本书，是用空行文字书写的。这一点，它很像密勒日巴道歌。据说，我们熟知的那些密勒日巴道歌，就是由一位成就者从空行文字中转译的。

后来，我熟悉了书中讲的所有内容。再后来，我洞悉了书中文字背后的所有密义。

再后来，二元对立的霜花儿，真正地消融于智慧光明之中，我跟老人间的所有障碍便没了。从此，我不用借助那些文字，就能跟那位智慧老人进行交流。

按瑜伽行的说法，我跟那老人相应了。

这“相应”，是个很有意思的词，它有点像人们在QQ空间里传递数据。他点“发送”，我点“接收”，信息的传递就从此开始。

我跟那老人之间传递的，除了本书的内容，还有一种叫“证量光明”的东西。

于是，在某一天里，我智慧的瓶子满了，本书就以一种喷涌的方式诞生了。

这便是本书的由来。

北京大学的陈晓明教授将这类写作称为“宿命通”。

他说：“雪漠的写作显然不同……如梦呓一般的叙述，完全打乱现实逻辑，随意穿越现实时空的区隔。所谓‘宿命通’，就是洞悉了全部命运的结局，就是一切均在命运的算计中。能看透命运的，也只有幽灵了。叙述人本身就是附着在命运算计程序中的魂灵，就是能算计命运的鬼怪的附体。他如此热爱这种命运，他就附在这种命运中，就是宿命通。”又说：“雪漠以他对宗教的虔诚，以他靠近生命极限处的体验，这才有神灵附体般的迷醉，才有酒神狄俄尼索斯式的迷狂……这样的写作也仿佛是一种咒语，一种终结样的咒语。只有咒语般的写作才能给出自己内在的生命经验——向死的经验……宿命通的意义在于：只有尽头的写作可以体现当代写作的本质。”（陈晓明《文本如何自由：从文化到宗教——从雪漠的〈西夏咒〉谈起》）

看了上面的文字，我叹道：陈教授好眼力！

在这个批评家被异化的时代，陈晓明教授真的很难得。饱受着时下诸多话语熏染的陈先生，还没被时代阉割了他的灵性智慧。

是的。我确实经历着一种超自然的写作，享受着“那种须臾不曾离我的清净法乐”，契入了“那种明空如天、清蓝如海、无波纹、无云翳、如梦如幻、心无挂碍之境界”“我写作时也心无只字，明空如天，空灵至极，却能从自性中流出诸种文字”。（《光明大手印·实修心髓》）

但我并不执著它。因为，按一种被称为“胜义谛”的标准，这世上的一切都是幻化，就是说，一切事物和现象的本质，其实都是幻化，它是一种类似于记忆的东西。

人类的许多活动，除了记忆之外，我们找不到任何不变的实质。

而那记忆的消失，跟风尘中逃走的黄狗一样，我们是很难追上它的。

不过，那诸多的历史记忆，却因为本书的出现，才定格成了相对的永恒。

这，便是雪漠活着的意义。

2. 光明的传递

经过多年的数据传递，老人才将他所有的智慧证量光明传给了我。这种情节，老是在武侠小说中出现。许多大侠，在危急时刻，总能将其浑厚的内力传给弟子。这当然是小说笔法。但在瑜伽中，却真的有这种传递之说。这一点，很像两台联机的电脑之间传递某种程序。

这便是相应的力量。

没有相应，便没有瑜伽。瑜伽的真正含义便是相应。跟上师相应，是所有密法的关键。

这里，我举一个你能接受的例子：你可以将那个智慧老头比喻成装有很多智慧程序的电脑，我像另一台联机的电脑，我对他的信心和因缘是数据线。只要这三者俱足了，就能保证我们之间智慧“程序”的传递。虽然外行们永远也不会编那些高端程序，但他们却能在经过训练之后使用它。同样，笔者虽然智慧浅陋，但因为有了那种相应后的传递，我便从此有了那些“程序”提供的智慧机能。

在大手印瑜伽体系中，它被称之为“光明大手印”。正是因为得到了那些由历代上师编写的智慧“程序”，我的人生才实现了一次次升华。笔者的那些书籍，也正是因为传递了一种果位证量光明，才命名为“光明大手印”系列。

到了后来，我已经很难分清我跟那位老人的区别。我也很难分清我跟他修炼的本尊五大金刚的区别。在瑜伽中，常用一个词来形容它：无二无别。

在青海塔尔寺，我曾请具德上师印证我融入明空证境写作时的状态。他说，这时，你和本尊五大金刚是无二无别的。

德国哲学家马丁·布伯在《我和你》中，写了这种相应：

“它”之世界龟缩于时空网络。

“你”之世界超越于时空网络。

当关系走完它的旅程，个别之“你”必将转成“它”。

这，便是对“无二无别”的另一类阐释。

此外，你还可以看我的《光明大手印·实修心髓》《光明大手印·实修顿入》，书中对“无二无别”解释甚详。

因此，对本书，你可以有四种理解：

一、它是在我和“他”还没有达成“无二无别”时，由采访完成的一种记录；

二、它其实是我自己的一段神秘的灵魂历程；

三、你还可以将它当成小说家言，是另类的心灵小说；

四、你也可以将它当成一种象征。

第一章 命运的抉择

上师，我最关心的，是你的第一次背叛——请允许我用这个词，你的许多本教朋友也这样认为——之后的那段经历。在你的生命中，那是第一次最重要的选择。我之所以能在今天还知道你，正是因为你有了这一选择。听说，这事引起了轩然大波，那些恶鬼毒龙也对你进行了惩罚，请你讲讲这个过程好吗?

1. 划过天际的血刀

是的，那是我一生经历的第一次磨难和艰险。

本波是藏地本有的原始宗教，比佛教的历史更加悠久，势力也很大，有着自成一体的传承和文化。关于它，我会在后面陆续介绍。

我不喜欢“叛教”的说法，事实上，我的行为，仅仅是一种因缘的示现。至今，我仍然认为本波也是一个优秀的教派，跟佛教一样的博大精深。这一点上，我同意你的说法。你说，所有宗教，都是真理织锦的不同侧面。这是对的。佛陀也说过：“一切善法，皆是佛法。”它们有境界上的高下，也有观念上的差异，而不该有价值上的大小。不同的药，适合不同的病，我们不能说哪种药对，哪种药错，只有对症者，才是良药。

我正式离开本波的那年，才二十八岁。嘿，那是我一生里最好的年龄：

远离了毛孩子的幼稚，有了成年人的成熟，有着叫驴的激情，有着公牛的体魄，有着法师的智慧，有着叫众人羡慕的一切。那时节，我是太阳，到了任何地方，都有无数双敬仰的眼睛。呵呵，当然，也有许多女孩子们热辣辣的眼神。

你是不是喜欢我的这种语气？我不喜欢你将我当成啥大成就师。我只希望你当我为朋友……是的，朋友。

你虽然是我的心传弟子，但本质上我们还是一体的。跟你谈话，我更像是一种自言自语。

那么，我们就随意些吧。

你问本波的护法神如何惩罚我？这是个好问题。

我告诉你，我最先遇到的那一堆一堆漂亮女孩的眼睛，就是护法制造的第一个大违缘。那时节，我正是你《大漠祭》中所说的“火钻钻”的年龄。我的梦中同样是粉红色的。你可千万别将我当成天生的圣人，不是，我不是天生圣人。我也有贪婪，有仇恨，有烦恼，更有对爱情的向往。

那时，我的梦中，也老是出现那位最漂亮的女子。她叫拉姆，藏语的意思是“天女”，她年方十八，美丽至极。她唱的藏歌如同百灵鸟在叫，她含笑的脸像雪莲开放。她那双含情脉脉的眼睛，就是护法神派来的第一位惩罚我的使者。

正是因为有了她，我的生命里才有了许多煎熬。

你不知道，在好几个心旌摇动的时刻，我甚至想还俗呢。

但每到我想还俗的时候，我的眼前就会出现一个更美的女子。

她，就是奶格玛。

由于奶格玛的出现，那拉姆便不再有诱惑了。你也许在佛经中看过一个故事，一位僧人贪恋自己貌美的妻子。一天，佛陀带他去天上，一见那些天女，僧人马上发现妻子成了丑妇。那时节，我也是这样。

每次，奶格玛一出现，那漂亮女孩的诱惑便淡了许多。

要寻找奶格玛，成为我离开本波的一个重要理由。

2. 响彻天地的哭声

是的。我离开本波，确实伤了很多本波人的心。

在他们看来，这不仅仅是个莫大的损失，更是一件很没面子的事。这是可以理解的。没有一个教派，愿意自己的法主去皈依别的教派。后来，有人将我的这一行为当成了“弃暗就明”。当然，他可以这样认为。但要知道，我真正的目的，还是要寻找奶格玛。

那时节，我心中的那份急切，一点儿也不弱于初恋者牵挂他的情人。……告诉你一个秘密：许多时候，所谓的宗教情感，其实是世间情感的一种升华。不是吗？

那时节，倒真的出现了许多可怕的征兆。

那天，我听到了诸多的本波护法神都在嚎哭。开始，我还以为真的是哪个人哭呢。后来，我发现，那哭声渐渐大了，以至于响彻天地，很像鬼哭狼嚎，其声可怖，却又庄严无比。因为，在听到那所谓的哭嚎声的同时，我还听到了一种惊天动地的海螺声。在传统的某种说法里，那海螺声象征着名扬天下。

此后，我竟然真的名扬天下了。在佛教文化史上，我被当成了一个不可忽视的存在。当然，现在，除了史书和我的传承弟子外，许多人已经不知道我是谁了。无论多么大的名声，本质上也是过眼烟云。你不用遗憾。是的，上次你去南木县考察的时候，问及我，却没有几个人知道。他们的官方网站的历史文化名人里，也没有关于我的介绍。不要紧。不同的时代，不同的人群，都有不同的关注点。你说得对，即使满世界的人都知道你，但随着这一茬人的消失，你仍是下一茬人类的陌生。

没办法。任何事物，都会经历四个过程：诞生，发展，毁坏，消失。无论大名，无论高位，无论巨富，无不如此。

不过，在我住世的那时，整个雪域要是谁不知道我，就会被人笑为孤陋寡闻的。

那天早晨，我在听到满天哭声的同时，也听到了海螺声。那是悠长的响彻天地的声音，它利利地划破了长空，从天的这头一直刺到了天的那头，那声响，震得四面的树叶刷拉拉响。其情形很像后来的防空警报。你即使想处于蒙昧之中，那声音也能刺穿耳膜，令你警觉。你第一次讲光明大手印时，不是也听到过那种声音吗？那时，你和在场的人都听到了那种横贯天际的声音。那股声音汇成的大流以不可遏制之势席卷了天空。它滚滚滔滔，漫无际涯，啸卷于一碧万顷的苍穹之中。

在我眼中，那声音，是警世的智慧海螺。我于是相信，无论这个世界如何像人们说的那样污浊不堪，但清凉的正见总会像穿空的海螺声那样响彻历史的天空。

那个早晨，我虽然听到了海螺声，但我不知道自己后来会名扬天下，也不知道我会成为一代宗师。你说得对，前面的路是黑的。真的是这样。人生的一切，其实是未知数，它时时在变。当你的心变了，选择变了，你的人生轨迹也就变了。

那时，我并不知道我的前方会有什么样的艰险。我甚至随时准备着死去呢。佛说过，性命在呼吸之间。这口气出去，进不来时，我便死了。我当然不知道，后来，我竟活了一百五十岁。

那个早晨，当那种声音响起时，我以为是寺院僧人在吹海螺呢。只有扎西还听到了护法神的嚎哭。那些护法神都是世间护法，就是说他们还没有证悟空性。他们并不知道，无论佛教还是本波，都仅仅是通往真理的一座桥梁而已。他们更不知道，在许多教义上，本波已吸收了佛教的许多东西。因为多年之前，有人将改头换面的佛经埋入地下，它们后来成为本波的伏藏。所以，他们信奉的东西，好些其实已是佛教的东西。

将来某一天，你会看到本波的教法中，有不少其实是换了名词的佛法。那时，你会参加四川省组织的一次佛教论坛，你会组织一个香巴噶举文化论坛，你会看到一个本波论坛。那些学者，其实已将本波教法，当成了佛教文化。本波也有大圆满，也有成就者的虹化，也有诸多能利众的礼仪。

但在我二十八岁那年，我并不知道这些。当然，那些护法神也不明白这些。他们只在乎名相。所以，一听到我要离开本波，他们就发出了海螺般的哭声。然后，他们开始随顺因缘，接受了某些仪轨的指令，开始向我发难。

在那些分别心极重的本波护法神的导演和参与下，我的周围发生了许多不吉祥的事。比如，某个早晨，我发现供水竟变成了污血。它们发出腥臭至极的气味。那是沤了千年的涝池里才有的气味，你要是有兴趣，前往西部农村最偏僻的地方，运气好的话，你或许会见到一个麻坑。那是专门沤大麻的涝池，汪着一池黑水，腥臭无比。那供水发出的，正是那种味道。不过，虽然我觉出了异样，但我不怕。那时节，为了寻找奶格玛，我随时准备放弃生命呢。

我的眼里，弃暗投明是最大的吉祥。当然，后来我才发现，那明和暗，其实也是世人的分别心。

第二件怪事是寺门前的经幡忽然被狂风吹折。幡上写满了各种各样的文字，内容大多以祈福禳灾为主。结果，那些文字连挂它们的木杆也没能保护得了。

同时，我老是在不经意间看到那些以忿怒相出现的护法神灵。他们头大如山岳，眼似太阳，张口一吸，天就会液体般流进嘴里。

无数个夜里，那些护法神都会出现在我的梦里。他们露出獠牙，发出轰轰哈哈的声音。那声音，本是法师降魔时吼叫的。他们真的将我当成了魔。这是很有趣的事。你发现没？这世上，老有人把跟自己外相不一样的真理称为魔。在你的小说《西夏咒》中，那阿甲，有人认为是智者，有人却认为是魔。哪个对？都对。许多被世人称为魔的人，其实可能是最大的智者。

在梦中，我真的害怕那些护法神们会诛杀了我。他们向我喷着黑气。你知道，黑是诛法独有的颜色。于是，在梦中，我的胸口压着巨石，四周翻着泥浆，泥浆中有无数的毒虫。它们是蜘蛛、蝎子、蜈蚣和癞蛤蟆。它们同样向我喷出黑色的毒气。那毒气里有更多的小毒虫，毒虫再喷毒气，毒气中更生毒虫，如是无穷无尽，翻腾不已。

我还看到了一个头大如斗的女魔，长着獠牙，长达数丈。她时不时就用獠牙刺穿我的身子。怪的是，在梦中，我是真的感到了疼痛的。每当那獠牙穿身时，我都会疼彻心肺。待她抽出那牙时，我的身子又复原了。

这样的梦每天都会做。

不过，在梦中，有时我也会记起奶格玛。我一祈请，她便出现了。

她的身子像彩虹那样，溢着无数的光。那光变成了液体，流溢开来，就会淹了那些毒虫。

许多次的梦中，我都会叫："奶格玛，我的母亲。"但奶格玛只是对我笑笑。她啥都没说。我多想跟她说说话，但她啥都没说。一次，她向天空中划了一下，我马上看到了一个神奇的图案，一男一女合在一起，你也看过那图案。它被人们称为金刚。

那时，我还不知道那是金刚。我不喜欢金刚。

我只喜欢奶格玛。

我心中的奶格玛是个美丽的女神。

3. 黑龙诛法

后来，我才知道，我的选择已招致了本波教内一些保守者的仇恨，其中几位已经开始行使一种很厉害的黑咒术。他们画了三角形的坛城，供了许多毒物，因为那些护法神是喜欢吃毒物的。在他们行使的所有咒术中，最厉害的是黑龙诛法。那黑龙，是一处深潭中的毒龙，它毫无善念，谁供它好吃的，它就帮谁的忙。它很像人类中可以用钱收买的可怕杀手。是的，就是你在《西夏咒》中写过的那种。

在他们施咒的第三天，我就看到有一条巨大的黑龙跟着我。那形象，很像黑色的龙卷风。那时节，我的身体已经有了一些中毒的迹象。我老是发痒。我不知道是真的中毒还是我的心病。要是我真的中了毒，我就会得一种叫麻风的病。那时，我们将这种病叫龙病。

说实话，我是有过恐惧的。

我很怕自己得上麻风。我见过那些烂了鼻头或是瞎了眼睛的麻风病患者，也见到过四肢都没了的怪物。那时候，人们会将那些病人带到深山老林，将他们隔离了，由他们自生自灭。在一些偏僻的村庄，也有人会烧死他们，以防那毒蔓延开来。要是我染了那病，别说弘法，连命都难保的。

没想到，以前本波待我极好的那些人，仅仅是因为我要离开本波，就对我有如此的仇恨。

我发现那黑龙时时跟着我，朝我身上喷着黑气。它很像你见过的那种“天旋风”，袅袅而上，直刺青天，头顶有两盏灯一般的眼睛。

幸好，我知道一些防护之法，我观想金刚杵像箭一样四散飞出我的心轮，在我的身体周围形成了一个巨大的防护帐，形似蛋壳，将我包裹在里面。那杵上有无穷的烈火，每当我观起火帐时，那黑龙就会离我远一些。

它很害怕我。要是它不顾一切地近前，那智慧之火也会烧了它。这是法界的秘密，万法唯心造。事实上，我那观想的火，在毒龙眼中，是跟真火一样可怕的。

我观想的防护轮非常坚固，而且稳定。因为这个缘故，毒龙才没有直接夺走我的生命。

我知道，那些信徒想在我离开本波前就将我诛灭，这样，本波就会避免一件很没面子的事。因为，无论从哪个角度看，一个未来的法主选择离开本波，总会对本波造成负面影响。那诸多不吉的征兆，就是那些未悟空性的护法神们弄的。

后来才知道，在我的一生里，给我制造违缘的，不仅仅是本波的护法神，更多的违缘来自别处。在多年后的某个黄昏里，一位叫司卡史德的空行母告诉我，那些违缘的根源，是分别心。所有修炼的目的，就是为了消除分别心。分别心导致了斗争，招致了烦恼，引出了妄念。因此，在一些经典中，空性又称为“无分别智”。

在千年前的那个供水变成污血的早晨，天边出现了一抹血红的霞，从天南抹向天北，很像有人拿刀将天一劈两半了。出门时，我看到有许多人在围观。他们像被无形的鱼钩吊住了上腭那样伸长了脖子，有人嘴里还发出了“噢噢”的叫声。看到我过来，他们都寂了声。自打听说我要离开本波，许多人都会怪怪地望我。

那道横贯天际的红霞，它发出刺目的光，光呈金色，溅向四方。多年之后，当我向印度的一位大成就师讲述时，那人说，那金色的光，象征着你有无量的福报，你财势极大。那横贯天际的红霞，象征着你将成为历史天空里一个耀目的存在。

但在看到红霞的当时，我却只是感到心头滚过了一种不曾有过的感动。人们怪怪地望我，我听到身后传来一阵脚步声，我知道是扎西。自我透露了要离开本波的意向，扎西就很激动。扎西是本波最坚强的信奉者。

扎西速跨几步，拦了我的道。他用挑衅的目光望我。扎西曾是我最大的支持者。他一向认为我是能振兴本波的人物。他老是向人们宣传我出生时的异象，老是说，哎呀，人家天生是法主坯子，一生下，很像个蛋，八地菩萨才这样。对这些，我很反感。我不喜欢别人当面夸我。一夸，我就很不自在。但我还是理解扎西。扎西自称是条獒犬，他只认得一顶帐篷。我的好多弟子，就是扎西拉来的。扎西将本波当成了活着的理由。他是个能为本波割脑袋的人。

扎西说，你要是离开本波，我宁愿你死去。

我淡淡地说，我宁愿死去，也要离开本波。

4. 诛坛里的火光

当夜，我仍是感到了一种十分凶险的迹象。它先是体现在梦境上，我梦到地上卷起了浑浊的泥流，将我裹挟而去。梦境的一切都很阴沉，没有一点光。那尾随身后的黑龙仍在喷毒，那喷来的毒气总能罩住我。但即使在梦中，我观想的防护轮仍很坚固，这样，那毒龙倒也奈何不了我。

醒来，我觉得自己胸口压了一块石头，随后，又听到夜空里响着巨大的哭声。后来，一位印度成就师说，那嚎哭者，不仅仅是本波的护法神，还有魔王波旬的子孙呢。因为我一出现，魔王又会少许多眷属的。

虽然我心中不怕，但那声音，还是怪瘆人的。我很难入睡了。十多年来，我一直研习着本波的经典。对那些经典，一开始我也投入了全部的热情。我很快就精通了许多经典。但随着研究的深入，我的怀疑也越来越多。一天，朋友桑旦来访。桑旦爱读佛经，他看了我研读的本波经典，笑了，说这些经，很像是从佛经里摘录的。不信？你到我那儿看看。我便去了他的藏经室，一认真翻阅佛经，便发现了许多相似。记得，就是在那一刻，我对本波的信仰动摇了。回家后，我就问阿爸，本波是从哪儿传来的？阿爸说，是辛饶弥沃传的。我又问，辛饶弥沃又是从哪儿得到法脉传承的？阿爸回答不出。那时，我就想，原来，本波不是来自神圣的印度呀。那怀疑的种子，从此就种下了。

后来才知道，就在我从梦中惊醒的那时，扎西跟几人正在本波寺上方的一处僻静山洼里修诛法。诛法坛城是三角形模样。扎西在祝愿纸上写了他的愿望。他的意思是，要是我执意要叛教的话，他就请护法神诛了我。他们供了黑芝麻等物，供了从山洼里采来的蓝色的花。他们齐诵着一种从千年前传下的咒语，据说那咒语已诛杀了无数的人。在扎西的观想里，那咒语化成了一道道绳子，它们像一条条游动的黑蛇，出了他们的口，缠上了我的脖子。

我就是那时从梦中惊醒的。醒来后，仍觉胸口压着一块巨石，脖颈里也像是被勒上了一道道绳索，仿佛梦中的泥石流仍压着我的身体。按传统的说法，这梦象征着守方神发怒了。守方神也是土地神的一种。在本波的会供仪轨里，守方神是必供的神祇。也许，在守方神的分别心里，我离开本波，也显然是叛教行为。

我说的守方神有两种，一种是类似于土地神的神祇，一种是教内的护法，他们是非人或是夜叉。从严格意义上来说，它们是大力鬼的一种。当然，你也可以理解为一种暗能量和暗物质。在后来我传你们的教法中，也有许多可以调动这种暗能量的仪轨。这种仪轨，一般有四种，一种叫增法，专门用来调动可以增益的暗能量，它可以叫你发财或是增长所有的福报；一种叫息法，借用宇宙中的息灭力量息灭你的烦恼和灾难；一种是怀法，可以借助宇宙中的大爱力量让人敬爱你，让你有可以怀柔的大能。扎西们行施的，是诛法，他们借助神秘的仪式，调动一种有着破坏或摧毁作用的暗能量，来达成他们的目的——比如，毁灭我的肉体和健康等。

要知道，宇宙中有无穷的暗能量，分别有着不同的频率或波长，能产生不同的功能性力量。当你用一种特殊的形式调动这些暗能量时，就能达成你的许多愿望，或是息灾，或是增益，或是怀柔，或是诛杀。

这增息怀诛，成为诸多瑜伽修炼者追求的四种基本功德。

我起了身，出了家门。天边的月儿正亮，黑的山成了一道道剪影，风吹来，拂在脸上，有股沁人心脾的凉爽。

望着远山那边，我想起了小时候做过的一个梦。我甚至怀疑那不是梦。在一般的梦中是看不到色彩的，因为在睡眠中，掌管色彩的大脑区域处于休眠状态。我进入的，却是一种光明之境。梦中，我被五个女孩请到某个圣地，那儿有一个女子，很是熟悉，仿佛我们相识许久了。女子拿出一本书，红红的书皮儿，上面是梵文。那时，我还不认得梵文。书中有一组人物。恍惚里，我听到有人介绍，这是五大金刚。我懵懂的心里虽充满了好奇，但我没有问，因为我每一动念，总能听到一种解释的声音。那声音不是出自喉咙，而是出自心灵。它告诉我，说这是我的宿命。我恍惚了是“宿命”还是“使命”，我眼中，两个词都一样。女子笑吟吟地将那书塞入我的胸膛。记得，我马上感受到一种荡遍天际的大乐。

那女子告诉我，她叫奶格玛。

我清晰地记着她的容颜，她有着明月般的皎洁，有着清风般的轻盈，有着牡丹般的华贵，有着春日般的温暖。那容颜，深深地印入了我的生命。我每每在一个不经意间，就能看到她。

奶格玛，我的奶格玛！

我一直记着这个梦。我没告诉任何人。我想，这辈子，我一定要找到这个女子。我想，她说不定是我前世的母亲呢。

我是在八岁那年做这个梦的。那时，我已经开始讲授本波的经典，成为远近闻名的神童。每次讲完经，人们都会给我供养好多东西。这是惯例。但我对那些俗人眼中的好物件不感兴趣。我一直记着那个梦。有时，奶格玛也会在梦中出现。她总是远远地望着我，仍是那样笑吟吟的。我总能感觉到奶格玛身上发出慈祥的波，我很想接近她，但她总是离我那么远。

那时我想，也许是日有所思夜有所梦吧。

但在上个月的某一夜，奶格玛又在梦中出现了。这回，她走近了。我看到她的额头上有一只眼睛。那眼睛发出轻柔的月光似的光，能照进我的心。记得女子说，我等你许久了，你咋还不来呀？这声音，也不是出自喉咙，而是出自心灵。

我想，她定然是我前世的母亲。我望望月亮，觉得月亮也化成了那个女子。我想，不管发生啥事，我也要去找她。

那时，我当然不知道，一个僻静的山洼里，想要诛杀我的火坛正旺呢。一群有分别心的本波护法神，开始朝我张牙舞爪了。

5. 张牙舞爪的护法神

我甚至看到了那群张牙舞爪的护法神，它们大多是山神，也有龙神。在本波的经典中，多有供颂龙神者。它们吃了人的嘴软，便显出了一副凶恶的模样。它们时不时就出现在我的梦中。它们有的喷水有的喷火，有的人身有的蛇尾，无论相貌清晰与否，都有着可怖的形神。那可怖，更多的是我感受到的，而不是眼睛看到的。他们像隆冬清晨的寒气一样渗入了我的骨头。他们狂欢着，游向我的每一个细胞，向那鲜活的细胞注入了一种胶着的黏液。在某些人的一生里，叫他们懒散的，正是这样一种物质。许多人就是在不知不觉中被那物质腌透了，他从此就会得过且过，再也没有了进取的兴趣和动力。

这天，那黏物也袭向了我。我就产生一个念头：算了，人不过是个混世虫，何必那样辛苦呢？那黏物于是发出声音：就是呀，你现在已声名远扬，只要假以时日，定当名扬天下。你何必产生那种不满足的心呢？你知否？现在，你可以借本波的力，用不着你努力，一切都水到渠成了。你要是生了异心，前途究竟如何，真是个未知数呀。

我想，就是呀。人生不过百年，何必折腾呢？

就这样，我放弃了努力，放弃了离开本波去寻觅真理的想法。很快，我便做了法主。我声名显赫，无人不知。我有着成山的供养，金银像牛粪那样堆满了屋子。后来，我的弟子像万户的牛羊一样满山遍野了。若干年后，我死了，在临死的时候，我发现自己其实并没有明白，因为我放不下许多东西，比如寺院，比如金银，比如我最爱的那个小弟子，比如我的鼻烟壶……这时，我才明白，我追求了一生一世的所谓解脱，其实仍是墙上的画饼。然后，我死了，我的神识像断了线的风筝那样飘呀飘呀，却找不到该去的路。

就这样。你的一生就完了。我听到一个女子的声音。

我于是哭呀哭呀，待得那哭声迸出喉咙时，我醒了。

我想，幸好是个梦。

6. 父亲的泪

早晨，我去找父亲，说出了自己的想法。虽然我早就有了离开本波的打算，但还没正式跟父亲谈。父亲是本波的法主，父亲很威严。父亲身上有种说不出的神力，据说父亲能骑着鼓上天，好些人说是见过，但我没见过。父亲只是让我研读经典。父亲说，法术虽然有用，但要想真正振兴本波，还是要从经典着手。你不看那世上留下来的，不是法术。有多少精通法术的人，都死了，留在这个世上的只有文化。我知道父亲的话是对的。自几百年前的莲花生入藏后，本波受到了打击，但本波的顽强生命力并没有受到损伤，本波文化深入人心。本波有大量的经典，虽然一些经被人认为是佛经的改头换面，但其实本波本身，还是有跟佛教迥异的一些文化。我的名声，就是讲经讲出来的。

父亲将振兴本波的重任寄托在我的身上。父亲说，一个教派的兴盛，不是人数的众多，而是文化的繁荣。因为无论有多少人，都会叫岁月的风吹得一干二净，而文化则可以传承下去。在父亲的教导下，我才成了本波有名的饱学之士。

于是，当听到我说想离开本波时，父亲先是吃惊，继而震怒了。

父亲很少发怒。本波也将怒作为对治的主要烦恼。所以，父亲的侍者益西吃惊地望着父亲。他后来跟我说，他从来没有见父亲气成那样。

父亲的身子抖动了一阵，说，只要老子有一口气，你就别这样好吗？

父亲的眼里溢满了泪。虽然扎西曾向他报告过这事，但他没往心里去。我很勤奋，我在钻研本波经典时废寝忘食。他不信我真的会离开本波。

那些年，离开本波的人越来越多了。虽然本波学者说自己的教法比佛教还要古老，但还是有好多人离开了它。没办法。那几年，去印度取经求法者越来越多，每一个学成归来，都会在当地造成很大的声势。而每一次声势，都会吸引一大批弟子。信仰本波的人虽也不少，但那势头，却有了衰微的趋势。父亲没想到，自己的儿子也会离他而去。

父亲沉默良久，说，这事儿，你多想想。无论咋说，本波也是老祖宗留下的宝贝。要是你想通了，就留在本波。要是你想不通，那就等我死了之后，再随你。

我默默地走了出来。我很难受。我明白父亲真生气了。我很爱父亲。但信仰这东西，一旦生疑，就没了意义。

我长长地叹了口气。

我想，我爱父亲，但我更爱真理。

7. 扎西的威胁

扎西将我的打算告诉了很多人，他们都来劝我，其中不乏一些格西。本波的格西学问极高，连佛教的僧人也很尊重他们。本波的经律论三藏，内容也很博大精深，不皓首穷经，是很难窥其堂奥的。他们没有引经据典，因为他们明白，他们懂的，我也懂。我不懂的，他们也不懂。我曾问过他们一些问题，总能引起他们的惶恐。因为有些问题，千年前也有人问过释迦牟尼，佛也是默而不答。

格西们只是在情上打动我，叫我多想想父亲的面子。一个本波法主的儿子竟会离开本波去投奔别的教派，于情于理，都有些说不过去。这些，我也不是没想过。所以，格西们明白，他们也是尽心而已，许多东西，只能随缘了。

扎西却仍是那样偷偷地威胁，我只是微微一笑。

扎西曾是我最有力的支持者，以前有一些人攻击我时，他帮过我。但在我决定离开本波时，他又是最热衷于修诛法诛杀我的人。以前，在我眼中，他是我最亲近的人，也是知道我心事的第一个人。所以，后来我常叹，害你者，往往是你最熟悉的人。

也许，扎西会想，相较于本波的丢脸，我的肉体并不重要。而且，他也许会想：那诛法，在诛杀的同时，也将被诛者超度了。对于我来说，这何尝不是一种慈悲呢？

跟扎西一起行诛法者，还有三人，都被认为是本波的修行有成者。除扎西外，另两人各怀心事。班马朗是名气仅次于我的年轻人，他也想当法主。每次看到人们供养我时，他的心里就充满了嫉妒。他在语言上迎合扎西，表面看来是为了本波，其实却是为了实现自己的野心。班马朗口才极好，读书也多，语一出口，便如飞瀑，可惜在证悟上欠些火候。因为在心性上用功不多，他的口才并没有使他远离贪嗔痴。在诛法火坛边，他一边持咒，一边观想我被那火坛里的火烧成了灰烬。他甚至看到了我死后留下的空荡荡的法位。那法位，看似平常，但一旦坐上去，便会有无限的风光。在当地人眼中，法主是天神般的人物。

另外两人，虽也各怀心事，倒也对本波忠心耿耿。他们当然相信，诛杀我，定然会避免本波的一次蒙羞。

火坛的火，在偏僻的山洼里燃了七天七夜。

8. 咒力与违缘

关于诛法应验与否，我不好说。我没有死，从这一点上，说明咒术没达成目的。但我确实病了。我发着烧，昏迷了好多天，觉得自己魂如碎絮，四处飘零，更像淋在污浊的淫雨之中，从里到外都又黏又臭。

许多个瞬间，我觉得自己已经死去，已堕入地狱。我进入的地狱，跟传说中的不一样。我的地狱里满是泥泞，满是血污，满是罪人的哀号和诅咒。我没有见到牛头马面，也没有看到阎罗王，只觉自己在泥泞中匍匐着，看不到天光，不知道方向，找不到归宿，眼前一片漆黑，看不到任何能被称为光的东西。

我时而被烈火炙烤，时而却堕入了冰窖；时而被抛上了刀山，承受着万箭穿心的剧痛；时而又被扔进一个巨大的磨眼，灵魂和肉体都被那两扇张着利齿的磨扇碾得粉碎。有时，我真的灵魂如风了。我变成了粉末，被业风卷成一个个漩涡。我觉得宇宙中也充满了无数的漩涡。那漩涡，时时就能将我裹挟而去。

我不知道自己病了多久。那时，我没有时间和空间的概念。只记得，待我醒来时，才知道，父亲病了。父亲病得很重。他差不多已处于垂危状态。父亲睁着那双干涸的眼睛望我，眼中充满了期待。

有人说，父亲当了我的替身。他凭借成就者的功力，将袭向我的那些恶咒咒力全接了下来，于是他圆寂了。不过，我知道父亲以前也有病，是心脏病之类。我于是怀疑也许是因为我的决定刺激了他。无论是父亲替我承受了咒力，还是我的决定刺激了他，我都觉得父亲的死跟我有关。

这，成为我一生里的不敢触摸的一个痛处。

还有人说，那些诛法的咒力极强，虽没促成我的寿难，但为我的一生制造了巨大的违缘。它确实也调动了许多负面的暗能量，伴随着我度过了一百多年的生命历程。后来，我的弟子中老是纠纷不断，据说就跟本波护法神制造的违缘有关。

在我真正清醒的前一天，我做了一个梦。我梦到了满天的咒力，它像搅天的黄沙一样，裹向了我。后来，我发现了一个女子。她像黑夜中的灯笼一样从远处移了来。那灯笼越来越大，也越来越亮，我身边黄沙般的咒力渐渐消失了。那情形，很像光明驱散黑夜一样。

在恍惚里望去，那女子手中的灯笼很像你们所说的宇宙中的天体黑洞，无边的咒力都被吸进了那黑洞。

你当然明白，那便是奶格玛。

遵循父亲临终前的安排，没等我真正地恢复健康，本波的那些大德便举行了一个仪式。

他们半是挟持半是拥戴地让我坐了床。

就这样，我继承了父亲的法主之位。

9. 无奈的坐床

那天，是由本波著名法师选定的良辰吉日，当地所有本波属寺都被打扫得干干净净。信众们欢歌笑语。我在当地有着极高的声誉。我十三岁开始讲法，就能在演讲时举出七百多部经典，被人们誉为神童。我继承法主之位，算得上众望所归了。

那天早晨，我很早就醒了。我的心情很复杂，一方面，我很欣慰信众对自己的信赖，另一方面，我又感到沉重，因为我的心毕竟不在本波。我的心愿已定。离开本波，前往印度，是迟早的事。按说，在一般的教派之内，为了争夺教内控制权，不知演出了多少丑剧。而怪的是，我在本波却赢得了上下一致的支持，虽然班马朗也想当法主，但想归想，跟我竞争，他还不是一个量级。我多希望能有个大家都信服的人，来接替我当法主，使我能无牵无挂地去印度。但好多尊者都极力地督促我坐床。我明白，任何人都需要一个心灵的依怙，许多时候那个依怙是否真的存在并不重要，只要信众认为他存在就够了。正如人们总是愿意将泥塑的偶像当成真正的神灵一样，他们是需要那法座上真的有个法主的。至于那法主本身究竟如何，倒成了另外一件事。人们需要的，是他们心中的那个法主。哪怕他们拜的是个狗牙，只要将它当成了舍利，就相应有了拜舍利的利益。

我看到远处的屋顶上插满了伞盖，挂上了经幡和五彩旗帜。虽然在一些书中说佛教打败了本波，但在百姓生活中，本波的力量还是很大。因为本波有许多实用的法术，比如打卦、驱魔等，能为老百姓解除一些实际的心灵疾患。许多时候，寻常百姓甚至模糊了佛教和本波的界限。所以，我坐床的时候，许多信仰佛教的人家也挂上了经幡。家家的烟供炉里也煨上了柏枝和香料，柏枝独有的清香飘满了山洼。

时辰到了，本波的僧侣和远近的大众都集中到寺院周围。他们穿上了节日盛装，簇拥在寺院两旁的道上。

坐床典礼开始了，鼓声、钹声、号角声响起了。庄严的气氛扑面而来。在司礼的带领下，我向本波的历代祖师献了哈达，我听到本波僧众唱起了长长的颂歌，其声浑厚，似达天庭。我仿佛看到了历代祖师正向我微笑，仿佛向我嘱托着什么，我的心里顿时充满了歉疚，觉得自己有些对不起他们。虽然我学了那么多的本波经典，但在心底，却从来没有生起过信心。按教内的说法，生不起信心的话，所有的修证就没有意义。我于是想，连自己都没有信心，却又向那么多信众讲法，是不是有了点欺瞒色彩呢？

我献了哈达之后，众多的僧侣们开始念经，他们在祈祷本波教法的久远，并为新的法主祈福。我接受到场的贵客们敬献的哈达。他们都真诚地说着吉祥祷词，献上礼品，我也向他们回赠了礼品。

10. 泪水迷蒙的双眼

坐床典礼后，远近的信众举办了赛马比赛和射箭比赛。比赛在山下的一处相对平坦的地方举行。在仪仗队、鼓乐队、侍者、护卫的簇拥下，我前往比赛场地助兴。

赛马时的欢乐气氛冲淡了我心头的那种难以名状的情绪。赛马时，人们先是分了小组，各小组中选拔第一名，再进行第二轮决赛。当第一组马冲出起跑线时，观众的欢呼声就炸雷般响了。骑手们也欢呼着。马蹄溅起的尘土四散开来，为赛场罩了一层朦胧的面纱。

虽然整体的氛围很是欢快，但我却似在梦中。因为我明白，眼前的一切很快就会过去，我们留不住任何东西。我们的行为留不下一点儿痕迹，我们的生命也泄洪般流向未知。我于是有了一种焦虑。我很厌倦这一切喧哗，厌倦这镜花水月般虚幻的一切。我觉得自己成了一个无常的池塘，其中，有无数的水泡在破灭，也有无数的水泡在出生。一个个我在死去，一个个我又在新生。我产生了强烈的出离心。

所以，露了一下面后，我便回到了寺院。

坐床仪式结束后，我觉得心里空荡荡的。父亲走了。父亲虽然身体不好，但我还是认为父亲的离去跟我有关。我明白父亲承受了巨大的打击。为了将我培养成本波的法主，父亲花了很多心力。记得从我懂事起，父亲就教我念诵，教我观想，教我常用的仪轨，并指导我学习各种本波的经典。记得我第一次上台讲经那天，父亲欣慰地笑着。父亲很慈祥，父亲从不骂我。父亲眼中，儿子确实是圣人再来。除了落地时我以蛋的形式不受血污外，还因为我的命相中占了四虎，这是大贵之相。父亲坚信，因为我的诞生，本波会有一次中兴。许多时候，一个教派的兴盛，往往源于一个伟大人物的出世。对本波，父亲看得比生命更重要。他希望，本波会从自己的儿子手中，像几百年前那样，成为燎原雪域的大教派。

但我还是让父亲伤心了。父亲走的时候已不能说话，他其实也用不着说。他一直没有闭上的眼睛说出了一切。我听得懂那话。我明白父亲希望我收回以前的话。在某个瞬间，我甚至差点随顺弥留之际的父亲。但奶格玛又在心中出现了，我甚至听到她对我说了话。于是，我只是长长地叹了口气。

就在我叹气的时候，父亲的生命之火熄灭了。父亲的瞳孔大了。我甚至忘了按本波的形式祈祷。我如遭雷殛，脑中一片空白。许久之后，我才疯了般念叨：我没阿爸了！我再也没个阿爸了！我泪如泉涌，胸中有种奇异的堵。

父亲的侍者益西将我扶向一旁。

不久，我听到了格西们那一阵浑厚的诵经声。我觉得天灰沓沓了。

11. 远去的生命激情

父亲走后不久，我讲了一次经。我讲的是《绰年噶桑》，这是一种被称为伏藏的有名经典。藏地历史上，有许多以伏藏形式保留下来的经典，它跟你的家乡敦煌莫高窟后来出土的佛教典籍是同一性质。为了不使经典毁于日后的毁佛大难和战乱，一些有识之士将经典进行了伏藏。根据伏藏的形式，有藏于地下的土藏，有藏在水里的水藏，有藏在岩下或岩洞中的岩藏……总之，有地水火风空识六种形式。《绰年噶桑》是识藏，是指埋藏在人们意识深处的伏藏。按本波的说法，当一种经典遭遇天灾人祸难以流传时，本教神祇或是贤哲就会将它藏在自己或他人的意识深处。多年之后，当天朗气清时，在一种神秘力量的加持下，那些识藏就会以著述或是背诵的方式显发出来。那些人可能是本波法师，也可能是目不识丁的牧人。授藏者与掘藏者可能是同一人，也可能相距好几代。这次讲的《绰年噶桑》，就是由一个叫珠顾绰年的人传下来的识藏典籍。

按老祖宗的说法，在明空之境中流出的文字，其实就是佛菩萨的法身依托文字的显现。我很能理解这一说法。

我第一次以法主的身份讲经时，许多人都带着很高的期望值来听。想不到，我的这次讲经没有一点激情。许多人以为是伤悼父亲的原因。只有我明白，我已经对本波教法产生了极大的怀疑。在我眼中，这些来自识藏的所谓经典，是无法跟有着清晰传承的那些佛教典籍相提并论的。虽然我也明白，从另一种意义上讲，识藏就是记忆深处的经典。我甚至还知道，早期佛教的几乎所有经典，都是由记忆传承的。但那种游丝一样的疑，还是织成了巨大的屏障，在我与本波之间蒙了一层挥之不去的云翳。

没办法。

当你对一种东西失去信仰时，生命的激情就会悄然远去。要是你非常敬仰一个人，却忽然怀疑他可能庸碌甚至卑鄙时，你定然也会产生那种失落。那种缘分的消失跟退潮的大海一样不可挽回。我甚至怀疑父亲曾对我的印证了——这是最要命的事。我想，要是一生追求的东西，不能给自己带来自信和安详时，这种信仰还有什么意义？

望着成堆的供物，我闷闷不乐。我明白这些供养改变不了什么。我愚痴时，供养不能让我明白；我烦恼时，供养不能叫我清凉；我追求真理，供养不能指引我道路。我日求三餐饭，年求几件衣，那成山的供物，对我来说，仅仅是摆设而已。

我想追求岁月抹不去的东西。

随着研究的日渐精深，我对本波的疑惑也越来越多，虽然其中也有许多真理，但本波模糊的传承，已成为我心头抹不去的阴影。传承是密法的生命。没有传承，便没有密法。虽然我在每次讲经时，都不曾说出心中的疑惑，但那怀疑的种子，却在日渐生根，并开始发芽开花结果了。这结果，已经导致我不再像过去那样精进地修法。我开始思考一些以前我不曾思考的问题。

我开始接触一些佛教经典。我发现自己进入的，是一个世界，是一个博大无伦的世界。虽然我没有窥出全貌，但那炫目的光芒，还是一下子激醒了我。我甚至承认，本波中最精华的部分可能真的来自佛教。每次讲经，虽然我力图想用非常坚定的语气来讲述本波教法的殊胜，但连我自己也发现没了底气。在几乎所有的讲经中，我从来没有贬低过佛教。我甚至不顾扎西等人的反感，一次次赞美佛教体系的博大和精深。连最笨拙的人也能看出，我对佛教的热情，已明显地超越了对本波的热爱。

扎西对我的反感已公开化了。他希望法主能弘扬本派教法。扎西用亲身的体验验证了本派教法的殊胜，因为扎西对本波很有信心，而信心是成就最有力的保证。据说，还有几个人继续对我行使诛法，其中最热衷的人是班马朗。班马朗口若悬河，已鼓动了许多本波的铁杆信仰者。他们虽然不敢公开发难，但那僻静山洼里的诛坛之火却再一次燃起了。有人还行使了咒术，在我常去的某个地方埋了黑牛角等镇物。

在许多个不经意的恍惚里，我也能看到一些凶险的画面。比如，我总能看到那些山神或是龙众，它们以巨大的蝎子的形象出现。它们蠕蠕而动，铺天盖地。它们有时张牙舞爪，喷着毒气；有时却张着大口，想吸走我的生命精华。它们像浪一样涌了过来，一波一波，无止无息。每到这时候，我总是感到胸闷心跳。我明白，这一切，都是因为自己太在乎那种仪式。在过去的岁月里，据说这种仪式夺走了很多被诛者的性命。正是这诸多的“据说”，对我构成了巨大的压力。多年之后，我才明白，那诸多的凶险之兆，其实也来自我的心性。

但在明白心性以前，我生命的天空里却布满了可怖的乌云。那段日子，我看不到太阳。不，如果说有太阳，也仅仅是我对未来的向往。我一直忘不了奶格玛，也忘不了一个叫阿莫嘎的成就大师对我的授记。他说我的根本上师是奶格玛，说我会创立一个叫香巴噶举的教派，说我会有十多万弟子。在我眼中，那与其说是授记，还不如说是他替我构画的一幅人生蓝图。后来，我一生的生命轨迹，其实就是在实现那幅蓝图。

在所有的凶险之兆中，最叫我难忘的，是那蠕蠕而动的铺天盖地的蝎群，这几乎成了我摆不脱的生命意象。后来，每当我受到小人的中伤和围攻时，我总会想到它们。

在我的一生中，那蝎群般的小人是我摆脱不了的梦魇。无论我离开本波的时候，还是我后来求法的时候，甚至在我有很多弟子的时候，我都会感到纷飞而来的唾星。我总是会被人中伤。因为我总是显得——注意，我用了“显得”，而不是“真的”——很出色。无论我在本波，还是后来在印度，再到后来我收授徒众，我总是像太阳那样扎世人的眼眸。在任何地方，我都是一个不可忽视的存在。所以，许多人总是将我当成自己的对手来中伤，却不知，小人的行为，在智者眼里，仅仅像蚍蜉撼树般可笑。

当那乌云盖顶般的沉闷袭来时，我觉得自己很孤独。你老说，当一个人超越时代时，他不能不孤独。你也许是对的。但我那时发现，那袭来的孤独已变成了物质，仿佛触手可及。以前待我很好的那些人，都成了向我喷射孤独的出口。他们的每一个眼神，每一个心照不宣的表情，每一次暗示，都在诉说我的荒唐和不识好歹。他们眼中，放着这么好的法主不当，却要走向莫名其妙的未知，真是滑稽。

我觉得自己周围多了一层无形的网，它虽然无形，却很坚韧。它像渔网一样充满了柔韧的力量，它像玻璃一样有质却透明，它像天网一样无处不在。它将我和世界割裂开来，想叫我窒息而死呢。

虽然本波的法主是看得见的实惠和辉煌，那辉煌，跟成年人长胡须一样自然。它是看得到的财富，是千年间的历代祖师为我铸就的无形资产。在雪域，它比佛教更古老，更直接影响了藏人的祖先，早就渗入了人们的“八识田”——当然，你也可以叫“集体无意识”，这也是近千年后才出现的词——那真是一笔巨大的无形资产，足够我无忧无虑地度过一生。

在许多人眼中，放弃这财富者，无异于傻子和疯子。

我不是不懂这些，但我想，人活着，除了肉体的需求之外，还有更重要的东西。它超越形体，超越物质，超越世俗的功利。它是我活着的理由和生命的意义。换言之，就是为了那目的，我才来到这世界的。

我想，我必须明确地表明自己的态度。

我想，将本波交给热爱本波的人去信仰吧。我自己，去寻找生命深处最叫我牵挂的那个女子。

我永远忘不了那个名字：奶格玛。

12. 神秘的授记

还是在童年的一天，母亲就将那个神秘的授记告诉了我。母亲说，在梦中，她见过那个女子，很美。那女子老是望着她笑。母亲说那女子的笑很清凉，会发出一晕一晕的波，一晕晕荡了来，她就觉得这红尘成了净土。

在母亲说了这话的当夜，我梦到了那个女子。她对我说，日后，无论啥时候，无论出现啥事，只要我念“奶格玛千诺”，她就会帮我达成愿望。

在梦中，我无数次地验证了这一说法。

某次梦中，我遇到了无数的妖魔，它们露出獠牙，扑向我。我知道自己幼小的身子是填不满那些大口的，于是喊：奶格玛千诺！这时，奶格玛出现了。那些獠牙马上化成了烟雾。

后来的梦，大多相似，无论环境多么险恶，只要我一念“奶格玛千诺”，诸种恶境，便化为瑞相。

再后来，当白天遇到危机时，我也会那样念诵，也总是能逢凶化吉。

正是这一次次应验的祈祷，使我一直没有忘记那个授记。

当诛坛的火光一天天燃烧时，当诸多的恶相显现时，我一念“奶格玛千诺”，那心头的沉闷总是会马上消散。有时候，随了那沉闷消散的，还有孤独。正是在想到奶格玛的时候，我才觉得自己不是一个人。是的，我不仅仅是我自己。我还有奶格玛。奶格玛那双充满悲悯的眼睛总是在默默地望着我。跟妈讲述的那样，那眼睛还会发出一晕晕的波。那质感极强的波会带一种清凉，带一份安详，带一份母亲才有的温馨，注入我灵魂的最深处。

这时，我就会情不自禁地叫：奶格玛，我生生世世的母亲。

那种来自灵魂深处的力量无处不在，无时不在，几乎充盈了我的少年和青年。每当眼前的喧嚣消失的时候，奶格玛就会出现在眼前。后来，它已成为我生命中摆脱不了的氛围。

我想，即使那些人真的有诛人的证量，奶格玛也不会坐视不救的。

所以，听到有人想诛我时，我只是微微一笑。虽然也观想了防护火帐，但我想，即使没有防护火帐，奶格玛也不会扔下我不管的。

13. 逆行菩萨

在公开自己的选择之前，我首先去找母亲。母亲知道我的心事。母亲说，只希望我答应她一件事：先别去印度，因为路途遥远，途中多盗贼，会有生命危险。她只希望我能在藏地求个法苦修。母亲说，无论你信本波还是佛教，你都是我的儿子。她说，要是你在藏地能找到能当你上师的人，就先在藏地苦修。找不到的话，再去印度不迟。

我答应了母亲。

一个月后，我亲自主持了坐床仪式，将本波的法位传给了益西。他曾当过父亲的侍者，后又依止了我。益西人很实在，没有班马朗那样的辩才。但我还是想，无论什么教法，都以善为本。口拙不要紧，只要心好，有相应的证悟就成。

坐床仪式很隆重，方圆百里的本波寺院里都来了人。他们对我离开本波深感痛心，所以，本该欢乐的仪式上，气氛却略嫌沉闷。我的离开，被认为是那个年代本波最没面子的事。

那时，我根本不知道，没有继任我当上法主的班马朗恨死了我。他发愿一生要跟我作对。我离开本波不久，班马朗也影子般跟定了我。他成了我前半生摆不脱的阴影。后来，我多次的违缘和命难都跟他有关。在我创立了自己的教派后，班马朗仍唆使其他教派反对我。多年之后，他死于一场奇怪的恶病。他的著作却流传了下来，他于是成了著名的“佛学家”。

在我的后半生里，每当回忆起班马朗，我还是微笑着称他为“逆行菩萨”。

要是没有他，虽然我的一生会顺利很多，但也会少一份异样的传奇色彩。

第二章　朝圣途中

《琼波秘传》称：那诛法火坛的祭火一直燃烧着。它主要行施了两种恶咒：一种是诛杀咒，一种是魔桶咒。前者以断人的命脉为主，被诛者大多命尽，不得善终；后者会让人堕入一种无法摆脱的梦魇。据说，后者的诛，是最究竟的诛。前者只能作用于肉体，后者却能诛灭灵魂。

1. 失重的感觉

琼波浪觉走出了本波寺院。那是当地最大的一个寺院，几乎占据了大半个山头。

他的心情很复杂。我原以为，他定然有种轻松和释然。可是，秘传却不见这样的记载。从那字里行间，我反倒看出了一种极其复杂的东西。

我将那种感觉称为“失重”。

在离开本波寺院时，琼波浪觉忽然有了一种无着无落的情绪，他觉得自己没有了依附。正是在那个瞬间，他忽然明白了为啥人们需要宗教，为啥需要一种灵魂的依怙，为啥人总是要苦苦地追求一种形而上的东西。他说，宗教定然源于这种无依无靠的孤独感。他觉得自己忽然被“抛入”了陌生。虽然那是他自己的选择，那种被“抛入”的感觉仍非常明显。九百多年后，一个叫海德格尔的人诠释了这种感觉，人们便称他为二十世纪最伟大的哲学家。

那份孤独和被抛入的陌生感，一直跟踪了琼波浪觉许久。他感到自己徜徉在无边无际的空间和无始无终的时间里，像茫茫大海里的一片落叶。有时候，他更像飘游在秋风中的黄叶，从天的这头飘向天的那头，一任那秋风撕扯自己。原以为，离开本波的自己应如脱缰的野马，能畅快地撒野一气。却想不到，他忽然有了一种失重的感觉。

只有在想到奶格玛时，他才觉得有了一份依靠。

但此刻的奶格玛，还仅仅是个符号，没能融入他的生命成为灵魂的依怙。于是，他时时陷入那种失重的情绪之中，做不了心的主人。

他想，要求得真正的解脱是多么难呀。

是的。没离开本波前，他是那么强烈地想离开它。他觉得那些吱吱咕咕的人是多么讨厌，现在，那些人都不见了。虽然他们仍在吱咕，但眼不见为净，烦人的白眼和脸色毕竟不见了，谁料想，那些东西消失之后，他竟然有种面对虚空的感觉。这，同样令他受不了。

他想，这说明，他以前的所有修证，都是不究竟的。只要心需要依靠，便不会产生解脱。

但无论如何，琼波浪觉终于告别了那个显赫的寺院。

2. 清醒的宿命

九百多年之后，笔者见到了那个寺院的废墟。曾经辉煌一时的教派，早已不见了当初的显赫。一切都随岁月的飓风消失了。本波寺也以它的生命经历，为我演绎了什么叫“诸行无常”。

在某次相遇中，琼波浪觉向我谈到了他走出本波寺的复杂心理：一方面他有了一种异样的轻松；另一方面，他对未来不免多了一些忧虑。这是他人生的第一次选择。成功和失败都是未知数。他不知道自己将走向何方，不知道自己会有怎样的转机。他看到了高天之上翱翔的苍鹰，它们展着翅膀，悠游于翻滚的云层间。他看到了那份闲缓和舒适，感觉到那份自由和悠闲。那个画面感染了他，冲去了他离开本波寺后的失落。毕竟，他在那个富丽堂皇的所在待了二十多年。在那里，他度过了童年、少年和青年时代。他生命里最有可塑性的年代就是在那儿度过的。虽然他对本波教法有了怀疑，但寺里那严格的训练却为他的一生打下了坚实的基础。本波文化的精深和博大，也成为他的另一种灵魂滋养。

我甚至认为，琼波浪觉后来之所以有大成就，定然与他汲取了多种宗教的营养有关。许多时候，仅仅懂得一种宗教者免不了会有他自身的局限。真正的大师是由多种文化滋养而成的。所以，我常常失笑一些所谓的大师，他们故步自封，也自以为是。他们虽然在自己的领域里浸淫了一生，但那一生的浸淫也成了他最大的障碍。坐在井中的人，很难看到更大的天空。

琼波浪觉看到了远处的山脉。远山像奔跑的野兽的脊梁那样起伏不已。那股汹涌的大气漫卷而来注入心灵。我能读懂他此刻的心。许多时候，我也曾面临这样的选择。人生就是由选择构成的，无数个选择构成了复杂丰富的人生。而有些人，总是能在关键时刻清醒地明白自己的宿命，他们因此成了人们说的“伟大人物”。

琼波浪觉走出本波，走向佛教时，首先选择了宁玛派。这是个古老的教派，有着自成一体的文化和天大的名声。琼波浪觉早就如雷贯耳了。琼波浪觉很向往宁玛派的大圆满。这法门，同样的声名显赫。

3. 遭遇大圆满

我曾用文人特有的心，去体会琼波浪觉那时的心情。那时，在经历了多年的智慧历练之后，我已能触摸到琼波浪觉的心。我时时能跟上他跋涉的脚步，并融入那寻觅的灵魂。

在我的视野里，琼波浪觉带着一脸的风尘，走进了那座寺院。那年他二十八岁，风华正茂呢。

他来拜谒一位上师。他叫律桑格，据说成就了大圆满法。

寺院不大，藏式的建筑风格。现在，你仍然可以在藏地的山洼里看到那种建筑。许多时候，它已经成了一种象征。它承载的，是我们所向往的那种精神。

律桑格对琼波浪觉的到来很是欢喜，他称赞琼波浪觉是上等根器。他没有说“弃暗投明”之类的话，相反，他对本波文化也有着极高的评价。

琼波浪觉向律桑格求大圆满法。

律桑格说，儿呀，这大圆满法十分殊胜，它是由本初佛普贤王如来所说。它的哲学思想是诸法本净，空无自性。

它既是自然智，又是金刚身。

它的世界观是诸法无自性、平等、元成、唯一。

以后，你会了解到它的博大和精深。

4. 自在的真如本觉

琼波浪觉离开本波，投到律桑格喇嘛门下不久，班马朗也离开了本波。他追随着琼波浪觉的足迹，也来学习大圆满。琼波浪觉很高兴，他将班马朗的行为当成了跟他一样的觉醒。琼波浪觉天性宽厚，对所有善行他都随喜。他甚至将班马朗的行为当成了对自己的某种声援。因为，他离开本波之后，教内便有了更多非议，流言也四起了。对他的离去便有了多种说法，都说是他入魔了，放着本波的法主不当，倒去当别派的沙弥（其实，此时的琼波浪觉连沙弥都不是，他此时并没有受沙弥戒）。还有多种说法，总之很是难听。所以，琼波浪觉就将班马朗的离开本波，当成了对自己的一种行为上的声援。他后来才知道，班马朗离开本波，很大部分缘由是他没有当成法主。他是从骨子里恨透了琼波浪觉的。在本波护法神前，他发过愿，他要三辈子跟琼波浪觉作对。对此发愿，我有点疑惑。我不明白班马朗的发愿为啥会被《琼波秘传》的作者所知，该书将后来跟琼波浪觉作对的那几个人都当成了班马朗的转世。据说，这是一位证得了宿命通的成就者证实的。佛门的传记中，充满了这类神奇的记述。

琼波浪觉很快通晓了大圆满的本觉开示，入道不久，他就在律桑格喇嘛的弟子中脱颖而出。有时，上师还会叫他给一些新来的弟子讲法。

从缘起上看，琼波浪觉首先接触了大圆满。以是因缘，多年之后，光明大圆满也成了香巴噶举教法的核心之一，它跟光明大手印一起，在历代上师中薪火相传。1995年，笔者依止香巴噶举时，上师就首先传以大圆满。此后，我才又渐次领受了“奶格玛五大金刚法”和“奶格玛六种成就法”等其他法要。

于是，在那相遇的光明中，我也请琼波浪觉为我讲述了大圆满的修法窍诀。其具体内容，笔者已写入《光明大手印·实修顿入》中的“契心性品”。

琼波浪觉说，儿啊，当你认知到法尔本觉之后，心中就会现起终极的空性之光。你既然已明白了自性，就能渐渐远离执著，常住空性之中。你要远离无明、迷乱和失照。在认知本觉之后，你要明白，世上的一切，都是自性化现，这是真正的解脱之门，你要确证无疑，不可怀疑。久而久之，连你的这种修习也要解融于自性之中，毫不执著而消融于无形。

当你精进修习，有了宝贵的宗教体验后，你的人生就会被磁化，你会产生无量的信心。你就像拥有了如意宝珠，一切妄念也会消解于自性。这时，他人、外境，情世界、器世界，三千大千世界，就会复归于幻相，在你当下的觉性中生起。你就会认知这一切，明白它们并不是来自外部世界，而是源自你的心性，你就有了转轮圣王般的自信，就会像转轮圣王那样君临天下。那时，你就能因为证悟了本觉自性有了转化四大的能力，你就可能因此虹化而获得究竟解脱，你可以不再依赖世俗的肉体，你会拥有更实在的解脱体验。

这时，你的信心就能像虚空那样不可损坏，像大山那样八风不动，像太阳那样遍照诸方。要知道，这种完全的自信来源于大圆满的见地和实践，要明白万事万物离修而自解，诸相终究会消融于无垢本初的实相光明之中。

那情形，就像空入于空，水融于水，云散于苍穹，光消于无际。要明白，现于自身者会瞬解于自身，万象不依外缘而解脱，就像以石破石、以铁煅铁或以土清土那样，要在这究竟当下的自性本体中，万象解脱于对当下本觉的领会。这样，就像倒水入海一样，本体的母光明和你觉心的子光明就会相会相融，你就会空依空性而解脱。

要是你能证得虹化，你的身心觉知就会消融在虹化时的圆光自身中。你就会证悟到本然状态就是本觉，你就能直契万法的根源，你就会明白修习托嘎时所现的圆光也只是自心的显现，其体性，也如你照镜时的那种影像。因为你已契入法源，此时的证入如同母子的久别重逢，你就会得到究竟解脱。

所以，别执著那圆光，它终究也会瞬解于自身。诸种显现终会归于空性，那明了明晰的还是你当下的本觉。你会明白无始以来的诸多显现即是无明，那六道轮回亦如镜中的幻影，虽有诸多显现，但仍是如梦如幻。此时，你的无明也会自解，你不再被轮回的幻相困扰，你已自证了存在之实义即自在本觉。妄念当下自解，无需别有对治。你就会恒处于当下实相，而不再别有疑惑。你常在定而不离四事，行住坐卧也不离空性，你的行为如同注水入水。所以，你的有为之修，也就会像如蛇解结那样能自行解开，从此你不再凭借有为的功用之修。

但要是你不能明了这种见地，不能认知本觉实相，却要离开实相到别处去寻觅，或是去心外求法，你将会再入绝境，重被幻相困扰。

琼波浪觉说，记住，要认知当下的明觉，要恒契自在的真如本觉。

在那次相遇的光明中，琼波浪觉叫我躺在大地上，凝视天空。但见天似蓝绸，无纹无波，一荡而去，不见边际。那无边的蓝色，在我的心中弥漫开来，渐渐融了自己。上师叫我将自己的心识融入那无边的蓝天，不著诸相，不思善恶，不追过去，不念未来，只觉醒清明于当下。我觉得自己的心识融入了虚空，渐渐没了自我，只觉一种磅礴的清明和空灵融化了自己。这时，天边忽然传来几声雁鸣。

上师说，听到那雁鸣了吗？……对，就是它。

我忽然明白了上师想说的话。

在静的极致中，我听到了琼波浪觉开怀的笑。

他的笑声像幽谷中绽放的百合。

5. 觉醒的明空

据《琼波秘传》记载，就在琼波浪觉离开本波后的三个月内，那山洼里坛城处的火坛仍在燃着。几位嗔心极重的本波行者仍在修诛法。琼波浪觉一离去，有些人也对本波失去了信心，离开了本波。所以，几位精通诛法的本波行者，决定杀一儆百。他们到处宣扬，说本波的护法神发怒了，要惩罚那些“叛教”者。每出现一个离开本波者，诛坛的祈愿纸上就会新添一个名字。

那祈愿纸上写的，是行诛法者的意愿，烧在诛法坛城里。祈愿纸上欲诛的人名，从开始的琼波浪觉，渐渐变成了好几个。一天，其中一人在骑马时，马一惊奔，他便摔下马背，不料脚没脱镫，头便被地上的石块撞碎了。这一来，那护法神发怒的传言被证实了。一些因为琼波浪觉的离去而心思波动者，也不敢再动去念了。

每看到诛法火坛的祭火，总有些善良的人担心琼波浪觉的安全。

琼波浪觉在律桑格喇嘛处学了数月，他已完全掌握了大圆满的口诀。他如法而修，但无明显觉受。因为本波中也有称为大圆满的法门，有些见地，很是相似。但由于因缘使然，在禅修中，琼波浪觉的眼前老是出现奶格玛，神情便恍惚不定了。

看到琼波浪觉心神不定，班马朗心中暗喜，他将这现象当成了扎西们诛法应验的兆头。班马朗在临行前，用自家财物供养了那些修诛法的人，所以在祈愿纸中，就没有他的名字。

琼波浪觉将有人行诛法的事告诉了律桑格喇嘛。上师说，不要紧，你是有大根器的人，有天生的降魔能力，寻常的世间鬼魔根本近不了你。要是你有疑心，你可以观想防护火帐，你观想你的五个脉轮上有五个种子字，它们射出辐轮般的光杵，在你的身体四周织成圆柱一样的金刚杵火帐，这样，邪魔的咒力就进不来了。可惜你没有明心见性，不然，你直接进入大圆满定境，心如虚空，不著诸相，这样，那些世间的邪魔就找不到你了。

琼波浪觉遵嘱施为，但由于因缘使然，仍不能安心。

他虽在理上明白了大圆满的殊胜，他承认那见地十分高妙，也在上师的开示下尝到了法味，但他却无法保任那觉受，更不能将它打成一片。因为心有牵挂，他老是想到那位印度大成就师给他的授记，难以安心，妄念时时袭来，将他拽出那觉受。

那份觉醒和空明，像风中的游丝一样，虽然老在他眼前晃动，但就是无法抓住它。即使有时抓住了，那觉受却化成了风，从指缝里溜走了。

倒是那个命定的牵挂时时袭来。琼波浪觉家族的人都知道，他出生不久，印度来了一位大成就师。那人长得非常奇特，相貌高古，气宇非凡。据说，他是像燕子一样飞来的，家人觉得有一点暗晕从空中出现，那人便已落地。他自称阿莫嘎，这名字一直成为琼波浪觉心中的一缕温馨。那人给琼波浪觉灌了长寿佛顶，又对父亲说，你这孩子，可不寻常。他是一切有情的依怙主，要好好抚养。因为这一幕，琼波浪觉一出生，琼波家族就视为人中之宝。所以，琼波浪觉自小便尊崇无比。

后来，琼波浪觉清楚地记得，他八岁那年，他跟姐姐在山坡上玩耍。那时，琼波家族的人中，只有姐姐不将他当成啥未来的圣人。姐姐老抢他手中的糌粑，老按倒他用巴掌抽他的屁股。有时，姐姐会用足了劲，将他的屁股扇成红红的一片。他总是疼得大叫，姐姐就会说，你不是未来的圣人吗，咋也会疼？那天，姐姐又恼了，又将琼波浪觉按在山上狠命地揍。琼波浪觉疼得大叫。琼波浪觉大叫时总是闭着眼睛。记得，他大叫前曾四下里张望，想找个求救的人，但并无人影。待他闭了眼睛大叫，却听到一个陌生的声音。后来，他才知道，这便是那个他出生时来授记过的阿莫嘎。琼波浪觉看到了一个长着络腮胡须的汉子，看不出其年岁，只能说他介于四十至六十岁之间。后来，琼波浪觉到了印度时，才听说连印度人也弄不清阿莫嘎的年龄。

爷爷见到他时，他就是那样，半个世纪之后，孙子见到他时，他仍是那副模样。没人知道他究竟活了多久。听说，他能从佛国摄来长寿甘露，喝一口，就能增加一百年的寿命。因为有如此的记载，千年之后，中国大地上也出了一个骗子集团，他们谎称自己能从佛国摄来甘露，从而骗取了大量的钱财。

琼波浪觉却知道阿莫嘎是真的能从佛国摄来甘露的。在多年后的某一天，他喝了那甘露，那是人间语言无法形容的滋味。因为甘露的入体，他的生理发生了很大的变化。后来，他活了一百五十岁。在去世前，他仍是健康无比。

琼波浪觉在呼叫之后见到了阿莫嘎。阿莫嘎已经拽起了他。阿莫嘎现了忿怒相，对姐姐说，你瞧。姐姐便看到了一种奇怪的现象：琼波浪觉在挣扎时，他的脚竟在石头上印出了许多深深的印痕，仿佛那不是石头，而是烂泥。那石头，后来成为圣物，接受了亿万信众的朝拜。笔者在朝拜圣香匈寺时，也跟一块有深陷足印的石头合过影。

阿莫嘎指着那足印说，瞧，你不该打菩萨的。你赶紧忏悔。

姐姐虽然有些吃惊，但她并没忏悔。虽然有很多人都认定琼波浪觉是圣人再来，但姐姐并不相信。她不信那个拖着清涕的毛孩子会是圣人，也不信小时候曾尿床的小屁孩会是圣人，更不信老叫她揍得噢噢乱叫的娃儿会是圣人。这一点，很像我的妻子，无论这世界如何看我，在她眼中，我仍是个爱做错事的孩子。她时不时就拽倒我，抡了鞋底狠揍。我哭笑不得，只好说：小心！小心！别闪了你的腰。这便是惹琼巴老是不听上师密勒日巴的话的原因：侍者眼中无圣贤。他们因为更多地看到圣者打喷嚏、放屁、拉屎等许多俗事而生了轻慢心。他们忘了，即使在放屁时，证悟了空性的圣者也不会因此而迷失智慧。爱公开放屁的圣者仍是圣者，不公开放屁的小人还是小人。那心灵的本质，绝不会因为他是否放屁而有所变异。一笑。

这里说一段闲话。许多时候，证悟的光明会更多地成为生命中的一种摆脱不了的氛围。真正的证悟是不会迷失那光明的。无论做什么俗事，无论行住坐卧，无论是否有宗教修炼的外现，真正的证悟者都不会因其行为而迷失那种光明。

话说阿莫嘎用悲悯的目光看着琼波浪觉。他跺跺脚，那山石竟也像烂泥那样有了许多凹坑。姐姐有些不好意思，她拍去了琼波浪觉身上的土。但因为过于亲近的原因，她一直没有生起忏悔心。多年之后，她死了。又是多年后的一天，已成就了的琼波浪觉指着老绕在他的膝下不舍得离去的小狗告诉弟子，这便是我姐姐的转世。她虽然是我的姐姐，但她打了菩萨，仍免不了会受到相应的果报。

阿莫嘎对琼波浪觉说，你一定要记住我今天的话，你长大之后，一定要去印度。那儿有许多大成就师等着你去，你会得到他们的许多传承，你会饶益无量无边的有情众生。今后，无论发生多少磨难，你一定要求到“奶格玛五大金刚法”，那是奶格玛空行母的心髓。修成之后，你的中脉五轮上会显现出五大金刚的坛城。那时，你的身口意功德事业，就会和密集金刚、玛哈玛雅金刚、喜金刚、胜乐金刚、大威德金刚无二无别。你的生命里虽然会遇到许多魔障，但你不用怕。你是乘愿再来的菩萨，会有无量无数的天龙护法护持你，无论怎样的魔头也奈何不了你，就像无论多少乌鸦也遮不了太阳一样。你会住世一百五十年。在你的生命里，你会看到后弘期无量无数的大德，他们像是天上的群星一样灿烂。你是其中最亮的明星之一。你的教法会绵延千年，在三十七代后广传于世，饶益无量无边的众生。

在你还没有得到奶格玛的灌顶之前，你可以念诵“奶格玛千诺”。你的每次虔诚念诵，都会得到她的慈悲加持。你也可以告诉所有对奶格玛有信心者，无论灌顶与否，只要祈请奶格玛，都会得到她的智慧加持。现在，你跟我念“奶格玛千诺”！

那个黄昏，成了琼波浪觉心中抹不去的画面。它在琼波浪觉心中种下了使命的种子，成为他活着的理由。所以，他虽然对大圆满敬畏有加，却仍是挂念着那个阿莫嘎的授记。

奶格玛千诺！

第三章　遥远的奶格玛

上师啊，那时，你心中的奶格玛究竟是啥样子？

1. 初闻奶格玛

那时，在我的印象中，奶格玛是位红色女子，身如彩虹，灿若云霞。

是的，她是个女子，但不是寻常的女子，她是一位证得了彩虹之身的女子。那身子，望之有形，触之无物，可以永恒住世，不生不死，不灭不坏。至今，她仍安住于娑萨朗净土，观照着有情众生。

儿呀，那时的印度，有许多瑜伽大成就者，他们像星星一样璀璨，使印度那段文明的星空更为辉煌。那些证悟的女性，我们称之为空行母，她们分为世间空行母和出世间空行母。那些世间空行母，虽然没能证悟空性，但有着无穷能力，她们可能是非人，也可能是夜叉之类。她们虽然没有证悟空性，但立誓为佛教护法，我们称之为护法。除了许多世间空行母外，那儿还有许多出世间空行母，她们可能是佛母，比如许多报身佛的明妃，也可能是证悟了空性的女子。你虽然听说过八十四个大成就师的故事，他们的神奇故事传遍了印度的每一个角落，但并不是说印度只有这八十四个大成就师。不是。那些有名的大成就师，仅仅是因为其特立独行才广为人知，而更多的成就者却因为隐姓埋名不为人知，但他们的证境同样超迈千古。其中最令人称道的，便是那些出世间空行母，她们不一定有名有姓，有的甚至没有重浊的形体，因此被人们称为无身空行母。那些无身空行母的体性其实是大手印。就是说，她们证得的，其实是大手印的究竟证悟。也可以说，那些无身空行母的本质，便是大手印。

你见到的金刚亥母，就是出世间空行母的主佛。

你可以将那些空行母当成是暗物质暗能量的一种。科学家不是说，宇宙中只有百分之四的物质可见吗？那看不见的百分之九十六，便是暗物质。你就用它来理解吧。虽然，所有的语言和解释，都可能远离真理，但世人需要一种他们能认可的解释。

你别急。我马上就讲到奶格玛了。

奶格玛不是无身空行母，但奶格玛的证悟境界，一点也不逊于那些无身空行母。相反，在空行聚会中，奶格玛往往坐在空行母的上首。在那些无身空行母眼中，奶格玛是跟金刚亥母无二无别的。金刚亥母是诸多空行母的主佛。她统领着数以亿计的空行母。你明白奶格玛的地位了吗？对了，她的体性，便是金刚亥母。

但奶格玛是有身的。

奶格玛的身有两个阶段。

第一个阶段的奶格玛是以粗重的肉体降生于克什米尔的。你知道，人身是修行之大宝，没有人身之宝，是很难修成正果的。奶格玛虽然以一个寻常女子的形象降生于克什米尔，但她的体性是金刚亥母。所以，她没有一般女子的那种虚荣和贪欲。她很清净。她从来没有那种世俗的贪嗔痴等五毒。她不爱打扮，不爱追求世俗之俗乐。她最爱的是清修梵行。她最爱听经，并且每每在听经时进入禅定。奶格玛最爱听的经是《大般若经》，这是最了义的智慧之经，你不是也喜欢这部经吗？它其实是大手印瑜伽的源头。没有《大般若经》，就没有大手印瑜伽。那大手印的精义，便来自《大般若经》。

儿呀，跟你谈这些，你是很容易理解的。但你的使命，是要让那些跟你不一样的人也能理解。

下面，我们接着讲奶格玛的故事。

你未来的根本上师奶格玛——其实，你见到的金刚亥母也是奶格玛，她不是为你开示心性了吗？那便是根本上师了——总是在听闻《大般若经》时进入定境，她有着超越古今的根器。要是有人问你啥是根器，你可以解释为天分，当然，它不是世俗的天分。

所以，奶格玛在理上的明白是很早的。她在听闻《大般若经》时的那种觉悟，寻常根器的人苦修一生也未必能达到。

奶格玛闻一知十的悟性和超越常人的定力慧力赢得了许多大德的赞叹，他们纷纷授记说，此女子非寻常根器，她是智慧空行母的真实化现呀。

于是，他们告诉奶格玛的父母，以后，千万别逼她出嫁。她是修行的上等根器，是很容易成就的。

2. 净境中的金刚持

这样，奶格玛就在闻经中度过了她的童年。她一天天长大了，成了远近闻名的美女。许许多多的王子都以能见到奶格玛为荣。

但奶格玛仍是心如止水，她除了闻经外，便喜欢独坐。

你别问此刻她成就了没。

我不知道你说的成就指啥。

要是指心性，她当然成就了。我说过，她理上已明白了。就是说，她已在理上明白了空性，明白了那究竟的真理之光，但她在事上明白的缘分还没有到来。

那一天终于来了。一天，她的父母带着奶格玛去朝拜金刚座。对，就是去朝拜佛陀成道时那棵菩提树下的石板。不过，佛陀成道时那儿并没有石板，只有菩提树。悉达多王子就在树下铺了吉祥草，这是一个牧人供养他的。在印度的传统说法里，得到吉祥草是个很好的缘起。

那块石板，是几百年后阿育王放在那儿的。他将石板命名为“金刚座”。后来，许多人甚至将它当成了地球的肚脐眼，意思是地球的中心。当然，承认这种说法的只是佛教徒，别的宗教另有他们的肚脐眼。

据说，就是在朝拜金刚座时，奶格玛看到了金刚持。

当然，这是量变带来的质变。因为她一直听闻《大般若经》，一直思维《大般若经》的精义，一直按《大般若经》的智慧去指导自己的行为，换一句话说，她一直是在没有修炼名相的状态下进行着真正的修炼。所以，金刚座之行，只是她的一次顿悟契机。

奶格玛于是在净境中看到了金刚持。当然，在真正的成就者眼中，她这是看到了自性中的金刚持。金刚持是一种境界。我们每个人都有自己的金刚持，只是我们为无明妄想所覆不能得见而已。你当然明白这一点。只是，这种了义的话，你轻易别说，否则，人会骂你疯子的。

你当然也可以认为，奶格玛看到了人格化了的金刚持。金刚持是一切密法的源头。几乎所有的密法都来自金刚持。奶格玛看到的金刚持金光闪闪，十分庄严。他像太阳一样占据了大半个天空，俱足三十二相八十庄严。金刚持微笑着对奶格玛说，孩子呀，我很高兴你能有这样的净心，因为你的精进，你的所有业障都得到了清净，于是你看到了我。其实，从了义上说，我从来没有离开过你。自打你听闻《大般若经》并俱足了信心的时候，我便跟你在一起。你那时虽然没有看到过我，但我和你其实是无二无别的。

奶格玛高兴地望着金刚持。要知道，她的高兴也不是凡夫的那种忘乎所以的狂喜。她的高兴同样是如如不动的喜悦。她觉得那无量的金光沁入了自己的心脾，给了她无穷无尽的清凉。

金刚持说，孩子，你想向我求什么法？你是想增益？还是消灾？或是怀柔？或是降伏？你凡有所求，我皆会满足。

奶格玛说，我不求增益，不求消灾，不图怀柔，亦不为降伏。我眼中的它们，都是一味的。我明白，凡是有为法，皆不是了义的究竟。我只求解脱，并期望能让无量无边的众生也得到解脱。

金刚持说，善哉善哉。我很欢喜你有这样的发心。我能满足你的所有愿望。

许多本尊法，都可以达到你的愿望。那么，我问你，你想学什么样的本尊法？

奶格玛说，我想学能涵摄所有教法的一种无上大法。它既是顿法，有着超迈绝伦的见地；又是渐法，有着踏实可行的仪轨和行履。它能涵括所有的金刚法，能利钝全收，三根普被。

金刚持笑道，善哉善哉。有如是大心，方有如是大愿。好吧，你到那娑萨朗尸林去吧。在那个人迹罕至的所在，我传授你想求的无上大法。

3. 奶格玛千诺！

据说，就是在奶格玛见到金刚持的那个瞬间，她的骨相发生了变化。她于是有了第三只眼睛。孩子，虽然这种说法流传极广，我却更愿意当成一种象征。我理解的那三只眼睛，便是能洞察三世的智慧。

当然，后来，奶格玛也真的有了第三只眼，你将来，会看到她的形象的。在我的理解中，那是她证得虹身后的一种化现。

你得到的“奶格玛五大金刚合修法”，简称“奶格五金法”，就是在娑萨朗上空，由金刚持传给奶格玛的。我的儿呀，那个时候，流传于印度的金刚法中，最有名的，是密集金刚、胜乐金刚、玛哈玛雅金刚、喜金刚和大威德金刚。这五大金刚法的所有精要，都涵摄于奶格五金法中，那光明大手印，是此法的主干。

还有一种说法，奶格玛是在色究竟天的密严刹土中得到奶格五金法的灌顶的。这种说法流传得很广。其实，在真正的智者眼中，娑萨朗尸林跟密严刹土是无二无别的。

据说，奶格玛是悟证同时的，就是说，她在开悟的同时，就证得了究竟。这也是光明大手印最殊胜的地方。你用那联机的电脑和数据线，来比喻智慧证量的传递，有点接近它的原理。但你一定要记住，所有的语言，其实都很难诠释真理的本来面目。真理是远离语言的。许多时候，语言和知识反倒可能障蔽真理的光明，那便是我们所说的“所知障”。

在金刚持灌顶的同时，奶格玛就证得了法身、报身和化身。同时，也俱足了佛陀的五种智慧，即大圆镜智、平等性智、妙观察智、成所作智和法界体性智。

后来，她心间的不坏明点便化成了跟密严刹土无二无别的佛国。它外现的位置虽然在娑萨朗尸林上空，但其实也存在于每一位对奶格玛有无上信心者的心中。

儿呀，奶格玛的成就无比殊胜，她证得的是无生无灭的虹身，跟著名的莲花生大师的证境相若。就是说，她没有经历一般人必须经历的死亡。她的粗重肉身直接化为彩虹之身。那虹身不生不灭，无生无死，情器世界可以坏灭，那虹身却是永无坏灭的。

儿呀，你的根本上师，就是这样一位伟大的女性。你也是她法脉的持有者和传承者。你别忘了自己的使命。你要一直祈请她。记住，当你至诚念诵“奶格玛千诺”时，她便会出现在你的面前，加持你，达成你的所有愿望。

当然，当你清净了所有的业障之后，你就会恒常地看到她那智慧之身。同样，只要你俱足信心并殷重祈请，就可以领受她那无与伦比的加持力。你会达成你的所有愿望。对于那些有着科学口味的人，你可以用一种方便法门告诉他。你就说你用一种特殊方式调动的，其实是宇宙的一种暗能量。

你只要每天念诵“奶格玛千诺”，就不会迷失，就会一直向往她化现的那个神秘的净土。你在无论多么困苦的时候，都不会丧失信心。你所领受到的那种无与伦比的教法，也会燎原成历史上最美的景观。

儿呀，跟我念：奶格玛千诺！

奶格玛千诺！

4. 摧毁的信根

日子像秋风中的黄叶那样远去了。

不觉间，我已在律桑格喇嘛处待了半年多。我仍是放不下命中的那份牵挂，所以，我不能将认知后的自性打成一片。我明白大圆满法跟我不相应。这不是说大圆满法不好，而是众生不同的根器，会有不同的相应法门。

班马朗也对大圆满产生了怀疑。他长于口舌之能，他不相信那随时都可能出现的明空能使他摆脱轮回。但班马朗只是将这怀疑偷偷地告诉我。开始，我没受多大的影响，我仍旧保任上师认可的那种明空。但随着班马朗的一次次怀疑，我的信心也损伤了大半。多年之后，我才明白，那是班马朗用一种特殊的方式伤害了我。这世上，没有什么伤害比对信仰的伤害更彻底了。班马朗一次次逞口舌之能，摧毁了我对大圆满的信根。

我虽然仍能体会出上师叫我认证的那个东西，但因为信根已坏，妄念纷飞，那明空别说打成一片，就连那显朗的觉受，也变成了一种强为的作意。

信根既坏，连律桑格喇嘛也看出，我即使再修习下去，也不会有大的成就。律桑格喇嘛叹道，修道一定要亲近善知识，远离恶友。那恶友能摧坏信根，比杀你的肉体还可怕。

他叹道，去吧，你去南如哇上师处继续修学。不知道他教授的大手印是否跟你对机？

我只好离开了律桑格喇嘛。因为班马朗老是逞口舌之能，老是说律桑格喇嘛的坏话，上师怕这个害群之马会影响别的弟子，就逐出了他。

班马朗理所当然地跟定了我。只是那时，我并不知道班马朗是恶友。班马朗善于察言观色，投人所好。我虽然有些不喜欢他，但我想，不管咋说，班马朗也是众生，我的修行就从容忍和接纳班马朗开始吧。但随着两人的渐渐接近，我对班马朗最初的提防心消失了。正如久处醋坊会染上酸味一样，我以前认证到的明空觉受开始退转。

那时，我甚至认为，律桑格喇嘛传的大圆满并不是我寻找的究竟之法。所以，离开律桑格喇嘛时，我没有丝毫失落之感。

虽然班马朗恶意地摧毁了我对大圆满的信根，但历史地看来，在我的一生里，也未尝不是一件好事。要是我在律桑格喇嘛处精进地修习大圆满的话，我就没有后来的求法之旅了。所以，后来的我，将班马朗称为“逆行菩萨”。我的一生里，有许多这样的逆行菩萨。每一个逆行菩萨，都成就了我的一项庄严功德。你在证悟之初，其实也遇到过逆行菩萨，要是没有他们制造的违缘，你绝不会在见到上师的数日内便契入光明大手印的。

所以，我们要向所有批评我们的人顶礼，向他们说一声：谢谢你！我的逆行菩萨！

5. 错过大手印

在那个诛法火坛如影随形的烟雾缭绕中，我和班马朗拜南如哇上师为师，学习大手印。

也许是长途跋涉的缘故，也许是潜意识里还对那诛法有些忌惮，那段日子，我的神情有些恍惚。在跟南如哇上师学大手印教法时，我时不时就陷入昏沉。这样，我虽然跟大手印教法相遇了，但没能对机，终而交臂而过了。

虽然上师为我讲了大手印之理，但因缘使然，我老是在止观时陷入昏沉。我虽然得到了明空的觉受，但往往稍纵即逝，难以保任。班马朗也老是恶意地毁坏我的信根，说他不相信号称“诸佛之心”的大手印会如此简单。

我的信心再一次动摇了。

奶格玛的影子倒越来越清晰。

于是我想，还是到印度去吧。

多年之后，我在印度诸多大师那儿领受大手印教法时，才发现，虽然形式和语言不同，但从本质上看，南如哇大师已道出了大手印的诸多精要，只是我并没有契入。于是，我想，没有信根和福慧，眼前纵然有无量黄金，盲人也看不见一文的。

因此，即使在南如哇上师为我开示了心性之后，我的心头仍萦绕着那个女子的身影，在我的脑海中，她越来越清晰。我老是从她那含蓄的微笑中，发现一种说不出的玄机。

第四章 雪崩与狼灾

上师啊，你离开家乡去尼泊尔时，都遭遇了哪些凶险?

1. 漂向大海的小舟

记得，在我远去尼泊尔的那次旅途中，最凶险的，是遭遇了雪崩和狼群。

打定了要去尼泊尔的主意后，我就告别了南如哇上师，回到家乡，卖掉了属于自己的所有财物，全部换成了黄金。当时的传统，到印度和尼泊尔求法，必须要供养黄金，以示密法的珍贵。没有黄金，是很难求到密法的。因藏地黄金稀少，第一次去尼泊尔时，我用尽了心力，才筹到几百两黄金。

为了有个照应，我跟班马朗一起动身了。我向驮户买了三十只驮羊，每只羊虽然只能驮二十多斤，但羊多力量大，两人途中的日常所需，基本能驮在羊背上了。而且，那三十只羊，本身也是食物。就这样，我们赶着驮羊，离开了家乡。

我觉得自己像一只漂向大海的小舟，或是被岁月的飓风卷飞在苍穹中的一片羽毛。我不知道能否找到那个在我命运中微笑的女子，我不知道途中会遇到怎样的风雪艰险，我也不知道自己的这把骨头能否完好地回到故乡。

我一生都忘不了那种感觉。那是我第一次真正出远门。在我的印象里，尼泊尔远到天际了。不提别的，只那喜马拉雅山，就是一道障碍行路的巨大屏障。不知那连绵起伏着通向天际的雪山起于何处通向哪里？不知那深山峭崖之中是否真的藏有山魈恶魔？据说，以前有许多的求法者，就是在山魈们弄出的一次次雪崩中死于非命的。驮羊纷飞的蹄甲溅起的尘埃弥漫成了梦幻，我不用作意，就发觉自己正行走在一个巨大的梦里。

天空湛蓝，无一丝云翳，干净得像是用水洗过了百遍。它仿佛能发出无数的清亮的波，渗入每一个毛孔，直透人的心灵。我虽然不能预测此行的结果，但心还是像天空那样纯净得无一丝渣滓。这是扎西们行使诛法以来，我的觉受最好的一天。我后来认为，这缘起，象征着我能得到究竟的大手印证悟。

那时，我并不知道，我一向视为挚友的班马朗会成为我此行最大的违缘，也不知道我的生命会屡屡遇险，更想不到命运的最大考验正在遥远的西天等着我。

通往尼泊尔的路艰险至极，中间有很长的一段无人区，其地貌，很像一块巨大的戈壁。不知多少年前，这儿曾经是海，时不时就会看到有波纹的贝壳。许多时候，驮羊们会吃到草，这样就能省下它们背上的青稞。青稞是专为驮羊们准备的。我们为自己准备的是酥油、糌粑，还有倒毙的驮羊。行了十多天后，驮羊就开始有倒毙的。我们就放了血，剥了皮，将肉分割了，分驮在羊身上，在就宿时煮食。在我吃过的羊肉中，最难吃的是驮羊肉，因为那羊背老是负重，歇息时也不歇驮子，羊背都烂了。烂了的羊背发出刺鼻的臭味，那臭，跟流着绿汁的死人臭味相若，是能叫人闭气的那种恶臭。每次宰了羊，班马朗总要剜去臭肉，抛向远处。但怪的是，虽然他剜了那臭肉，但每次煮肉时，我还是能闻到那股奇怪的恶臭。

每次死一只驮羊，我们就会花上半天时间来煮肉。因为生肉放不了太久，我们就会选个能找到柴草的地方，集中煮肉。但那所谓的煮，也是象征性的。因为海拔高的原因，即使水沸腾了，那温度也较平原上相差许多。所以，那些煮过的肉仍是很硬，须借助刀子才能食用。要是羊死的时候找不到柴草，我们也只好将羊背上的东西分摊给别的驮羊，那羊肉吃一部分，剩下的就索性扔了。我先后扔了五只驮羊。后来，当我们被困在山洼里饿得饥肠辘辘时，班马朗便念叨个不停，他很是可惜那些扔了的羊肉。

记得，狼群就是在我们煮肉的时候出现的。后来，有人认为，那狼群，是扎西们的诛法感召的。因为在本波说法里，山神爷是本波的护法神，狼是山神爷的狗。

2. 裹风挟雷的雪崩

我们走得很艰难。

你可以想象得出那旅途的艰难。在没有任何交通工具的那时，要穿过无人区，越过终年积雪的喜马拉雅山，实在不是件容易的事。

我们行进在崎岖的山道上。驮羊越来越少，上了雪山之后，羊就吃不到草了，它们背上驮的青稞很快就吃完了。驮羊们一只只倒在雪地上。因为找不到柴火，我们不能再煮肉了，羊于是变成了雪地里的僵尸。你见过那些冻僵的羊尸吗？它们大瞪着眼睛，横着身子躺在雪地里，毛片上沾满了雪，硬成了一块。它们的身子硬硬的，已看不出肉肉的软和感了。它们像麦捆子那样横陈在雪地上。

一串脚印越过它们的身子，刺向天边。你甚至看到了雪地里趔趄的我，还有那个一般读者不太喜欢的班马朗。对此刻的他，你还是要心存感激。毕竟，在我最艰难的生命时空里，他用自己的生命陪伴了我。我甚至相信，在我们首次前往尼泊尔的时候，班马朗的发心也是清净的。我很难相信，一个没有清净发心的人，会离开温暖的家，翻越那茫然不知所终的雪山，到达一个被人们称为“西天”的所在。

那时节，老是出现大风，风里裹带着雪花，被人们称为“白毛风”。后来，你在一首短诗里，老用白毛风的意象，因为你总是看到在白毛风里蹒跚的我。凉州人管那白毛风叫“风搅雪”。透过那白毛风，你甚至看到了我冻伤的脸。

因为岁月的久远，历史的烟雾已经湮没了我的许多信息。后来，你踏上了我曾生活过的许多地方，但你再也找不到我的信息。人们已经忘记了我。只有在被岁月染黄的某些书页上，还可能找到我的名字。但那名字，远没有你此刻看到的我鲜活。

我当然是一脸风尘，要是你在雪地里行进几月，你也会有那样的风尘。你还看到了我脸上有冻疮，这冻疮，班马朗脸上也有。这是我们最相似的地方。因为这一点，我一直恨不起班马朗。我甚至相信，班马朗真是命运之神赐给我的一位逆行菩萨。他的出现，就是为了成就我的庄严。

我在首赴尼泊尔时遇到了两个灾难，一个是狼灾，一个是雪灾。那雪灾，人说是本波护法神弄出的。那些山神们都是本波的护法神，虽然后来为莲花生大师降伏，但他们后来又反了，重新护持起了本波。对此说法，我将信将疑，因为每个教派的人都说山神皈依了他们的教派，想以此招去更多的信众。

雪崩发生时，我跟班马朗正在休息。我们疲惫不堪，很想睡过去，但我们互相提醒着。谁都知道，要是真的睡过去，就再也不会醒来。我们吃着糌粑，我清晰地看到了班马朗嘴里的血。你可能不知道，在雪地里冻久了，吃东西时，牙会出血。但他自己并不知道。他虽然嘴里有腥味，但疲惫已迷糊了他的味觉。

这时，那个女子忽然浮向心头，她仿佛叫了一声。我一下子惊醒了。我忽然感到了啥。我说，走。我一把扯了班马朗，离开了那个山洼。

才转过山脚，我就发现一片飞沫裹向我们方才歇息的地方。那是白色的水流，是无声无息的旋风。它源自山顶的某个雪块，据说是山神推动了它。它裹风挟雷，瞬息间，就带动了那些蠢蠢欲动的雪们。雪于是发出静默的大声，悄悄扑向下方，想将我们腌成僵尸。

望着那雪流瞬间填满了我们方才驻足的山洼，我目瞪口呆。我一直忘不了这一幕。我一直将它当成给弟子们讲授诸行无常的典型事例。我老是说，性命在呼吸之间，要是我那时没有警觉的话，早就成了雪中的僵尸，既不会有后来的求法，也不可能有十万弟子。

许多时候，一个看起来不经意的细节，改变的，却可能是历史。

3. 狼的凶险

琼波浪觉遭遇狼群的故事更像是一个寓言。

琼波浪觉说，当他行进在大山丛中时，很像飘入大海的一片落叶。他最爱这个比喻。在我跟他相遇后的交流中，我多次听他用这个比喻，可见那种孤独的感觉真的渗入了他的灵魂深处。后来，当我走出偏远的凉州，进入上海、北京等大城市时，我也有这样的感觉。于是，我对琼波浪觉说，上师啊，我能理解你那时的心情。他用深邃的目光扫视着我的脸——他当然明白我真的能读懂他。他说，许多时候，人的一生中，时时会面临巨大的未知。面对未知的能力，是人的重要能力之一。从某种意义上说，修行就是在修炼未知。因为我们每个人都会死，而死对于我们每个人来说，其实就是最大的未知，没有人真正死过两次。当然，这是指今世，要是算上过去世的话，我们不知死过多少次了。

那个时候，琼波浪觉每夜都会出现在我的光明境中，给我讲他的故事，传递给我智慧和光明。我也讲了我跟金刚亥母的多次相遇。他说，金刚亥母的体性是大手印，她也是奶格玛，她们是无二无别的。你记住，大手印本自俱足，不假外求，是你本有的智慧显现，并不是说上师传给你，你就有大手印；上师不传给你，你就没有大手印。不是。大手印与生俱来，不增不减，不垢不净，勤修而不多，懒惰而不少。上师的作用，仅仅是帮你认知那个光明。上师说，瞧呀，那个月亮，于是你便看到了月亮。明白不？我点点头，赋诗一首：“大风吹白月，清光满虚空。扫除物与悟，便是大手印。”对！对！他抚掌大笑。于是，我们相视而笑，快乐怡然。

那段日子，我一进入那种澄明之境，就会看到那位智慧老人安详而欣慰的笑。

4. 大师若童

在那个宁静的明空之境中，琼波浪觉谈到了他遇狼时的凶险。他的笑很像孩子。是的，很像孩子。你一定要明白真正的大师有时是很像孩子的，所以世人说大师若童。若童者未必是大师，大师却定然若童。因为要是他没有一颗童心的话，肯定是成不了大师的。所以，当你看到那些故弄玄虚者时，一定要明白，他肯定不是大师。当然，他也不一定是骗子。

在琼波浪觉平实的叙述中，我看到了那些狼。

一位大德说，那扑来的狼也许是一种象征，象征那些含沙射影诽谤正法的小人。他说，那个时代，琼波浪觉遇到了许多小人。那些忌妒者像扑火的灯蛾一样扑向了他，但最终在历史的火焰中化成了灰。在历史的长河中，他们只是一个个善逝的水泡。

不过，也有人说狼是由本波的护法神化的，因为琼波浪觉背叛了本波；有人说是山神化现的，因为他们不想叫琼波浪觉去印度取那些他们眼中的“邪法”；还有人说是印度的守方神化的，因为他们知道琼波浪觉这一去，就会将他们视为眼眸的密法取了来……还有多种说法，但我只将它们当成了真的狼。

我从琼波浪觉的眼眸中看到了那些飞奔而来的狼，它们像黄昏时飞来的蚊蚋，我看到它们伸着长长的舌头，舌头上流着涎液。它们似乎在叫，冲呀，同志们，为了我们可爱的肚子。它们的声音惊天动地，摄人心魄，但在我看来，它跟空行母的歌声一样悦耳。

在那个瞬间里，我听到的歌声是——

羽兮如何居？飘摇亘古风。
不慕天上仙，聊做采芹人。

羽兮居如何？秋水笑盈盈，

愿为交颈柏，不效蒲公英。

羽兮奈若何？勿使叹流萤，
岁月匆匆过，乡关久候君。

我看到，琼波浪觉白了脸。我相信他害怕了，圣人也会害怕的。谁要是将圣人当成木头的话，那我就该揍他了。圣人也是人，而且圣人是最敏感的人，他们总是将众生挂在心头。何况，遇狼时的琼波浪觉还不是圣人。那时，他只是个想成为圣人的人。

琼波浪觉问我：你知道，狼的叫声是什么质感？

我说，像风呀。

他吃惊地说，你咋知道？

我说，那个时候，你体会到的，真的是风，那一波强似一波的声音像大风一样涌动了过来，荡得皮肤一阵阵酥麻，荡得心一阵阵发颤，荡得头皮发麻发酥。你觉得世上鼓荡着那样的风声，那风渗入毛孔，卷着心尖，牵着神经，扯着脑波，你定然有种想发疯的觉受。对吧？

他说：对的。你是知我者。

我说：那个时候，你还看到天空布满了歪歪扭扭的倒影，你认为那是魔。那时你还不明白，那一切其实是你自己的心性。对吗？

对的。

那时，你发现跟你一起的羊们都在发抖，像风中的树叶一样。

是的。

5. 驮羊

当那些狼发出可怖的声音席卷而来时，我看到了班马朗在发抖。虽然班马朗也会本波的教法，也学了一些佛教经典，但他的心并没有改变本质。这很正常，无论多么有学问的人，该发抖时还会发抖。只要是人，恐惧总是会光顾他的。我看到班马朗的眸子里透出绝望的光。他定然在想，完了完了。我观察到，他的脑中一片空白，没有啥杂念，只有一种浓浓的感觉笼罩着他。我大喝一声说，班马朗，就是它！我很想为他开示心性，让他找到本具的光明。可我的声音无法穿透历史的迷雾。于是，班马朗仍旧迷惑着。

那领头的狼已扑到十几米远了。这狼的身子很高，肩胛骨鼓起力的肉棱。我想它定然是狼王，因为它的身上渗出一种王者之气。它的鬃毛奓起，喷射出一种无与伦比的威风。班马朗的眸子出现的就是这狼。狼的眸子里也出现了班马朗。他们将对方当成了对手而对视着。

那个黄昏，琼波浪觉听到班马朗的惊叫后，也发现山洼里布满了狼，像人在雪地上撒了几把麻籽儿，密密麻麻的。驮羊们挤成一团，抖个不停。

班马朗长叹一声，说，想不到我们会填了狼肚子。

琼波浪觉却想到了他小时候的那个授记。那天，那个叫阿莫嘎的大成就师授记了他的未来，说他长大后会去尼泊尔和印度求法，会拜一百五十多个大成就师为师，会遇到一个叫奶格玛的虹身成就者，会得到“奶格玛五大金刚法”，会创立一个叫香巴噶举的教派，会有十万弟子，法脉会在雪域延续三十六代，三十七代后教法大兴，会在世界上燎原开来……他并没有说他会死在狼嘴里。他想，阿莫嘎是大成就者，想来是不会妄语的。阿莫嘎并没授记他会成为狼的食物。但在琼波浪觉过去的生活里，也发生过一些没有实现的授记。比如，某次，他父亲说一位弟子会长寿，不料，半年之后，那人却得了恶疮，前胸开了一个大洞，连心脏的蹦跳都看得见。父亲解释说他得恶病是犯了三昧耶戒所致，但父亲并没授记他会犯三昧耶戒。还有，过去的生活里，一些大德的授记也没有实现，有时他们授记的某些要成就的人，却偏偏背叛了师门。所以，虽然阿莫嘎曾授记他能活一百五十岁，但狼群的出现，还是让他惊慌了。

狼们围了上来，琼波浪觉已能看到它们发光的眼睛和流出的涎液。要是在夜里，那绿眼会变成一盏盏绿灯，这样，山洼里就会有无数的绿灯，它们飘忽来飘忽去，散发出鬼魅般的气息。班马朗解下驮羊背上的肉扔了出去，每一扔出，狼群总是呼啸着卷了去。相较于狼的贪婪，那些肉显然是无济于事的。琼波浪觉甚至怕肉会激起狼的食欲，引出它们更大的贪婪，但他没有制止班马朗。他想，要是命里该遭狼口的话，不管他扔不扔肉，结局都是一样的。

驮羊们有了叫声。声音里充满了惊恐和绝望。那叫声，在琼波浪觉的心头滚来滚去，像风中的石子滚过空寂的山洼。驮羊们仿佛明白了自己的命运，琼波浪觉却想，你们既然明白了命运，也明白叫是无用的，那你们还叫啥？

很快，羊背上驮的肉扔完了。狼们又开始跟人定定地对视。怪的是，狼眼里有了一种气定神闲的意韵，也许是它们已将这两个人当成了食物。琼波浪觉望望天，他想要是狼一起扑来的话，他便是最后一次看天了。听父亲说，人死了三天后，会进入中阴身。在佛教的说法里，中阴身是人死后到他投胎转世之间的那段时光。据说，中阴身没有眼根，是看不到天和日月的。中阴身看到的一切都是青白色。琼波浪觉就想，死就死吧，他想最后看一眼天。

天上已不见了太阳，太阳已躲入了云中。云层因此红了，西山上空辉煌成一片了。那景致真的很美，要是没有环视的狼群的话，琼波浪觉会被这景致感动的。琼波浪觉是个很性情的人，他不像父亲。他有着孩子似的天真和淳朴，他的心中老是涌动着一种诗意。弟子们都喜欢他造的本波修持仪轨，因为那文字里涌动着诗意的大美。不像祖师们传下的那些，只是一些机械刻板的观修文字。

忽听到一声闷响，琼波浪觉收回了游向天际的目光。他发现班马朗已将一只驮羊扔向狼群，驮羊落地时，背上的青稞袋炸裂开来。青稞粒迸向四周，发出沙沙声。驮羊落地之后，一跃而起，想逃回来。一张狼口已伸向它的脖颈。羊发出求助的咩咩声。琼波浪觉心中一紧，落下泪来。他对班马朗说，你咋能这样？班马朗说，这阵候，它不死，我们就得死。我数了数，有二十五匹狼，它们吃了羊，肚子里就没地方盛我们了。琼波浪觉却想，你还修啥菩萨道？但这话他没说出口。此刻，那所谓的菩萨道，还仅仅是心中的作意而已。他还没有生起真正的大菩提心呢。但他的心揪疼着，驮羊的挣扎声和绝望的惨叫声灌入耳朵。

狼群压向驮羊，盖住了它。狼们鼻腔里发出含糊的低沉的声音，仿佛在享受美味，又像在警告同伙，时不时还互咬几下。琼波浪觉的脑中充满了这种声音，便有了浓浓的梦幻感。他老是这样，那种梦幻感总在包围着他。所以，他一直对红尘诸欲没啥兴趣。因此，律桑格喇嘛说他根器很好，是上乘根器。他一直想不明白那虚幻跟根器有啥关系。律桑格喇嘛告诉他，许多人修上多年都修不出那种觉受。有了那种觉受，就会相应地少了许多执著。而修行的真正意义，就在于破除执著，破除我执能成罗汉，破除我法二执则成菩萨。

琼波浪觉明明觉出了环伺的危险，但还是没有那种巨大的恐惧，没办法。他老觉得自己在梦中，他梦中离开了本波，梦中学了大圆满大手印，梦中走出了家乡。此刻，那群狼撕咬驮羊的场景，也明明是梦呀。班马朗则不然，他的脸已扭曲，他又举起一只驮羊，扔了出去。驮羊在空中扭动着身子，但改变不了身体飞向狼群的弧线。琼波浪觉感觉到了驮羊的那种无奈，他想，人其实也一样无奈。人无法改变自己飞向死亡的趋向，虽然那趋向比此刻驮羊飞向狼群缓慢，但其本质，是没啥两样的。

狼群又围向落地的食物。它们的咂吧声很响，狼吃肉总是很响。不过，也许这是琼波浪觉的错觉，因为此刻他也听到了涨满山洼的心脏轰鸣声。那声响像鼓荡的大潮，也像罡风拂过树林时的呼啸。后来，他老是跟我提到这个细节。他说，那个瞬间，他没了任何杂念，梦幻、紧张或许还有恐惧将他的杂念一扫而光了。后来的某一天，他将这一觉受告诉了空行母司卡史德。空行母说，可惜了，要是有人为你开示心性的话，你在当时就会开悟的。

班马朗先后扔出了十多只驮羊，这是琼波浪觉后来才知道的。琼波浪觉一直在为这十多个伙伴难受。去尼泊尔后，他向一个寺院里捐了二两金子，对这十多只遭了狼口和倒毙在路上的驮羊进行了超度。琼波浪觉的眼中，是它们救了他和班马朗。

事实上也是这样，等那十多只羊的肉全部进了狼口后，狼们都静了，最后一只羊还剩了半副骨架。狼们伸出舌头，舔着淋漓在嘴外的血。琼波浪觉甚至从它们的眼里看到了感激。琼波浪觉很可惜那些撒了一地的青稞，他知道狼不吃它们。但班马朗却扯了他一把，他们背了行囊，赶着剩下的驮羊离开了那个溢着腥风的山谷。

琼波浪觉像梦游一样，他摸摸背囊中的金子。他想，别的丢了没啥，只要有金子，就能求到法。他觉得自己对不起那些被班马朗扔出的羊，因为自己没有阻止那种行为。但他也明白，在那种境况下，班马朗的选择也许是最可行的。

琼波浪觉于是发愿，要是证得了正觉，他会首先超度这些驮羊。

《琼波秘传》中说，后来，琼波浪觉证悟后收摄的第一批弟子中，就有那十多只羊的转世。

第五章　尼泊尔的女神

上师啊，你到尼泊尔后，有哪些神奇的经历？

1. 女神节

在大雪封山之前，我们到达了尼泊尔。在起身时，我们虽然选择了最暖和的季节，但那终年不化的雪山还是让我们尝到了寒冷的滋味。

你看过的那本秘传对我们前往康提普尔途中的艰难记载很详细，其中这样形容了尼泊尔的地貌：“尼泊尔国山岳崎岖如骆驼背。”行进途中，但见山峰如森林，沟壑多如老妪额头的皱纹，真是千山鸟飞绝，万径人踪灭。当时的交通工具多为驴马，也有人背肩扛者。

康提普尔的意思是光明之城，后来改名为加德满都，成为尼泊尔的首都。古时候的康提普尔是一个谷地，储有大水，内有蛟龙，故称“龙潭”，尼泊尔语叫“纳加达哈”。随着地壳的变化，龙潭水尽，谷地干涸，渐渐聚有人类。对此龙潭圣地，历代统治者都青睐有加，修建了大量的庙宇，故有“露天博物馆”之称。

康提普尔四面环山，气候宜人，四季如春，绿树鲜花四时不绝，风景十分秀丽。在山国尼泊尔，康提普尔便成了一颗明珠，几乎当时流行于尼泊尔的所有宗教都能在这儿找到一席之地。康提普尔面积不大，城市建筑不过七平方公里，但布满了佛塔、庙宇、殿堂和寺院，据说有二百五十余座，皆造型典雅，气势雄伟，各具特色，美轮美奂。一入城中，首先跃入眼帘的，是那屹立在山巅的印度教神庙，金碧辉煌，十分惹眼，内供印度教主神大梵天。此外，还有世界上最大的半月形实体建筑大佛塔，以及著名的印度教寺庙巴舒巴蒂庙。

我们到达尼泊尔时，正赶上尼泊尔的女神节。这几乎是当地最热闹的节日。尼泊尔人穿着我看来奇形怪状的衣服，来朝拜女神。我把能赶上女神节当成了人生的一个重要缘起。我很高兴。后来，我便是以女性上师奶格玛和司卡史德的法脉传承者的身份留名青史的，有人甚至将香巴噶举教法称为智慧空行母的法脉。

后来，我才知道，关于女神的来历，有一个故事。说是很久以前，尼泊尔有个国王，请来一个叫塔拉朱的女神玩牌。由于女神美貌非凡，国王便想入非非。女神发怒了，拂袖而去。夜里，国王做了一梦，梦到发怒的女神对他说，你荒淫无耻，国家将面临巨大灾难。你要是想消除灾难，保得江山，就要崇拜库马丽活女神，她就是我的化身。国王发心忏悔，选出活女神，进行崇拜和供养。这个故事，是变异了的封神故事，起于何时，已不可考。

女神是从童女中选的。尼泊尔人崇拜童女，他们认为童女是神的化身。家中的童女地位很是尊崇，即使她们犯了错，也不会受到责骂。但一旦结婚，女人的地位就一落千丈，家中的所有苦力活，都由女人承担。

为了纪念佛祖释迦牟尼，女神都是从释迦族的童女中选出的。选拔的条件十分苛刻，有三十多条，要求容貌出众、身材姣好、身无伤痕、胆识过人，等等。每次选拔，先选出几十个符合条件者，将她们关入阴森的暗屋，墙壁上画满了各种图画，多是奇形怪状青面獠牙的鬼怪。初进那暗屋，胆小的童女便会大哭，选拔者就会将那哭者“剔”出去。一次一次地淘汰，最后剩下的，再进行更严格的考验。比如考试者会在夜深人静时模仿鬼哭狼嚎，要是那女童能泰然自若，不惊不怖，就会被选成女神，送入女神庙，接受供养，接受崇拜，直到她生理上发育成熟有了经血为止。

在当地，女神也被称为空行母。这其实是一种方便说法，也未尝不可，问题在于，这女神是阶段性的，空行母则应该得到终生的崇拜。女神初潮后，她的女神生涯就结束了。她就会由神退回到人间。其地位一落千丈，甚而被尼泊尔人视为不祥之人。

平时，那些女神藏在女神庙中，无人能见，神秘之极。她们尊崇无比，有着无与伦比的神权。她们占据着话语权，能处理各类纠纷。每年，国王也必须得到女神们的祝福。只有女神在国王的额头点上吉祥痣后，国王才算有了能在当年行使国王职权的合法权利。

在拥挤的人群中，我看到了骑在大象上的女神，约有十岁，举止庄严。她的身上披着各类华美的饰物，头饰、颈饰、耳饰、胸饰、臂饰等均光华四射，豪华之极。女神的额头有个醒目的吉祥痣，显得仪态万方。人们欢呼着，吟唱着赞美女神的歌，其韵律有种圣洁肃穆之美，跟周围的氛围达到了奇妙的共振。我觉得自己被融解了，旅途的疲惫、跋涉的艰辛、灵魂的寻觅、尘劳的沉重……都化入那善美的旋律，化为清凉灵魂的熏风。

我一直沉浸在那种旋律之中。此后多年里，一想到尼泊尔，我的心头就会响起女神的颂歌。多年之后，我见到空行母奶格玛和司卡史德，就用这旋律向她们表达了自己虔诚的致意。

人们疯狂地涌向女神，但被廓尔喀兵挡了回来。廓尔喀是尼泊尔的一个地区，民风强悍，是尼泊尔最好的兵源所在。这一点，很像俄罗斯的哥萨克。那些士兵虽然矮小，但十分凶悍，无论是以前还是以后，他们都成为入侵尼泊尔者最头疼的物种。他们忠于职守，挡住了涌向女神的人流，女神向人群微笑着示意。她只是转了一下眼珠，每一位信众就都觉得女神已将祝福赐给了自己。

我觉得自己跟尼泊尔的缘起极好。女神节的欢庆氛围冲去了我心上所有的尘劳。

2. 苏玛底的女儿

由于语言不通，我无法得到自己想得到的讯息。利用女神节前三天人们上街的机会，我们到处打听，想找个懂藏文和梵文的学者，可是人们根本听不懂我们的话。

但我不信，这人山人海里，会没个能听懂藏话的人。

我们口焦舌燥地问到第三天，终于听到了一个清凉的声音：你们是从藏地来的吗？

问话的是一个女子。她长得非常美，神态也有种女神的庄严。后来，才知道，她真的是退位的女神，叫莎尔娃蒂，意思是智慧女神。因为耳濡目染，莎尔娃蒂也懂些藏语。她告诉我，她的父亲就是位精通梵藏文字的班智达，叫苏玛底。

苏玛底在当地名声很大。他门下有许多学生，除当地求学者外，还有几位藏地来的求法者。那时藏人去印度和尼泊尔求法已成风气。求法者最先要过的，便是语言关。苏玛底教出了好多学生，可惜已湮没无闻了。

苏玛底学费很贵，因为他不但是大学者，也是多种密法的持有者。他择徒极严，看不上眼的，无论给他供多少金子，他也懒得一望。他老说，狮子乳是不能往尿壶里倒的。他很瘦削，高挑身子，粗一看，显得很刻薄。他精心教出的学生，梵文水平是一流的，好些人就成了翻译家。我后来也精通了梵藏翻译。多年之后，你也能从藏文《丹珠尔》中，发现我翻译的多部著作，比如《殊胜度母热久玛的秘诀修习法》《诗学家窦贝多杰的秘诀巴古班智达法要》，等等。

我给苏玛底供养了十两黄金，作为我和班马朗学习梵文的费用。我们在距苏玛底不远的地方租了房子，每周去上师家两次，开始了紧张的梵文学习。苏玛底很喜欢我。据说，我来的前夜，苏玛底梦到自家的房顶上有人吹海螺，其声响彻天地。他认为我能给他带来极大的声誉。九百多年之后，你会发现苏玛底的预测应验了。因为，你的作品中之所以还能见到“苏玛底”

三字，仅仅是因为他当过我的梵文老师。否则，他也许跟当时与他齐名的梵文大师一样，早湮没于岁月之中了。

我依止了苏玛底约一年多，苏玛底除了给我教授梵文和尼泊尔文等多种文字外，还传给了我五十多个灌顶。按苏玛底的意思，希望我能当他的衣钵弟子。他发现来他这儿求法和学习的藏人中，我的天赋相对高一些。无论是学习经教，还是梵文，似乎能闻一知十。他还发现，我对知识和教法永不满足，能像海绵吸水那样从他身上汲取养分。而当时的一些求法者，多着眼于解脱，所以，好些人求到能使自己解脱的法门就离开了他。我那时认为，对于得到真正传承的正信弟子来说，解脱并不难，但我到尼泊尔来，并不是为了自己解脱，我想汲取这块土地上能滋养灵魂的所有养分，将它们带往藏地。所以，虽然当时我得到了苏玛底传授的许多教法灌顶，但我并不满足。

我仍是时不时就能看到奶格玛那期待的目光。

这时，发生了一件事，促使我离开了苏玛底。

苏玛底的女儿莎尔娃蒂曾是女神，尊崇无比，享尽了荣华富贵。但按尼泊尔习俗，是没人敢娶退位女神的。他们认为，谁要是娶了退位的女神，会发生许多不吉祥的事。所以，退位女神虽然拥有许多金钱，容貌也美丽无比，却总是在孤零中结束自己的后半生。

莎尔娃蒂的未来，也最叫苏玛底牵挂。

关于我离开苏玛底的缘由，历史上有两种传说：一是说我精通了梵文，学业圆满，才离开的；另一种却说是苏玛底想叫我娶他女儿。尼泊尔人虽不敢娶女神，藏人却没这禁忌。事实上，我也不信娶女神会给自己带来不吉。我认为，真正能改变命运的，是自己的心，而不是外物，更不是一个曾当过女神的女子。因为密法独有的特点，苏玛底希望我能以瑜伽士的身份度众。“琼波浪觉”这一法名就是苏玛底取的，意思是琼波家族的瑜伽士。后来，虽然也有别的上师给我取名，比如慈诚贡保等等，但其他名字都叫岁月的沧浪冲洗得无影无踪了。青史留名的，还是琼波浪觉。

苏玛底倒真的希望我能继承他的家学。他说他已经老了，若说还有世俗的牵挂，那也就是放不下女儿。

那时，人们有两种传说，一说是莎尔娃蒂爱上了我；一说是班马朗爱上了美丽的莎尔娃蒂。

对这类故事，猎奇者视如珍宝，正信者总是不屑一顾。你们后来的连续剧中充满了这类故事。

当然，你也可以将那些传说都当成真的。

班马朗对我的诋毁，在苏玛底家就开始了。一天，班马朗给莎尔娃蒂说了我的许多坏话，说我不是正信的佛教徒，说我信仰的是异教本波。而本波，则以诛咒术为能，他还说我曾犯过杀戒。

当晚，莎尔娃蒂就将这话告诉了我。我于是明白，我已经引起了班马朗的忌妒。后来几年间，虽然我没跟班马朗公开决裂，但对他已经有了提防。

那时，我面临第二个人生选择。美貌的女神、丰厚的财物、班智达家族的荣耀、甜美的人间之爱……这些构成了巨大的诱惑。我真的经历了一番复杂的心理交搏。但我知道，我来尼泊尔，虽然也是为寻找一个女人，但我寻觅的，不是莎尔娃蒂的美貌，而是奶格玛的智慧。

便是在那个时候，萦绕在我心头的，仍是那个老在命运里微笑的女子。

3. 女神

当我决定离开苏玛底家时，莎尔娃蒂很是痛苦。这很自然。你也能理解那种痛苦的。因为莎尔娃蒂也是人，是人就有人性，而爱情是人性中最本真的内容。

莎尔娃蒂有着女神的庄严，那模样，很像观音菩萨。当然，这也很自然，尼泊尔人不会选一个不庄严的女子当女神。我从莎尔娃蒂的印堂里看到了一个朱砂痣。据说，跟莎尔娃蒂争夺同一届女神的女孩都很出色，她们个个美貌庄严，临危不乱。莎尔娃蒂说，当她被丢弃在墙壁上画满凶神恶煞图像的房中时，其实很害怕。但父亲提醒过她，要是一发出哭声，她的女神梦就破灭了。莎尔娃蒂的理想就是当一个女神。她对世俗生活有种天然的恐惧。在尼泊尔，最苦的是女人，不仅仅是劳作之苦，还有被当成另一种人类的歧视。莎尔娃蒂不想这样活下去。

莎尔娃蒂说，她被丢弃到那个房间里的经历，是她的记忆中最可怕的事。在那个夜里，她不敢睁开眼睛，因为每一睁眼，那些张着獠牙的凶神就会扑入她的眼眸，撕咬她的心。她能真实地感觉到那种撕咬。就是在那个夜晚，她才明白恐惧原来是有能量有质感的。但她还是坚持下来了，因为父亲告诉她，恐惧是第一关。有许多想当女神的女孩就过不了这一关。

后来的一些考验，反倒不那么难了。因为无论学问还是修养，莎尔娃蒂都是无与伦比的。后来，她和另外三个女孩进入了最后一轮。在最后一轮的决胜中，莎尔娃蒂的相貌起了很大的作用，其中最重要的，就是她印堂天生的那个朱砂痣。因为，所有尼泊尔女神的印堂里都有那个吉祥的象征，但她们的那个红点，是人为的，而莎尔娃蒂的，却是天生的。按一个相士的说法：眉间有个朱砂痣，福相禄相世无比。眉间一点红，如二龙戏珠，如双凤朝阳，即使暂时有违缘，日后也必成大器。后来，她就是在这一点上胜出了。

莎尔娃蒂当女神的那些年，尼泊尔风调雨顺，国泰民安，人们都将这一切归于女神的庇佑，于是，人们向女神供养了大量财物。按规矩，这都属于女神自己。莎尔娃蒂称得上富可敌国了。但她也明白，自己退位之日，便是孤单的开始。

果然，她的初潮一来临，她便被请出了女神殿。从此，人们见到她时，就敬而远之了。莎尔娃蒂觉得，自己还是那个自己，但遭遇却是天上地下。正是有了这种人生历练，才让她明白了世事无常，于是，她便开始了解佛教。按父亲的打算，要给她找一个修炼密宗的瑜伽行者，因为修密到了一定层次，是需要明妃的。

于是，莎尔娃蒂想，要是我遇到可心的人，我就当他的明妃。

4. 魔桶咒法

《琼波秘传》记载：琼波浪觉遭遇莎尔娃蒂，是那祭坛的魔桶咒法的第一次作用。他面临着另一个选择：你要过寻常人的世俗生活，还是继续你的寻觅?

此后，那诛杀法和魔桶法的咒力相互交替。在很长一段时间里，琼波浪觉只能感受到前者的咒力，感觉不到后者的魔力。直到后来，他真的掉入了那个魔桶，他才知道，那魔桶一直在他的生命中张着大口。

后来，琼波浪觉谈起莎尔娃蒂时，眼中充满了深情。他说，自己在尼泊尔求法时，带的那点黄金很快就用完了。后来，他在尼泊尔的所有花费，都是由莎尔娃蒂赞助的。关于这一点，知者并不多。许多人只知道琼波浪觉的财势很旺，说是得到了白六臂玛哈嘎拉的帮助，但神佛是不会直接将黄金送给世人的，他们的所有加持，都必须遵循世间法的规律。莎尔娃蒂的帮助，便是那种世间法规律的外现之一。

关于莎尔娃蒂成为琼波浪觉的明妃的说法并没有得到证实。后来，班马朗的弟子中有许多人这样说，并将此当成了一种类似于流言的东西四处传播。《琼波秘传》中说，莎尔娃蒂待琼波觉虽然很好，她的父亲也将琼波浪觉当成了心子，但两人之间并没有产生实质性的性爱。书中说，我们很难相信一个发愿西行求法，且不顾生命的人会陷入世俗的情欲当中。要是他为了一个女人而放弃寻觅，根本用不着翻越万水千山来到异域，因为在他的家乡就有数不清的女子。在佛教史上，有许多拒绝诱惑的故事。几乎所有的得道者，其成道前的第一关，就是拒绝诱惑。

不过，在我跟琼波浪觉相遇的某个时刻，他还是告诉了我当初的情景……

第六章 女神的心事

上师啊，我想了解一个真正的你。哪怕是那真实很叫我难受，我也需要那真实。能谈谈你那时的一些真实心事吗？

1. 女难

孩子，实话告诉你，莎尔娃蒂是我真心爱过的第一个女子。我很爱她。我是在见到她之后，才明白人世间还有那样一种神秘的情感。那时节，世上最美的风景便是莎尔娃蒂的笑。每当她望着我笑的时候，整个世界便一片灿烂了。至今，一想到她的笑，我的心头仍会如春风轻拂一般。

我真的很爱她。

当我发现这一点时，确实吓坏了。要知道，以前，我眼中的女子其实是众生之一。我爱众生，但那种爱其实是慈悲，而且，最初的慈悲仅仅是一种作意。我觉得应该那样。你说得对，慈悲心是热爱众生，出离心是远离人群。我一向都喜欢离群索居的。所以，任何女人在我身边都跟我观想的那些图案一样，其实是个幻影。

只有莎尔娃蒂出现之后，我的生命中才出现一个鲜活的女人。我可不管她是不是当过女神。我只觉得生活中有了她，一切都有了意义。那时的许多个瞬间，我甚至也这样想：人不就是一辈子吗，很快就过去了，为啥不珍惜眼前的爱，而去折腾自己呢？你想，多可怕，那时，我竟然将寻觅奶格玛，也当成了一种折腾。多可怕。

我真的理解了为啥老祖宗将爱上一个女人称为女难，真是女难。要是没有足够的定力的话，那所谓的爱，就会成为不可救药的女难。许多有可能成为高僧大德的人，就是在遭遇了他们很爱的女人之后还俗的。你想，唐代的玄奘大师要是爱上一个女子，他还会成为玄奘吗？

那时的很多个日夜里，我的眼前总是出现莎尔娃蒂微笑的脸。她已代替了我的观修对象。无论我怎样观修，我都很难观出本尊的形貌，我眼前出现的，总是莎尔娃蒂。几百年之后，六世达赖仓央嘉措说出的，其实也是我那时的觉受："入定修得法眼开，祈请三宝降灵台。观中诸圣何曾见，不请情人却自来。"是的。真是这样。

那时，有两个我老是打架。一个是我的梦想，一个是我的爱。我的梦想告诉我，离开她吧，你还有更远的路要走。另一个声音却说，爱她吧，你到哪里寻找这么好的女子？这世上，最值得珍惜的，是爱。你便是修成了大成就，没有爱，有啥意义？

有时我甚至想，我也不度众了。因为当那种巨大的爱袭来时，我只在乎眼前的女子，奶格玛虽也在心中笑着，但那是很遥远的事。你想，无论我的读经、我的禅修、我的观想持咒，我其实都被莎尔娃蒂包围着。那情景，很像你家乡的沙尘暴。是的，爱是一种沙尘暴似的感觉。漫天啸卷的，就是莎尔娃蒂的气息。她的笑，她的叹息——那时，她老是不经意间叹息，她的皱眉——她皱眉的模样最叫我扯心了。她的一切都会像一粒粒石子打向我的心。

许多天里，我都想，我不在乎世界了，我最在乎的，其实是一个女子的微笑。

一天，莎尔娃蒂给了我一个本子。本子很华贵，是女神的专用物，上面记载了她很多心中的话。我已用空行文字把它记录了，深藏在我生命的最深处。

在澄然之境中，你也会看到那些文字——

2. 女神的相思

黄昏总算把风骚了一整天的太阳赶下山去了，地面上顿时凉爽起来。我伫立在熟悉的望夫崖上，向你的住处展望……

很长时间没这样耐心地等待了，但我又为谁而等待呢？是盼望那爽风再一次扑怀而入呢，还是等待那黄昏的柔情将我的影子拉得好长好长？我的眼眸只有在这样如水的黄昏才会等待，我等待你的出现。有时，你也会出现在黄昏的余晖里，你在背诵那些梵文单词。但更多的时候，我见不到我想见的你。远处的行人由远而近，又影子般飘过。不知是那双熟悉的眼睛欺诳我的心，还是我的心冷落了熟悉的眼睛？

祸兮？福兮？滚滚红尘是谁在宿命里安排，纵然站成一道风，我也无悔。难道我等待的是一场梦吗？是不是还要在等待里寂寞一生？暮色降临，我在寂寞里等待着。

天黑了，起风了，你终于没有出现。

琼，我的太阳，离开你，心中一片茫然，自己似乎又成了风中的柳絮。望着那渐渐消失在人流中的熟悉的背影，真想用尽所有的力量深情地呼唤。我实在忍不住那份无法说出的悲伤和落寞。

不知道于今的你，是否仍有那寻觅的心？是否仍那样在梦里疲惫？是否仍在深夜里叹息？是否仍能看到那等候的女子？

每当想到你的寻觅，心就有点失落。我想太阳终究会离我而去。阳光灿烂的日子，定然会渐渐远去。

今生注定要孤独了，独来独往无人相陪。从一场香甜香甜的旅途睡梦中醒来，竟然就要说再会，我们又要各走各的路了。这是多么叫人难受的事。

我坐在静室里，关上屋门，心上陡然多了一道栅栏。你的心在那边忙碌，我的眼泪在这边打转。心在痛，感觉怎么也说不清，不忍心再看你一眼，怕你熟悉的身影会刺得我满心伤痛。

我的幸福太短暂了，早知道有这样的别离，想当初还是莫要相逢好。那时节，我已认命了，已打定主意独居一生。可谁叫你出现呢？你是个注定要寻觅的人。爱上你，就像爱上了一阵风。我的天从此灰蒙了，所有的相思总是在翻江倒海，我怎样收拾这样残败的心绪呢？老像走在云里雾里，老像是活在梦里，不知道自己将走向何方。也许失去爱的人就是这样，心头永远是落寞和凄凉。

唉，你去吧！最好再别回来。

等了一晚，泪流了一晚，你却一直没有出现。心好沉，好累。

不知为什么，突然间多了许多让我无法名状的东西。我也许做错了啥事，竟变得浑浊不堪了。也许，在你眼里，我不过是一本读透的书，才使你如此地逃避我、厌烦我。我委屈极了，泪流在心里，荡漾着一种说不出的痛。我觉得自己的命很苦。我的自信整个地崩塌了……

相思使人老，不要相逢好。我为何不是个真正无情的女神？为何总要想像别人一样相守？是舍？是留？皆牵了愁。舍，谁能再为我弹一曲妙音？留，谁又能为我的爱做出担保？

你活得太苦太累，为了那一份寻觅，你不辞辛劳，四处奔波，却从不想想自己有多苦。你为什么不想想，该如何为自己好好活一次？

心情很烦乱，这聚聚散散的人生戏场真让人觉得无聊。要是没有你，这小院会让我失望，会让我陌生，留在心头的，只有相聚时那温馨的一缕情。只有那一段说说笑笑、打打闹闹的日子还停留在岁月深处……

当你去外面参学时，整个小院只剩下了我，一切太静了，又被艳阳照射着，于是就常去那个女神庙。那是个很美的所在，在那儿，我度过了最美的少女时代。那儿有很多人，有上香的，有祈祷的，有顶礼的，纷纷繁繁。我就静静地坐在一棵树下。那老树绿荫如盖，又临着碧波水塘，我很喜欢。心情显得很涩，想到你终究会离去，怎不让我感到茫然。我先是看那深深的随风而动的碧水，心就慢慢低沉了，后又抬眼望那午后飘逸的云彩，渐渐想起童年做过的成仙的梦来，心又进入无边的遐想中了。这时我最大的愿望，就是想叫那个令人又恼又爱的你陪我来这儿坐一会儿，但明知道，一切都是不着边际的奢望。

近来夏日的黄昏总是要落点儿雨。每逢黄昏，看那天气渐渐地清凉了些，雨点的脚步就要赶回来了，我就慢慢地走回到家里来。刚走进小巷，雨丝儿已落了下来。不久，你们也会回家。你们很热闹，但我总是寂寞的，就一个人回到屋子，轻轻关上了门。

半夜醒来，心头缠绕着千丝万缕的相思。突然记起今天是你来学习的日子。虽然你跟你的伙伴住得不远，但才过了三天，我却似煎熬了千年。

你就要回来了，在这个下午。虽然我不能与你单独会面，但我已幸福万分。你回来了，我的眼睛就能穿透所有的墙壁，看到微笑的你；你回来了，我的耳旁就会息灭所有的嘈杂声，心就如湖水般清澈平静。你回来了，空气中就会飘荡你熟悉的气味，我也不再感到孤独。

我快要坐化成惆怅的无名鸟了，你才回来。你可知道，我日日站在黄昏的夕阳中放飞那灵鸽，它虽然带不来你的讯息，但它总能很近地望你一眼——它想来跟你有缘，无论你走到哪儿，它总是能寻觅得到。传说中的某个古代英雄的一生中，老是有一只鹰跟定了他。你的生命里，跟定你的，就是这灵鸽。它虽然是我从一位婆罗门那儿买来的，但我想，它其实也属于你。我发现，你跟它的缘，比我跟它的缘还要深。每次见到它，我的心中就会卷起一阵阵甜晕。

不过，你也许真是不解风情的。你也许根本想不到，我会在这青春的驿站驻足，浏览你这曲高和寡的风景。

我想，等我们老了，太阳仍然会很红。年轻时相遇过的那缕清风仍在爽爽快快地流浪，但我们不会因为自己逝去的华年而伤心。牵手到老——与自己至死不渝的爱人，这在人间最美不过，你说对吗？

那时，我们在夕阳映照的小路上散步，相亲相爱，你看着我失去玫瑰色充满皱纹的容颜，我望着你满头的银丝、深情的双眼，岁月长长，我们刻骨铭心的爱情不变。在我快要合上眼、离开世界的最后一刹那，我的心中、眼前晃动的，还会是你温馨的笑脸……

3. 致莎尔娃蒂

我读懂了莎尔娃蒂，也读懂了琼波浪觉。我从琼波浪觉的角度，写了一首诗，他非常喜欢，说我的诗艺术地再现了他那时的心情。

诗的名字叫《致莎尔娃蒂》——

总以为
那张相聚的场景
已到发黄的季节
那段销魂的风缘
该成褪色的记忆

总想搅乱命运的密码
总想打碎百世的寻觅
总想使迷醉的心宁静
总想叫扰人的温馨死去

总以为
翠竹开花的时辰便是它生命的结束
耀目的电光终会成黑色的死寂
总怕煮鹤焚琴的故事上演
总怕大漠的月儿碎裂成搅天的淫雨
总想锁住那远逝的岁月
总想碾碎无常的光顾

总想叫命运的邂逅缘结为永恒
总想叫惊人的美丽定格成奇迹
总想那西子湖畔风流了千年的苏小小
总想说永恒的别名便是死去
总在拷问灵魂
总想品尝毒蛊

总想在一个风雨萧萧的黄昏
走近人影罕至的蒲团
总想踩碎残月下的晓霜
印出浪迹天涯的孤独

于是我总在演化故事
一千个故事里
有一千个你
一千个你里
有一千件叫人伤心的往事
万千风云
集结成一个“断”字

总以为七月流火的后面必然是清冷的雨季
总以为生命燃烧之后必定是灰色的记忆
总以为凄然转身便有新的足迹
总以为斩落莲胎不再有纠结的藕丝
总以为桃花岛上的女子早已死去
总以为雪山下的笑声已经消逝
总以为千古风流终将冷落
总以为命运的清唱复归沉寂
总以为心中的倩影已化虚空
总以为来生的相约已成往事

怕只怕孤寂的梦里上演心事
怕只怕深陷的沧桑纹泄露秘密
怕只怕晓风残露里的孤影
怕只怕无月的夜里独步
怕只怕邂逅相遇的秋波
怕只怕梦醒时分的叹息
怕只怕千年的瑶琴只由在空谷轻抚
怕只怕生命不再有意义
怕只怕心头的孤坟
谈笑的僵尸

每每在痴呆里晶出你的容颜
每每在无月的梦里有你
每每把男儿的刚烈化为寸断的柔肠
每每在笑声里哭泣

千万次挥手
斩不断痛苦的纠缠
千万次顿足
惊不去怅惘的结集
千万次诅咒
又千万次寻觅

不争气的失神的眼睛
总在出卖
那灵魂里包裹了千层的秘密……

4. 杀生节

在踏上新的寻觅之路前，莎尔娃蒂带我参加过一次杀生节。它几乎是当地最大的节日了。成千上万的鸡、牛、羊被带进了庙宇。那些动物们当然知道自己的命运，它们都扯直了嗓门，发出各种各样的惊叫，局促的小城里充满了各种惨叫。尼泊尔人是从不在自己家里宰杀动物的，也不叫专门的屠夫代劳。他们将家畜带到神像前宰杀，就等于供养了神灵，这本是婆罗门教的祭祀礼仪。这一点，跟你们凉州的习俗很相似。凉州人在打庄盖房时也要宰牲，名义上要给土地爷供牲，但实际上那肉还是进了人的腹内。你说凉州人供牲时先要在家畜的耳中倒点冷酒，要是家畜一哆嗦，就意味着神已领了情，也叫领牲。尼泊尔和凉州相隔何止千里，但这种杀生供神的习俗却惊人的相似。可见，这一陋习也成了人类的“集体无意识”——呵呵，瞧我，也在与时俱进着，我不是也学会了这九百多年后的词儿吗？

虽然尼泊尔人认为那些家畜会因为供神而得到超生，但家畜们并不领情，它们的眼里仍然充满了绝望和忧伤，它们的叫声想制造地球末日来临才有的氛围，但叫人们脸上的欢庆味冲了。这世界，并不是家畜的世界，只要人类认为欢庆，那世界也就欢庆了。

一辆辆马车驴车被拉到了当街，这是山国尼泊尔的主要交通工具。车上挂着彩带，辕上套着花环，车前摆了供品，供品有粮食、红粉、水果等。在尼泊尔，车也成了神的载体，杀生节这天，是必须要祭车的。人们将活羊、公鸡等捞到车前一一宰杀，没头的鸡们翻着斤斗在地上翻滚着，招来一阵阵惊叹声。

那时节，我并不知道，杀生节如水的人流里，有一双暗中窥视我的眼睛。那人叫更香多杰，是莎尔娃蒂的堂弟。他的眼中充满了刻毒，他远远地盯着我和莎尔娃蒂。他的出现，让我的生命多了一种色彩。他同样是我生命中的“逆行菩萨”。

人们宰杀了羊们，将血淋滴到车头车身上，以示祭车。

接着，大批的屠宰开始了。鼓乐声响起了，皇家士兵在院中排成了仪仗方阵。他们高举着刀剑，发出惊天动地的誓言。宣誓之后，人们将牛羊赶进院里。它们发出阵阵哀鸣，虽然杀生节被宰的牲畜都会成为神的眷属，但它们还是愿意像凡兽那样活着。这一点，它们有着跟中国的庄子一样的见识。庄子宁愿做曳尾于泥的小龟，也不愿被制成标本供奉于庙堂之上。牲畜们像那些发誓的士兵一样，也发出惊天动地的哀告声。它们大叫：我们要活着！我们要活着！我似乎听懂了它们的心声，泪一下子涌上眼睑。我想，无论婆罗门教有着怎样精深的教义，单凭这样大规模的杀生祭祀，我就不可能对它产生净信。我想，无论是怎样的神，也没有权力夺取别的动物的生命。这种对杀生的厌恶，使我一直没有在尼泊尔和印度皈依婆罗门教。

身躯庞大的水牛被拽到了屠宰的木桩前，一位婆罗门边持咒边往水牛身上洒水，一条汉子扯着牛尾。鼓乐声大响，声震天地，一位长官模样的军人举刀上前，拿腔作势，显出十分威武的模样。他抡圆膀子，长刀划弧，电光般地飒向牛颈，眨眼间，硕大的牛头已滚落在地。刀口处鲜血直冒，四溅开来。我不由得心中一紧，一股酥麻荡向周身。我赶忙按学过的本波仪轨进行超度。没想到，虽然我已离开本波，但在异国他乡，我最容易想起的仍是我已离弃的本波。可见，一个人幼年学过的东西，会如影随形地伴他一生。

牛身轰然倒地，溅起些许尘埃。一人已将牛头搬到彩旗旁边，另几人拖了牛身绕旗而行。这便是所谓的祭旗了。

5. 噩梦般的记忆

杀戮仍在进行，血流遍地。

腥气汇成了旋风。先后有八个牛头和一百零八个羊头供在了旗下。那些杀戮者都很兴奋，仿佛受供的杜尔加神已经赐给了他无与伦比的力量。杜尔加神是战神的象征，他因战胜恶魔苏瑟赢得了千古敬仰。杀生节本是为了纪念和祭祀杜尔加神，渐渐衍化为一种锻炼意志的仪式。军官在上任和卸任时，都要以杀生来显示威风。据说，以杀生来祭旗，就能得到神灵的赐福。但我却毛骨悚然了。我远离本波的一个原因就是本波总是在祭祀中杀生，而今，婆罗门祭祀的杀生更盛。我想，哪怕杀生的结果是让我证得虹身，我也不屑于此。

望着滚落了一地的动物头颅，我心疼如绞。我想，在无始无终的时间里，那些动物都曾是我们的母亲，我们怎能屠杀它们?

虽然所有动物都化成了尸体，但我的耳旁仍然响着它们的惨叫，那惨叫像钝锯条一样在我的心上划来划去。眼中满是猩红的血色，腥风仍扑鼻而来。我想，要是他们祭祀的那些神灵真的喜欢杀生的话，那无论他们有多么通天的大能，我也不愿意敬仰他们。我想，真正的大神，应该善待每一个生灵。

这次杀生节，给我带来了噩梦般的记忆。那些动物的尸体一直在我的脑海中晃动。我甚至在梦中也摆脱不了杀戮带给我的刺激。我做过好几个杀生节的梦，每每在梦中惊醒，发现自己一身的冷汗。

日后多年里，我虽然也遇到过一些有名的婆罗门教大师，但我一直没有皈依他们。直到多年之后，司卡史德带我听过《薄伽梵歌》之后，我才对婆罗门教有了新的认识。

第七章　琼波浪觉的梦魇

上师啊，我在《琼波秘传》中，看到你曾被劫持过一次，能详细讲讲那过程吗?

1. 命运的赐予

那件事的由头，源于我跟莎尔娃蒂的一次相约。

那时，我已经有点离不开莎尔娃蒂了。我发现我们的关系越来越亲密，远远超越了师兄妹的界限。我像下山的石头那样，在情爱惯性的裹挟之下，身不由己地滚向了未知。

我决定慧剑斩情丝。我知道，要是再不果断的话，我就再也跳不出情欲之井了。我当然想不到，我的决定，在更香多杰看来，是对他堂姐的一种耍弄。于是，他的眼睛盯上了我。他决定修理我。

那天，我叫灵鸽给莎尔娃蒂带去了一封信，约她在女神庙后边的树林里见一面。

我想跟她认真谈一次。我要告诉她，虽然我很爱她，但还是决定要离开她。我已学会了梵文、巴利文和一些地方语，能自如地进行交流了。我想践约命运的寻觅。

那时，她的父亲几乎已公开认可了我。许多人都认定我会娶她。只有更香多杰知道我的心事，一见我，他的脸色总是很难看。他认为我在耍他的堂姐。他多次明确表示，我要么娶他的堂姐，要么，别再跟她接触了。他说他见过好些害相思而死的女子，他不想叫他的姐姐也这样。他不理解，我既然那么爱莎尔娃蒂，为啥还要去找另一个女子？他更不理解的是，既然我注定要去找另一个女子，那为啥还要爱他的姐姐？

他问得对。现在想来，那时，我真的该远离莎尔娃蒂的。但你要知道，命运中的许多东西，是不可能设计的。我对莎尔娃蒂的爱，其实是我跟命运的一次遭遇战。我是在没有任何准备的时候爱上她的。等我发现自己爱上她时，她对我的爱也已不可救药了。

不过，当我们穿过千年的岁月云烟看这次相爱时，我却仍在感激命运的赐予。要是没有莎尔娃蒂，我的人生会逊色很多。我指的不仅仅是感情，还包括我的事业。在印度大陆的近三十年的游历中，莎尔娃蒂一直是我生命的诗意之一。我们虽然没有成为世俗意义上的夫妻，但要不是她，我肯定不会有后来的辉煌。后来，她将她当女神时得到的几乎所有财富，都用于我的求法和弘法。你想想，只在我手中建起的寺院，就有一百零八座。要没有她，根本不可能有后来的香巴噶举。

虽然我打定主意要离开这儿，但对那次相约还是很兴奋。无论外相上是僧侣还是圣人，只要他是男人，他定然就会有相悦的女子。便是在我后来成就时，我发现自己仍是摆脱不了异性相吸的法则。没办法。虽然那只能算是一种习气，不是世俗的分别心，自然构不成烦恼，但作为男人的习气，还是能左右细微的好恶。像莲花生大师，虽然他已成佛，但他对益西措嘉的那份感情，定然超越了别的弟子。

我亦然。无论在我成就之前，还是成就之后，一想到莎尔娃蒂，我的心头总是会涌起一股暖流。她以世间女子的外相，给了我一份终身不能忘怀的诗意之美。我的一生中，有三个女子，除了出世间的奶格玛和司卡史德之外，莎尔娃蒂是不可忽视的存在。虽然她在外相上是世间法，但究其本质，还是跟观音菩萨嫁那个她想度化的海盗一样，是另一种形式上的利众。

虽然一些自以为是的书籍——如《琼波秘传》中，将我遇到莎尔娃蒂，认为是本波护法神制造的女难，但我自己，却感谢这次相遇。

是的。我承认，不仅仅在当时，甚至在我日后漫长的寻觅中，莎尔娃蒂的爱情都有一种诱惑和留难的外相。对她的感情一直是我的牵挂，客观上阻止着我的寻觅，但正是在那一次次对自己的战胜中，我成了我自己。

2. 劫持

九百多年前的那时，我甚至将奶格玛观成了莎尔娃蒂。一想到她，我的心总是狂跳。那种感觉是慢慢洇过来的，像宣纸上滴下的一滴墨水一样。等我发现这一点时，已有点不可救药了。那时，我总是在充满诗意地期待跟她的每一次相见。

那天，我去了女神庙后边的树林，那儿相对安静。记得，那天天很蓝，风也清，一切都很美。几个老人正在绕塔。因为他们是莎尔娃蒂的老乡，望他们一眼，我的心头也会多一丝异样的甜蜜。

在那儿，我没有等到莎尔娃蒂。

却发现，有三条大汉向我走来。其中一位，是莎尔娃蒂的堂弟更香多杰。好几次，更香多杰气急败坏地对我说，要么，跟他姐姐结婚；要么，别再骚扰她，给她一份安静。他叫我别再跟她一起抛头露面了——比如双双参加杀生节，他说那种行为已让他的家族蒙了羞——否则，他会和他的家族一起干预的。他说，若是需要，他愿意羔子皮换一张老羊皮，意思是他可能会杀了我再给我抵命。

更香多杰也许不知道，感情问题，绝不是一加一等于二的事。那时的我，其实也在挣扎。我忽而想娶莎尔娃蒂，过平常人的日子；忽而想远行，去寻找自己的梦。我的感情和理性总在打架，纠斗不休。这种情景，同样反映在几百年后仓央嘉措的诗里："多情深恐损梵行，入山又怕误倾城。世上哪得双全法？不负如来不负卿。"

只是，我不明白，他们是如何知道我们的相约？至今，这还是个谜。有人说是班马朗的告密，事前，我确实跟他商量过这事，他倒是真有告密的条件。但这一猜测，一直没有得到证实。

从对方气势汹汹的目光中，我自然明白跟他们去，会意味着什么。听说，三年前当地人就打死过一位胆敢娶女神的藏人。也许，让一个来自藏地的“粗人”——他们会这样认为——娶了女神，对当地人来说，是污辱。但更可能是忌妒，当地人会想，我不想得到的，谁也别想得到。何况，女神还有那么多让当地人眼红至极的财富呢。那时，我甚至以为，他们仅仅是想赶我走，这样，女神那笔巨大的财富，就不会落入外人之手了。却没想到，他们想做的，其实是逼我马上跟女神结婚。

自从我发现自己已爱上莎尔娃蒂后，就有了很多折磨。留下？还是远行？这问题一直萦绕在我的心头。一方是我的寻觅，一方是我的所爱，哪一方我都不想割舍。我忍受着灵魂被割裂的痛苦。在很长一段时间里，我没办法挣脱任何一方的枷锁。我既摆脱不了对寻觅的执著——那是我活着的理由，也舍不得莎尔娃蒂。她真是一位女神。自遇到她后，我的许多情感被激活了。我没想到，人世间竟有那样一种奇妙的感觉。那时，我甚至想，佛经上所说的极乐世界，是不是也是这样？若是这样，人间便是净土；若不是这样，那种极乐又有什么意义？

那三条大汉带了我前行。他们将我带到了神庙的后院。我想到了三年前那个同胞的结局，我有些害怕。我想，我还没找到该找的人呢，要是被人打死，这辈子就白活了。

明知免不了皮肉之苦，我却有种异样的轻松。我想，要是他们问我，我就明确告诉他们：我并不想娶你们的退役女神。这一想，我觉得抖落了缠身多年的绳索，有种解脱后的释然。

神庙后院还候着几人。我逃不了，也不想逃。我想面对一切。

更香多杰恶狠狠支使几条汉子闭了窗锁了门，又一个汉子拿着棍子守住门户。

没有惧怕，我只想告诉他们，我不想娶女神。这念想很叫我难受，也让我轻松。但他们啥都没问，只是发出一声声凶神恶煞般的呵斥。

我决定表明我的心事。虽然我很爱她，但我的生命里有更重要的事。我的这辈子，不是来娶女神的。

……记得，就在那天早晨，我在坐禅时，一个神秘的声音说：女人，无论她如何美丽，都是女难。别对她抱幻想了。

我决定摊牌，但那些人啥都没问。

我只好静静地等待着。

我没有想到他们竟会搜我的身体。他们一脸的道貌，平时多像一个个得道高人呀。他们竟能放下脸来，搜我的身子。他们搜去了我随身带的一些金子。见到金子时，几人眼中放射出奇异的光。

又几人围了上来，从我身上搜出了常带的那把藏刀。一个人叫，哈，杀人未遂。你犯了杀人未遂罪。见到那藏刀，他们如获至宝。也许，他们能在当地法律中找到某种理由了。

我笑了。带藏刀是我的习惯，他们却说我想杀女神。这罪名是如此的拙劣，我甚至轻视他们的智商了。

3. 飞来的耳光

在更香多杰的逼问下，我承认我喜欢莎尔娃蒂。我没说我爱她。虽然那时我已经爱上了她，而且是一种刻骨铭心的爱，但我更爱那寻觅。一听到我喜欢莎尔娃蒂，那几人就愤怒了。我不理解他们为啥愤怒。我想，也许，他们也喜欢莎尔娃蒂。

我再次承认：我确实喜欢她！

一个汉子突然跃起，呸呸了几声之后，打了我几个耳光。

我被打得晕头转向，这是我今生第一次挨耳光。我忽然有种顿悟的感觉。

弟兄们，准备好！更香多杰呵斥一声。四条大汉摩拳擦掌了。

更香多杰说，他再耍赖！往死里打！

更香多杰怒视着我，先揍了我一拳。我脑袋轰鸣着，倒在地上，我没想到他会打人，他也算是我的师兄。我们以前关系很好。他深知我爱他堂姐，也知道她爱我。我曾对他讲过我的心事和寻觅。我对他说，虽然我爱你堂姐，但我还是要去寻觅，我忍受不了没有寻觅的生活。那时他说，你想得倒好，你想玩了她，然后再找个理由甩了她，没门。我说我要是去寻觅的话，是绝不会碰她的，我的心明月可鉴。他听了，只是冷笑。

我曾告诉他，虽然离开莎尔娃蒂我会痛苦，但我知道这种痛苦不会长久。我知道，所有的痛苦和幸福，其实仅仅是一种情绪。而所有的情绪，都是无常的。

有时，我也会沉浸在我臆想的关于她的苦难里。在当地，是没人敢娶女神的。她会在孤独和相思中度过一生。每想到这一点，我的心中也会冒出娶她的念头，但念头仅仅是念头。当我不跟随它时，所有的念头，都是吹过驴耳的秋风。

但在某一天，我发现了一种很可怕的事。我发现，一想到生活中没有莎尔娃蒂，我就不再有灵感，不再有激情，忽然没有了人生的乐趣和意义。那个瞬间，我可怕地发现，一想到要离开莎尔娃蒂，我的寻觅就退出了老远。

于是，我才决定离开她，踏上我的寻觅之路。

4. “打死这个藏狗！”

又飞来一拳，打在我耳后。

我不知道我是否昏了过去，只恍然觉得自己倒在地上，耳中一声雷鸣。我记得我呻吟了一下，大脑一片空白。我失去了知觉。

不知过了多久，我醒了过来。我脑门流血，头痛欲裂。

我发现，更香多杰正高举一个香炉，又吼又叫，作势欲砸。

那一拳，让我头疼了许多年。即使在日后寻觅奶格玛的途中，伴我时间最长的，也是那头疼。每次头疼时，我就会想到自己在女神庙里的经历。

我的双耳也轰轰作响。

又一拳向我眼睛捣来。我的眼角被打出一个血包。天地变成了红色。那一瞬，我甚至没了思维。

另几人又揍了我几拳。我清醒过来时，只觉得胸部剧痛。

我没有反击。我知道我的反击会招来什么。心头一片空白，脑中巨响不已。

打过我后，他们也不再兜圈子。更香多杰提了三种方案，要我选择：一是要我承认杀女神未遂，将我马上送官；二是要我自残身体，割去生殖器；三是要我娶了莎尔娃蒂，安分守己地过日子，别再提那些狗屁的寻觅。

女神庙主管还提出了一条，要我将身上带的所有金子都供养神庙，用以补偿亵渎女神给当地可能带来的损失。

那主管振振有词地算着账，列举着历史上的许多因亵渎女神而给当地招来的祸患。她说，要是一送官，你的一生也就完结了，你必然会坐牢。今生，你的事业，你的信仰，你的地位，全都完了。你的家族也会因你而蒙羞。

别忘了，莎尔娃蒂虽然也爱你，但她身上流的是尼泊尔人的血，那女人说。

我们已经取好了所有证据。那女神棍扬扬几张纸，上面有所谓我承认的所有渎神供词。她说，你信不信？我有本事叫你马上坐牢。我当然信。在当地，虽然法律没有明令禁止娶女神，但由于世俗的干预，所有娶了女神者，都不可能有安定幸福的生活。各种势力都会在世俗的合法名义下，让所有娶女神者显出“不吉祥”来。我怕的，当然不是娶女神的“不吉祥”，而是怕耽误了更重要的事。

我说，我不知道你们要是故意陷害，结局会如何？

陷害？你敢说陷害？一人又向我挥了一拳。

其余人也吼，打！打死这个藏狗！

女主管据说是现在在位女神的奶妈。她坐在我的身边，揪住我的头发，说，我看看这个牲口。哟，还有头有脸的，你还想溜。我真不明白，我们的女神究竟看上了你的啥？

那女人说，要知道，世上变化最快的，是女人的心。世上最可怕的，也是变心的女人。你要是真想溜走的话，莎尔娃蒂也会同意将你送官。她一定会想，我得不到的，别人也休想得到。

他们忽而诱，忽而逼，将这闹剧演了两天。我仿佛经历了地狱。当我被一个浓妆艳抹俗不可耐的女人揪着胡子叫牲口的时候，我真想撞死在那个桌子上。但因还没找到我要找的人，我死不瞑目。

那两天，我品尝到了人性中许多被称为“恶”的东西，有点万念俱灰了。我甚至怀疑莎尔娃蒂参与了这种把戏，我觉得很恶心。不过，我很快就忏悔自己“以小人之心，度君子之腹”了。我相信，莎尔娃蒂一定不知道更香多杰导演的勾当。

看到我一次次顽固的拒绝，更香多杰失去了理智，在我脸上掌了很多耳光。我于是想，当下最主要的问题是如何离开暴徒们的掌控。这一想，灵魂的慧光顿然显现。我觉得没必要跟这群粗人纠缠下去，我要见到莎尔娃蒂，得到她的帮助。

那夜，我做了一个奇怪的梦。我觉得自己置身于一个巨大的山峦里，万念俱灰，眼前晃着一个个灰影子。一阵可怕和绝望令我窒息，什么希望都没了，只有绝望，只有恐惧。我没有一点儿气力。生命的意义消失了。我像传说中的孤魂那样四处游荡着。我找不到归宿。我看不到天光。我没有办法左右自己如风中柳絮一样的身子。我似乎真的到了中阴身阶段。于是，我哭了，哭声在旷野里显得很无助。这时，一个女人出现了，我看不清她的脸，但我知道她是奶格玛。她劝我，说要一辈子陪我。我哭得好痛快，好伤心，许久没这么哭了。而后，那女子像小时候妈妈给我叫魄那样，一声声呼唤着我的名字：

琼波巴——冷了烤火来——

琼波巴——饿了吃饭来——

琼波巴——高处吓了低处来——

琼波巴——硬处吓了软处来——

琼波巴——三魂七魄上身来——

就是在她的呼唤之中，我觉得自己活了过来。我于是发誓，无论出现什么样的违缘，我都要去找她。

记得那个梦境很长，有着许多神秘的内容。

虽然那梦已印在我的灵魂深处，但我还是无法将它清晰地描述出来。要知道，语言总是很苍白，许多觉受是很难描述的。比如，我至今仍无法向你描述那女子揽我入怀之后的那种大乐。我们相拥在一个小河边，天做被，地做床，四下里除了狗叫，便剩下十分的清明与幸福。记得梦中的月亮很亮，月下的河很静，远的树与近的石都在无边的月色中消融了。那是个很长很美的梦。

今天讲述它时，我仍然感到很温暖。许多久远的模糊的感觉扑面而来，令我慨叹不已。虽然我经历的那时，还有许多暴力和血腥，但我的心头却荡漾着一种奇幻的韵律。那许许多多的人和事，都透出一种昏黄而朦胧的美。

感谢生活给了我一切，使我的人生十分精彩。

第三天，我走出了神庙后院。我答应了那些人提出的条件，我签了他们叫我签的那个保证文书——我真怕他们会弄残我——但我的去意已决。

后来，我理解了更香多杰。据说，他听信了别人的挑拨，说我玩弄了莎尔娃蒂之后，不顾女子的死活，想溜走。更香多杰觉得这已经叫他们的家族蒙羞了，他于是又煽动了别的族人。那些人倒很卖力。也许，他们真的是想帮助一个女子达成她的愿望。同时，他们定然也认为，他们在为我好。除了能娶那么美的女子为妻之外，我还能得到富可敌国的财富。他们像良医强制性地为顽劣的病人动手术那样，想修理掉我身上的“不识抬举”。开始他们还有点理性，后来却全部进入了角色。他们自己也被自己营造的氛围裹挟了。他们很卖力地玩那个游戏，给我留下了噩梦般的记忆。

说真的，对更香多杰，我现在仍很感激他。要知道，莎尔娃蒂富可敌国，要是更香多杰有私心的话，他只会赶走我。这样，莎尔娃蒂父女一死，那些财富自然就会落入其家族的手中。但那时的更香多杰处心积虑的，竟然是叫我娶女神，想叫我成为那财富的主人。也许，在他眼中，我的选择和放弃，是对他姐姐和家族最大的污辱，就像一个乞丐对着送来的王位，却说要考虑考虑一样，是可忍，孰不可忍。我真的理解了他气急败坏后的失去理智。

走出神庙那天，天气真好，万物像充溢着灵气似的欢迎我。因为下定了决心，我感到非常轻松。心里仿佛有个快乐仙子在咯咯地笑着，那是一种含泪的笑。我的心头荡漾着一种奇异的感觉。沉淀了许久的沉重消失了，淤积的懊恼化解了。那是怎样的爽啊！

只是，经了这场变故，许多美好的感觉远去了，心头又多了另一些东西。我想，苦海无边，回头是岸呀。

沧桑的感觉像水一样漫过来，淹了我的许多诗意。我的灵魂又经受了一次命运的拷问。

莎尔娃蒂来看我。在我失踪的三天里，她一下子老了十岁。她的嘴上多了两个血疱。一见我，她就号啕大哭。

莎尔娃蒂说，那天，她并没有收到我的信，也许是灵鸽丢了那信，或是被别人取了去——许多人都喜欢那灵鸽，都跟它很熟。

她抚摸着我的伤痕，轻声地骂更香多杰，边骂，边心疼地流泪。

而后，她又灿烂地笑了。问到她笑的原因，她说我在她梦里告诉过她，我不会离开她了。她说，在梦中，她高兴地抱住我跳了起来。她笑得很灿烂。

我的灵魂却被戳了一刀，顿时泪如雨下。

日后，每每想到她这个可怜的梦，我都会泪流不止。

因为我知道，无论经历怎样的变故，我都不会安分守己地跟她过日子，更不会忘了自己的寻觅。

5. 为了那个梦

无论琼波浪觉经历了怎样的灵魂折磨，他还是将自己的决定告诉了莎尔娃蒂。他告诉他的命运选择，说他虽然写了保证书答应要娶她，但那是被逼的。如果她愿意，就放他远行吧。如果她要他守那个女神庙的城下之盟，他也会跟她结婚，但他定然会痛苦一辈子的。

莎尔娃蒂很是痛苦。

在我沧桑的记忆里，当时的琼波浪觉和莎尔娃蒂，有过这样一个对话——

你真要走吗？

是的。

你为什么要走？

因为，走是我的宿命。要是我现在不走，就可能永远走不了啦。

为什么？

因为现在我还能记着我的宿命。当我在这儿待上一年后，那宿命的印迹就淡了。待上两年，那印迹就更淡了。当我待上三年，那印迹就若有若无了。当更长的时光流水冲刷之后，我就再也记不起我的宿命。

真那么可怕吗？

是的。世上有许许多多可能伟大的人，他们都有着自己的宿命，但就是在那种警觉消失之后，他们终于忘记了自己的本来，成了一个混世虫。

也许，你说得对。我在当女神的时候，觉得自己真的是一个女神。现在，我只是一个害相思的女子。仅仅过了五年，我已忘记了当女神时的许多东西。

说真的，现在，你已经开始占领我的心了。要是我继续待下去，那个叫奶格玛的女子会渐渐退出我的心灵，会有另一个人完全地占据我。她也许叫莎尔娃蒂，也许叫别的名字，它们只是一个个符号。但奶格玛不是符号，她是我活着的理由，而别的女子，只能参与我活的过程。因为奶格玛代表的，是一种形而上的追求，而别的女子，则是一种形而下的生存。

那你为啥不将别的女子当成那种形而上的追求呢？

因为，她们承载着不同的精神。奶格玛代表着出世间的利众精神，别的女子则代表世间法的某种规则。

所以，你才要离去？

是的。趁着我还清醒的时候，就强迫自己离开那种可能叫我失去记忆的环境吧。环境对人的影响，你比我更清楚。在女神庙时，你就是女神，跟我在一起时，你仅仅是个害相思的女子。你遇到什么样的环境，就可能有什么样的心。

这倒是真的。

你可能不知道我父亲的故事。很小的时候，他就想效法那些古代的大德，去印度求法。但后来，他一直没有去。因为他一直能找到不去的理由。因为任何人只要想找理由，他总能找到任何理由的。世上所有的理由，都是在你需要它的时候出现的。它的本质是欺骗你自己。父亲也这样一次次用那理由欺骗着他。他一天天长大了，理由也一天天多了。到了某一天，他发现自己当初的那种想法真是太幼稚了。于是，他心甘情愿地当了本波的法主。再后来，当我有了他小时候的那种追求时，他竟然想阻止我。因为在他的眼中，我的那种想法，是幼稚的标志。就这样，父亲日渐成熟的世故，终于杀死了他的梦想。

他一直没能走出来？

是的。最早的时候，他觉得自己没有力量走出来。于是他想，等我有了力量就走出来。其实，他不知道，真正地走出来，根本不需要力量，只需要一颗坚决地走出来的心。那颗心是世上最强大的力量。父亲却一直在积累着自己以为必需的力量。后来，他终于有了那种机会和力量，但他却没有走出去的心了。在父亲临死前的一天，他忽然记起了自己的梦想，他悄悄告诉我他的遗憾。他说要是有下辈子，他会实现他的梦想的。我很想说，下辈子，你仍然会有无数阻挡你的理由，你仍会不想放弃唾手可得的安逸，你仍然会惧怕陌生，仍然会有无数庸碌屠杀你的梦想。虽然他临终时的发愿和遗憾，会以轮回的形式，出现在他的一个生命体上——在父亲的下一个童年里，那梦想仍会出现，但世故的环境仍然会腐蚀他前世的梦想，并腌透他天才的童心。要是没有那“能断”的智慧之剑，父亲仍会世世代代地遗憾下去，成为另一种可怕的轮回。所以，我得守护着我的心，不要叫它日渐世故。

你是啥时候打定主意的？

就是在你父亲将我当成儿子的那时。那时，我忽然发现，我一下子拥有了许多东西，有了地位，有了产业，有了妹妹或是妻子，也有了许许多多想不到的温馨。我忽然发现，命运已经安排好了一切，不需要我再付出多少努力了。因为无论我如何消费，也花费不了那么多的财物。但同时，我发现我有了一种责任，它限制了我的很多自由。生活很公平，它在赐予你许多东西的时候，总要从你的生命里索取相当价值的东西，比如自由，比如追求，比如梦想。那时，我就想，我该走了。

为了你的梦想？

是的。为了我的那个梦。

好的。我理解你了。你走吧。你别再管你的所谓签约。被迫订下的所谓保证和契约，你不必遵守它。你别管他们，我去说服他们。不过，我知道，更香多杰的嗔恨心和执著都很重。他定然很看重你的签约，他会觉得你欺骗了他们。他定然会报复的。我虽然不知道他报复的方式，但你要善加提防。我会尽量消除他的嗔恨心，不过，你要知道，女神一旦退位，就跟当地所有的女儿差不了太多，是没啥地位的。我不知道我的劝说，能起多少作用，我想请我的父亲也说服他们，试试看。我们尽力吧。

她又说，你走后，我会一直等待下去。你要答应我，找到你的寻觅后，一定要来找我。你要将你现在的约，推迟到你找到梦想之后来践。以前，我也有我的梦。很小的时候，我就想当女神。后来，我当了女神。我当了女神的时候，发现自己虽然有女神的形貌，但我并不是女神，因为我没有明白。即使在我给那么多的人指点迷津的时候，我也没有明白。那时我想，我一定要当真正的女神。我要寻找生命的真相，我要窥破生死的秘密。我要洞悉真理。我要建立一种岁月毁不掉的价值。

这也是你的梦想。

是的。当我走出神庙的时候，我的心是灰色的。因为我的女神梦破灭了。我由凡人成为女神，再由女神复归于凡人。虽然我拥有了数不清的财物，但我并不幸福。而且我发现，即使在我当女神的时候，我也不幸福。那时，我就想，世上是不是真的有一种甘露，喝了能叫人明白，能叫人忘忧，能叫人得到究竟的幸福?

我寻找奶格玛，也就是想找到这种东西。

我不知道你能不能在奶格玛那儿找到它。但寻找的过程本身，就是幸福的。也许，那寻找的过程，便是那甘露本身。

你说得对。那我们各自去寻找吧，当你找到那种东西时，一定要告诉我。我也一样。

莎尔娃蒂说，不，我不会再寻觅了。寻找是我以前的梦想。现在，我的梦想变了。我的梦想就是等你。我已经找到了能让我幸福的甘露，那便是对你的爱。我不再去找任何真理了。我发现，当我想你爱你的时候，我真的是很幸福的。那幸福，远远超过了我当女神时的一切。我想没有比它更令自己幸福的甘露了。我只想守候它。我相信，我的守候便是我的幸福。我会等你的。我会在余下的时光里，等待你的到来。我不要超越，不要破执。我只要你。只要对你的那份守候和允诺。有了它的陪伴，我就不再需要任何东西。

我理解你。爱也成了你的梦想。

不过，我有个请求，你带上那灵鸽，让它成为你我的桥梁。就让它经常给你带去我的信好吗？你可以回那信，也可以不回。我只是想让你知道我的心。

好的。

我给你的信，不一定是你喜欢的内容。我可能爱你，可能骂你，可能怨你，可能有我想说的一切。你别管它的内容。你只管当成一个女子爱的真心即可。我不想掩饰，我只想像人们向梵天祈祷那样说出自己想说的话。

好的。我也期待着你的信。除了我的寻觅之外，我最在乎的，其实还是一个女子的真心。

我为啥不叫你解除那约定，而只将它推迟到找到你的寻觅之后？原因是希望你答应我：等你真的找到了奶格玛，求到那密法之后，一定要来找我，好吗？我知道，修密法是需要明妃的。等你的证量达到双修层次之后，就让我做你的明妃好吗？我告诉你，我不是女神，我只是一个女子。我向往爱情。在你达到能够双修的证量之前，我的修炼只是我的等待。你别管我的爱是不是圣洁，我只想告诉你，我的爱是真的，而且我愿意守候这份世俗的爱。我甚至不想升华它。请你允许我对你有一份世俗的爱，允许我对你嬉笑怒骂，允许我对你的相思和埋怨，允许我有平常女子对一个爱人的所有心思和念想。你千万别笑我。我其实不想超越。我只想跟我的爱人，静静地待在一个世界找不到的地方，相视一笑，无欲无求。我希望自己能实现这一梦想，我希望在我的生命中真的出现这样一种爱。若是它不能出现的话，我就用我的梦来演绎这份爱吧。

好的。

你只要记得，在你的生命里，有一个女子正等着你，等着你的归来。她日夜经历着相思之苦。那是她自愿的，也是她的一种修行方式。她这样修行的所有目的，就是为了见到你。她最怕的是，要是自己不这样修行的话，她可能会在一种非常疲惫的状态下，放弃这份爱。为了这份爱，我甚至不愿进行传统意义上的修行，我怕修行有成后的超然会消解我对你的爱。不，我不要那样。我只要这份爱。我只想守候这份爱。我要守候着当你的明妃。需要告诉你的是，无论你眼中的我是不是明妃，但我的所有愿望仅仅是想做你的女人。你叫明妃也成，你叫空行母也成，你叫侍者或是女儿也成。我都不在乎，因为在我的内心深处，我只是你的女人。你不要戳破我的梦好吗？

好的。

只希望你能守住你的承诺，在找到你的宿命之后来找我，我会放下一切，跟你而去。我愿意跟你走天涯，或是住山洞。我愿做你的仆人、丫头或是你需要的所有角色。我只希望能黏在你的生命里，成为你摆脱不了的呼吸。

琼波浪觉一脸泪花。他说，在那个分手的瞬间，他甚至想到了对寻觅的放弃，但莎尔娃蒂摇摇头。她说，虽然你的寻觅让我难受，但我最爱的，其实也是你的这颗寻觅之心。你要是放弃了寻觅，你就不是你了。我虽然有颗女儿心，但我的血液里还有女神的基因。你只要守护你的誓约，在找到你的目的之后来找我，我便心甘了。

两人击掌明誓。

后来，莎尔娃蒂一直给琼波浪觉写信，那些感人肺腑的信件都以空行文字保存了下来。

每次，当我打破二元对立进入光明境里，只要想看，都可以看到那些文字。在静的极致里，每当我看到那些文字时，内心都会一阵阵抽疼。

不过，正是有了琼波浪觉的这一选择，千年后才有了另一番风景。他寻觅到的智慧之火，才会在我的生命时空中燎原开来，成为岁月抹不去的人文景观。要是他放弃了寻觅，古印度不过多一个庸人，世界却会少无数成就师。

6. 告别莎尔娃蒂

琼波浪觉告别莎尔娃蒂的场面很感人。在我的印象里，那是个秋天的黄昏，天有些凉了。当然，这秋天，不一定是自然的秋天，也许是心灵的秋天。琼波浪觉确实感到了一种肃杀之气。那杀气的由来便是他对无常的感悟。他觉得离开家乡已经许久了，虽然也求到了一些法，但他还是没有打听到奶格玛的音信。

琼波浪觉除了自己寻觅外，还托人打听，但奶格玛仍然停留在传说阶段。许多人都听说过奶格玛，但他们也仅仅是听说而已。虽然没人会怀疑奶格玛的真实存在——他们都坚信这世上有个奶格玛——但那个存在却很遥远，遥远到成为一个梦了。

据说，琼波浪觉身上，最叫莎尔娃蒂感动的，也是对奶格玛的寻觅。那些授记，在世俗的人看来，也仅仅是个说法而已，跟所有的传说一样，说法仅仅是个说法。琼波浪觉却是为了那个说法离开家乡的，他等于在追逐自己的一个梦。而且，为了那个梦，他已经舍弃了很多。他舍弃了法主的地位，舍弃了亲情和温馨，舍弃了家乡，现在，又舍弃了深爱他的莎尔娃蒂。

虽然他的舍弃中还有着许多期待，但在世俗的外相上，他确实舍弃了许多看得见的东西。

九百多年之后，在某个极静的时刻，我的心里也涌出了一首歌：

挥挥手，
告别那邂逅，
因为有遥远的路要走。
有心背负了它，
可又太沉，
怕只怕，
轻装的我，
再也没有了嘹亮的声音……

7. 太阳走了

琼波浪觉走的那晚，莎尔娃蒂写下了这样的文字：

太阳头也不回地走了，憔悴的影子牵动了风的眼睛。天空飘着雨，伞无法隔断绵绵的细雨和我的心情。

在濛濛的雨雾里，我茫然地伫立雨巷，风吹得心颤抖。我知道，太阳走了。

太阳终于走了，在这个飘雨的黄昏，浓浓的悲凉引来肆无忌惮的风和满眼的无奈。

我不敢触摸往事。

心却一次次说冷，太阳走了。

茫茫的夜色一点一滴地淹没了你远去的身影。我立在巷口，不敢回望来时的路。至爱走了，我这如沧桑雨雪的至爱啊，总是悄然而来，又悄然而去，只留下无怨无悔的爱意让我激动不已。我多想化成一袭黑色的闪电，去追上他匆匆远去的足迹。明朝的岁月没有定下约期，相离的日子里太阳会不会升起?

心中一片茫然，自己又成了风中的柳絮。真想用尽所有的力量深情呼唤，可我还是忍住了那份无法说出的悲伤……总觉得，太阳已离我而去。

阳光灿烂的日子，已渐渐远去……

第八章　朝圣之旅

《琼波秘传》称：那些本波的咒士，在行使一种魔桶咒法。那魔桶既是象征，更是实际而又客观的咒术。据说它源于最原始的印度巫术，后为本波吸纳。但据说，后来真正困扰琼波浪觉的魔桶咒术，其实来自印度，由班马朗从印度左道咒士那儿学来，再传给本波祭坛的坛主，由他终年不断地行施该咒法。

1. 女神的反思

琼波浪觉离开了苏玛底，在多杰登巴处正式剃度出家，还受了沙弥戒。按《琼波秘传》的说法，落发时，琼波浪觉的头发都转成了观音。关于这一点，我仅仅当成一种传说。其实，头发成不成观音，并不重要，重要的还是心。当你的心成为观音时，你才具有观音的品德。头发仅仅是外现而已。

琼波浪觉的毅然出家表明了他的某种态度，莎尔娃蒂伤心欲绝。班马朗本来还想学下去，想趁琼波浪觉离去，跟莎尔娃蒂亲近，但莎尔娃蒂却赶出了他。莎尔娃蒂的态度伤害了班马朗，他将这种羞辱归罪于琼波浪觉。后来，当班马朗主持了某寺院后，他成了琼波浪觉在香地违缘的最大制造者。

班马朗因为暗中中伤过琼波浪觉，从苏玛底家出来之后，觉得自己无脸再见琼波浪觉，就另外投了一位上师，学习教法。不过，相较于密法，班马朗对佛教理论更感兴趣，他开始研究龙树和弥勒的论著。他对琼波浪觉的广求密法很不随喜。他想，解脱只需精修一法即可，何必学那么多相似的教法？他发现，流行于尼泊尔的一些教法虽然名称各异，修炼方法却很相似，而真正绚烂多姿者，还是教理。在琼波浪觉到处求法的多年里，班马朗学习了大量的经典。他到处立论辩经，不久便在尼泊尔声名鹊起，俨然成班智达了。

莎尔娃蒂当过女神，女神本是婆罗门教的信仰。此时，在尼泊尔占主导地位的，仍是新婆罗门教。佛教中虽不乏大德，但因为此时的佛教已流于繁琐，一些专家精研一生，也未必能穷其堂奥，寻常百姓总是望而却步。而婆罗门教却与时俱进着，它不断地调整着自己，从而赢得了很多信众。后来，人们将佛教在印度的消亡归结于伊斯兰大军的入侵，其实不尽然。因为伊斯兰大军入侵时，对婆罗门教的打击也是致命的，但后来，婆罗门教与时俱进，以印度教的名相，将智慧之火传递了下来，其燎原之势，波及整个印度大陆。可见，与时俱进是宗教兴盛的秘诀。

莎尔娃蒂虽当过婆罗门教的女神，却一向对佛陀敬仰有加。正如佛教曾将婆罗门教的一些神灵收摄为护法一样，印度教也将佛陀当成了自己教内的证悟祖师。他们并不排斥释迦牟尼。在当女神时和退位之后，莎尔娃蒂研读了许多佛教经典。开始，她还仅仅是出于好奇，但琼波浪觉对密法的兴趣强烈地震撼了她。她想，一个出生于异国偏僻边地的青年，为了密法不惜冒着生命危险抛家离乡，而自己，却对身边的无上珍宝视而不见，何其愚也。

琼波浪觉出家后，莎尔娃蒂开始了反思。不久，她开始了密法修炼。

只是莎尔娃蒂对琼波浪觉过于牵挂，她一直没有证得光明。也因为这个缘故，她留下了很多关于爱的文字。

2. 多杰登巴

琼波浪觉出家之后，依止多杰登巴，精修密法，先后得到了胜乐五尊等一百一十三个密法灌顶。此时，琼波浪觉已精通梵文，能体悟多杰登巴教法的精要之处。多杰登巴很看重琼波浪觉，授记道：你是六道有情的依怙之主，会广度无量无边的有情众生，会证得长寿持明成就，将住世一百五十年。圆寂后，你会成为阿弥陀佛前的上首菩萨。

此授记，见于有关琼波浪觉的诸多传记和资料。后来，琼波浪觉果然世寿一百五十岁，弟子众多，法脉也相对久远。但对其圆寂后的往生一说，我认为是权说，非究竟之说。按了义的说法，往生非究竟解脱，有往生必不究竟。据诸多大德的印可，都认为琼波浪觉是三身成就，已臻究竟，已证无来无去无生无死之大手印涅槃境界，故往生之说，不啻于拈黄叶止小儿啼也。

在多杰登巴处，发生了一件神异的事。某月初十日，琼波浪觉跟师兄们进行会供，供养莲花生大师，忽然天降奇花，有十六个仙女各捧珍奇供物，前来参与供养，见者极多。

一天，琼波浪觉对我谈到了他从多杰登巴处得到的大手印教法，他说——

儿呀，你是个具缘弟子，根器和福报都非同寻常，我的法脉会因为你的广传而燎原开来。现在，我如瓶中注水一样，将我从各位上师那儿得到的法完满无缺地传授给你了。你也有了相应的证悟，但冰冻三尺，非一日之寒。小儿尚需假以时日，才能成为力士，这是性急不得的。我明白你的心，你不是为求自己解脱，而是有大因缘在身的。

儿呀，除了你学过的那些密法之外，我还想强调一点，世上万法，皆离不开平等的觉性。要明白世上诸法，生于法界，灭于法界；起于法界，落于法界；始于法界，终于法界；聚于法界，散于法界；那空性显现的，没有是非，没有高下，没有美丑，没有好坏，没有中边，没有取舍，没有好恶……概言之，没有一切分别和差别。它是平等的，是圆融的，它同样跟虚空一样，澄然于大手印的平等光明之中。

儿呀，觉性如虚空，无碍无执，虽有诸多显现，皆是觉性之变化妙用，皆归于空性，故体用平等，无生亦无灭。那诸多显现，无不包罗于自心法性之中，成一大空，离诸边执。

儿呀，那觉性包罗万象，一切起于觉性，显现于觉性，解脱于觉性。万事万物都包罗于觉性空性之中，空性之外，并无别法。了解此性相本为一体，即得解脱，因为法性是平等的。

大手印的平等同样体现在因位、道位和果位。因位平等也即抉择正见，要明白它不堕边执，没有偏向，安然于中道；当你用因位的平等指导你的行为，做到无思无取没有执著时，便是道位平等；当你在道位平等中达到真正的平等目的，做到无有希求、无有转变时，便是果位平等。

你要明白，你能取的心和所取的境同样归于空性，源自一体，能取心为相，所取境为用，等同于一幅织锦的两面，虽有不同之外相，其体性却是平等的。不要执著于哪一方，因为它们是平等的，因此，从了义上说，轮回和涅槃是平等的，佛与众生也是平等的。

同样，有功用的勤修加行和无功用的任运无为也是平等的，那能修者和所修者，那能对治者和所对治者，那能依者和所依者，都不离空性，性相是平等的。

那平等还有元成平等之义，即是法性大手印的平等。换句话说，就是大手印的体和用也是平等的，自体是空寂的，那自现的光明同样也是空寂的，自体清净，自性光明，体用元成。那清净心之相是光明，它是本来俱足的光明，是自然显现的光明，它不是凭借外物而显现的，不是依托他法而生起的，本具天然，非由造作，故称元成。

那元成的觉性，体性虽空，其外相却是光明的。凡所显现，无不出于觉性之体。那光明和空性，本是一体，空不离明，明不离空，故而平等。那光明的诸多显现是觉性之体生起的妙用，当我们不生偏执时，解脱就随之出现了。即使是出现一些妄念，也不过如同太虚中飘过的浮云，任其自生，由它自隐，从法性实相之终究来看，都会归于空寂的本然之体。

儿呀，在觉者眼中，世上的一切显现，都是那觉性和觉性生起的妙用。觉性为真空，诸相为妙有。真空不离妙有，妙有不离真空，二者无有偏向，本来平等。那湛然觉性的妙用，体现在外现上，或是由六根六识显现诸境诸相，如眼中诸色、耳中诸声、鼻中诸嗅、舌中诸味、身上诸触、意中诸念；或是那缘起中显现的诸多庄严，如山河湖海，如佛国坛城，如六道轮回，如亭台楼阁，都是那妙用生出的游戏庄严，一切皆如幻化，毫无实义，如露如电，如梦如虹，虽有显现，不离空性，觅其永恒不动之本体，于内于外皆不可得。所以，一切有为法，也是本来平等的。

所以，我们的所谓修行，就是要将这平等之义贯穿于行为之中，既无能取，又无所取，毫不执著，不偏不倚，安住于像虚空那样的大平等之中，即使看到诸种境界，即使面对纷繁的诸种美色，即使听到充耳的诸种美声，哪怕这个世界像万花筒一样瞬息万变，我们都不离那平等之境。即使澄明的心中偶生云翳，那平等之心也不要被它牵引了去，而是要清清楚楚地保任那明空赤露的觉性，坦然放下，安住平等，对境不生心，于境不偏执，能所皆不取。用那明空赤露的觉性，将诸境诸心打成一片，身心坦然无执，便得平等解脱。

我们的眼耳鼻舌身意要安然放下，不生牵挂。因为那六根和六识都离不开广大的觉性明空。我们的六识虽然作用于所现境界，虽有诸种显现，但我们并不执著，平等心境，自现空明，能取无缚，自然光明。当我们面对外境的时候，即使眼前有纷繁的诸境，我们也要安住于平等之中，不去测度，不去计较，不去构画，那么，诸境之纷繁，便自然归于空寂清净。我们的内心要远离功用，远离欲求，远离贪念，远离无明，即使有所牵念，也如面对落叶，任其自然着地成灰，不生执著，则能执之心自然就会清净。当外境对你的诱惑消失之时，当你内心的执著破除之时，你就会安住于那种大平等之中。

当你安住于大平等中时，你就不再有内外境之别，不再有空有之别，不再有因果之别，不再有轮涅之别。

当你明白了以上道理时，就明白了多杰登巴为我开示的大手印要义。

多杰登巴还说，他也听说过奶格玛，她的名声大逾青天，但只闻其名，未见其人。关于她，有许多传说，有人说她是大成就者那诺巴的妹妹，有人说是那诺巴修密法时的明妃，也有人说她跟那诺巴毫无关系，她是金刚亥母的真实化现。因为奶格玛已证得了虹身，不俱足胜缘的人，是见不到她的。不过，你是有缘之人，你只要寻找，肯定能跟她谋面的。

后来，琼波浪觉辞别多杰登巴，又踏上了漫长的求索之路。

3. 朝圣

琼波浪觉到印度后最想做的事有两件，一是求法，二是朝圣，二者并行不悖。许多时候，那些伟大的上师就隐居在圣地。或者说，那些伟大上师的隐居地本身就是圣地。

除了一些目的明确的求法外，他很想踩着佛陀一生的足迹来朝圣，他想从佛陀的出生地、修道地、成道地、弘法地，一直朝拜到涅槃地。显然，这会为他的朝圣增添一些难度。有时，为了朝拜一些圣迹，他必须多次往返于同一条线路之间，但他却因此而见证了佛陀的一生。

为了充实人生，我们的一生里，往往会经历无数次的朝圣。每一次朝圣，对我们的人生来说，都是一次升华。虽然朝圣的形式不同，但内涵却是一样，那就是敬畏并向往一种崇高的精神。

同样，在我的一生中，也经历过无数次的朝圣，我甚至也以一种神秘的方式追随了琼波浪觉朝圣的脚步。它跟我实践光明大手印一样，成为督促我向上的胜缘。写到这里，琼波浪觉的朝圣话题也引发了我许多感慨。我想，琼波浪觉之所以能有那么高的境界，很大程度上跟他的朝圣有关。表面看来，他的印度尼泊尔之行是在求法，而究其实质，又何尝不是在朝圣？那些大德，皆是他朝的圣僧；那些妙法，是他朝的圣法；他们的居住所在，当然是另一种意义上的圣地。他（它）们都承载着佛陀和菩萨才有的精神。琼波浪觉的每一次朝圣，都是在向往并接近那种精神。

所以说，任何一个追求崇高的人，他的一生，究其实质，都是在朝圣。有时，他学习一种精神；有时，他向往一种境界；有时，他敬慕一种行为；

有时，他阅读一本好书。无论哪种形式，只要他的行为能使他的人生得到升华，我们就可以称之为朝圣。

我的一生也是在朝圣。除了实践琼波浪觉传承下来的那些无上瑜伽之外，我还有诸多独有的朝圣形式。许多人都感叹我独有的证悟方式和证悟过程，却不知我无时无刻不在朝圣：我的观修在朝圣，我的念诵在朝圣，我的读书在朝圣，我的写作在朝圣……我总是敬畏并向往某种精神，我的向往和敬畏同样也在朝圣。

更多的时候，我们所朝之圣，可能是一个人物，可能是一件小事，可能是一本好书，可能是一首乐曲……总之，任何事物，只要能给我们带来智慧和醒悟，便可名之为“圣”。当我们在某个不经意的瞬间面对它们时，只要我们怀有虔敬之心，便可名之为“朝圣”。在我的理解中，那“朝”字，就是敬畏和向往；那“圣”字，便是能承载利众精神的某个载体。当你心怀虔敬，并以智慧和慈悲的目光关注世上万物时，你随时都能从红尘诸物中发现能令你豁然醒悟的清凉，这时，你便是在真正地朝圣了。在许多禅宗大德开悟的公案中，我们发现了许多令他们开悟的契机，有时是一缕清风，有时是一朵桃花，有时是一声棒喝，有时是一顿饱揍，有时是一句戏子的唱词，有时是一声竹子的爆裂声……无一雷同，对他们来说，每一次的开悟契机，都是一次真正的朝圣。

我读经典是朝圣，我跟琼波浪觉交流是朝圣，我读托尔斯泰是朝圣，我研究陀思妥耶夫斯基是朝圣，我赞美圣雄甘地是朝圣，我幡然醒悟是朝圣，我孝敬父母是朝圣，我供养上师是朝圣，我布施乞丐是朝圣，我关爱家人是朝圣，我关心他人是朝圣，我创办“西部文化爱心工程”是朝圣，我帮助凉州盲艺人是朝圣，我以恭敬之心聆听凉州贤孝是朝圣……总之，在我的生命里，无时无刻不在朝圣。我的朝圣，就是在觉性之光的观照下，以虔敬之心对待我生活中的每一个人和每一件事。

正是这点点滴滴的“朝圣”，才促成了我后来某一天的顿悟。

所以，我之所以能成为今天的我，就得益于我生活中无数次的朝圣。

4. 莎尔娃蒂说

琼波浪觉告诉我，在一个叫蓝毗尼的地方，他收到了莎尔娃蒂叫灵鸽送来的第一封信：

琼：

这是我第一次给你写信，本来我不想说一些不高兴的话题，但因为我总是担心你的安全，还是告诉你一些事情为好。

库玛丽告诉我，更香多杰们开始了对你的诅咒。在乌鸦节那天，他们点燃了诛法祭坛的火。那天，白脖子乌鸦铺天盖地，四处乱叫，它们在祭坛上空盘旋不停，啼叫不已。家家户户都在早餐之前用树叶缝了碟子，装上炒米，供养那些地狱的使者。

乌鸦节之后是狗节和牛节，我给狗和牛喂了好食，在它们的额头上点了吉祥痣。我按照习俗五体投地地匍匐在牛腹下面，我祈祷的内容便是希望你平安，不要中了他们的诅咒。但令我感到奇怪的是，敬山节那天，我刚在院里用牛粪堆了小山，插上树枝，放上糕点、青草和水果，正要燃灯焚香，为你祷告时，却见乌鸦黑夜般袭了来。它们的翅膀扇灭了灯，它们哄抢那些供品，粪便洒满了院落。

按诅咒士们的说法，这意味着他们的诅咒有了感应。

我很是为你担心。

到了姐弟节那天，更香多杰来到我家。以前，他生过重病，阎罗王亲自来抓他——当然，你可以当成一个故事来听——那天，我确实看到了一个奇怪的人，长得很像传说中的阎罗王。要知道，我当女神时，确实能看到一些别人看不到的东西。我一边款待阎罗，一边按我们的习俗，为更香多杰举行送行仪式。我一边向梵天祈祷，一边唱着歌，为更香多杰点红、戴花环、点灯、敬青果。我在拖延时间。要知道，阎罗王抓人也有自己的时辰——魔鬼总是见不得阳光的。就这样，我帮更香多杰熬过了那可怕的时辰，救了他的命。

按姐弟节的习俗，我在更香多杰的周围布了油灯，洒了圣水，摆了核桃——愿他像核桃一样结实；供了鲜花——愿他像鲜花一样美好。我为他点了吉祥痣，希望他放弃对你的诅咒。但他告诉我，虽然他也在诅咒，但最想诅咒你的，并不是他。除了你在女神庙出事那天见的人之外，还有几位藏人也来找过他，跟着一起修诛法。库玛丽告诉我，那些藏人跟班马朗很熟。

我知道更香多杰的天性，他的报复心很重。我不知道他会不会听我的话，就算他能听我的，那些藏人也一定还会继续诅咒下去的。

所以我提醒你，一定要注意安全。我甚至害怕，除了诅咒之外，他们会不会做一些更下作的事？你一定要提防。

你一定要观想防护轮——我当女神时，就这样教那些着了恶鬼的人。你无论在行住坐卧中，都要观想你的四周布满了金刚杵，密不透风，上面布满烈火。当然，这是常识，你定然也知道，但我还是想强调一次。

此外，我还想告诉你，我真的很想你。

自遇到你之后，我愿清空我所有的生命，迎接你的进入。所以，能减的我都减了。我也希望你能删去一些让你感觉沉重的东西，包括这封信。只要你看过了，你就撕了它，让它永远消失在风中。能和你在一起，我满心欢喜，甜蜜极了，自然不怕那些流言。但是，你的肩头已承担了太重的责任。我老是想到你背上的那些经书，它们何尝不是压在你心头呢？我实在不忍，不忍再在你心上添加哪怕一页纸片的分量。

只有在面对你的时候，我才有那么多的话要说。那些话都是自个儿从心里流出的。如果没有你的爱，生命的长短对我而言意义是不大的，我没有什么大目标。遇见你，我就遇到了这世上最值得我爱的人，再无遗憾，再也无求。我的所谓努力，便是祈祷梵天，赐予我更多的时间与空间，和你在一起。除了祈祷，我最愿意做的事，就是给你写信。除此再无表达的欲望。虽然父亲还有些弟子也常来家中，但渐渐也无话可说了。

昨夜，梦见你行走在跋涉的路上，我心痛难抑。你的言行心思总活在梦中，这是最让我开心的事。我给你路上准备的那些食物，你还是早点吃完，省得坏了。我后悔没多炒些干的面食，让你慢慢地品尝它，等于也在品尝我。以前，我错把计划当作目标，以后不会了。我的计划里，只有等待。

以前，我一直摆脱不了浓重的漂泊感与沧桑感。行走人世，无处落脚。现在终于有了真正的归宿，它就在你我的心中。希望以后你想到我，心里也能多一个暖心的归宿。我不是女神，我只是一个普通不过的女子，并没你期待的那么好。

诸多变故催人速老，絮絮叨叨得很。

闲时，你还是多想想那个在你的生命里伫立等候的小女子吧。

走你的路，不必回信。我听得懂你的沉默。

你放心，我会替你照顾好自己的。莎尔娃蒂是你的，不是我的。

别笑我没出息好吗？

莎尔娃蒂

5. 蓝毗尼的清凉

琼波浪觉告诉我，莎尔娃蒂的信，让他心里涌动着一股温暖。他始终能感受到，有一双眼睛默默地望着他，为他驱走旅途中的许多孤独。

那些日子，他确实常常神情恍惚，不知道是不是中了那诅咒，总之是异样的疲惫。每天早上，他都像从梦魇中挣出那样醒来。一整天的旅途中，脚也像踩了棉花那样，周身的精气都叫抽干了，一入夜，就乏死过去。他从来没有这样疲惫过。这情形，很像掉了魄。但好在他的愿心总是能克服身体的疲惫，希望就在他艰难挪动的脚下一寸寸拓展开来。

我能理解琼波浪觉的朝圣之心，能理解他为什么要像蜜蜂采蜜那样游遍印度、尼泊尔，去参学，去求法，去历练，去充实自己的灵魂。没有在西天的朝圣，绝不会有后来的琼波浪觉。一个健康的婴孩，只有在诸多营养的滋养下，才能成长为巨人。

关于佛陀的生平，因为年代久远，说法颇多，散见于世间的，还是佛经中的一些故事。公元十七世纪，西方列强统治印度之后，想摧毁佛教信仰，以推行基督教教义。他们知道刀兵战胜不了心灵，就想通过文化上的优势，来达到刀枪达不到的目的。他们说释迦牟尼佛不是历史人物，而是来自于神话传说。为了摧毁佛教的根基，他们派了大量学者赴印度考察，想找到佛陀并不存在的证据。他们学习巴利文，发掘相关遗址。但令他们没想到的是，他们找到的所有证据，都在证明佛陀是真实的历史人物。他们的所有考察，都证实了那些传说中的圣地，确实是佛陀生活过的所在。据说，从那时起，佛教开始为西方认识，开始传向西方。

出于缘起上的考虑，琼波浪觉将他朝圣的第一个目标选为蓝毗尼。它原属于印度，后划入尼泊尔。在佛教文化史上，这个圣地的地位很是独特，有着天大的名声和无可比拟的宗教地位。它虽然不是佛讲经说法的重要道场，但是佛陀释迦牟尼的出生地。两千多年前的一天，堪为人天导师的佛陀就是在这儿出生的。那个瞬间，天地为之一滞，所有通灵的生物都看到这儿腾起了无与伦比的光明。这光明，非月亮之乳光，非太阳之明光，是柔如清水能给众生带来清凉的智慧之光。这光明延续了两千多年，清凉了无数热恼的灵魂。我们不敢想象，要是没有两千多年前蓝毗尼的那个炫目的瞬间，世上会有多少热恼的灵魂得不到解脱。

琼波浪觉也感受到了那种清凉。

他的心头涌动着热浪，融化了心中的许多滞碍。热泪涌上了他的眼睑，一种想到慈母才有的温暖感笼罩了他。暖洋洋的太阳光抚慰着琼波浪觉，他抹去泪，贪婪地望着这个佛经中常出现的所在。他发现，这个有着天大名声的地方，其实是一个显得很寻常的村落，没有奇异的大山，没有茂密的森林，没有像恒河那样浩瀚的水面，没有高大的庙宇，它像安详微笑的佛陀那样质朴。但正是从这质朴当中，琼波浪觉感受到一种渗入灵魂的安详。这安详，毫无作意的成分，仿佛本来如此。

琼波浪觉在这儿伫立了许久，品味着几千年前那个令天地为之一滞的瞬间。

他看到天的尽头移来一队车马，那是前往娘家去生产的摩耶夫人。去娘家生产是释迦族的习俗。世上有许多奇怪的习俗。像凉州，女人是不能在娘家门上生产的，要是她将娃儿生在娘家，娘家据说会败运。所以，一些浪荡子娶不到妻时，先弄大某个女娃的肚子是最有效的手段。娘家人怕女儿在娘家门上生娃儿，总会廉价地将女儿处理了事。两千多年前的释迦族却正好相反，女儿要是不去娘家生育，是做女儿的最大不敬。那天，即将临产的摩耶夫人便在车马的簇拥中赶往娘家。

琼波浪觉看到了那个母亲。他奇怪地发现，摩耶夫人的面容很像他的阿妈。阿妈面如满月，有着贵人该有的许多特征。因为颠簸的缘故，她脸色惨白，一滴滴汗珠晶满了额头。琼波浪觉知道她要临产了。琼波浪觉看过多部佛陀的传记，对此情节，早已了然于心。

一道皇家才能用的黄布幔环绕着母亲，宫女们在优雅中透出一丝慌乱。她们当然想不到夫人会在野外生产，但训练有素的她们仍没有丢失优雅，她们用布幔挡住了摩耶夫人。琼波浪觉看到许多树木向摩耶夫人垂首致意，它们弯下了腰。关于这个细节，许多书籍中也记载过。

琼波浪觉看到摩耶夫人痛苦地扭动着身子，像无数生产的母亲一样。而佛经中记载说她并无痛苦。其实有无痛苦并不重要，即使有痛苦也不会影响佛陀的伟大。

佛经中说：佛陀是从摩耶夫人的右胁出生的。琼波浪觉却想，从哪儿出生并不重要。一个人重要的不是他的出生，而是他出生后的行为。佛陀后来的伟大是他后来的行为构成的，即使他像寻常婴儿那样从产道出生，也影响不了他的伟大。

琼波浪觉看到摩耶夫人一手攀着树枝，也许是为了借力，也许是因为力不能支。这所在，后来成为圣地之一。

琼波浪觉看到，落地后的佛陀金光闪闪，这也是佛经的说法。那个不寻常的婴儿一落地便金光闪闪，他直立而行，步步莲花。他一手指天，一手指地，说："天上天下，唯我独尊。"琼波浪觉真的听到了这句话。他感到一种巨大的战栗。他明白，这种说法有着无与伦比的加持力。他马上生起了上师要求过的那种佛慢。

那群车马烟尘般远去了。琼波浪觉发现自己独自一人在树林里。树林里杂草丛生。因为是佛陀出生地的缘故，这儿曾有无数的朝拜者，他们带着香花和供品，带着虔诚也带着期盼，从遥远的他乡来到这儿。其中最有名的，便是那个叫阿育王的人，他也从千里之外，颠簸数月，来此朝拜，庞大的车队溅起历史的尘埃。据说，他曾是杀人魔王，战刀所向，滚在地上的头颅如暴风中翻动的碎石。琼波浪觉看到阿育王带着大军旋风般在印度大地上啸卷，卷动着黄叶，卷起了尘土，也卷没了无数个国家。像后来的成吉思汗一样，阿育王也是灭国无数后，统一了印度半岛。他所向披靡，每至一处，便是成山的尸骨和成海的鲜血。因为他的出现，大地上多了数以万计的孤儿寡母，他们的眼泪汇成了另一条恒河。

千年后的一部叫《阿育王》的电影再现了那个有名君王的一生，其中的阿育王是作为英雄来歌颂的。那一幅幅血腥的电影场面既是在谴责罪恶，更是以激赏的拍摄目光宣扬了一种我很不喜欢的理念。它同人类历史上的许多文字一样，在潜意识里宣扬了暴力。

6. 阿育王石柱

需要说明的是，阿育王之所以成为英雄、被人们敬仰千年的主要原因，并不是他的杀伐之功，而是他的省悔之举。他的一生，诠释了什么是“放下屠刀，立地成佛”。

据说某一天，阿育王忽然明白了屠杀的罪恶，并幡然悔悟。他皈依了佛教，并用武力推广佛教。在阿育王之前，印度半岛上有数不清的小国，那些名为国家实为部落的格局影响了佛教的传播。阿育王灭了诸国统一印度之后，佛教才真正在印度半岛弘扬开来。据说后来，拥有了大力的阿育王，于一夜间在红尘中修了八万四千个舍利佛塔。千年后，我也看到了那万千佛塔中的一座。

琼波浪觉看到阿育王的人马也来朝拜蓝毗尼。那些原来如狼似虎的士兵们一脸虔诚。他们拉着一个石柱，上有文字和马头。这据说是阿育王石柱中唯一的马头石柱。日后的某一天，邪灵招来的霹雳殛裂了石柱，柱身上有了一道道裂缝，却仍矗立了千年，守护着一段真实的历史。

还有一种说法是，那石柱并不是为邪灵招来的雷电所殛，而是毁于外道的某次炮火轰炸。这是有可能的。因为，无论在佛陀住世时，还是在他涅槃后的千年里，印度大地上充斥着各种各样的外道，它们瓜分着印度的宗教蛋糕，有时是你占上风，有时是我占上风。许多时候，占了上风的那一家，总想将对方的所有象征物都毁了，以显示自己的胜利。

那个时候，宗教之争是非常激烈的，其程度，几乎等同于战争。在释迦牟尼住世时，他的许多弟子就为外道所杀，其中包括那个号称神通第一的目犍连尊者。在传播真理的途中，他被外道滚下的乱石砸成重伤而死。

许多时候，各种宗教流派都以争夺皇家为传播宗教最有效的途径，所以，当哪个宗教得到皇权认可时，哪个宗教的传播就相对迅速。但常常有这种状况，便是在皇宫内部，也有着不同的宗教信仰。那个著名的阿育王信佛教时，他最心爱的妃子却信仰外道。所以，围绕那棵菩提树，就发生了一个有趣的故事：阿育王护树，王妃暗中毁树。因为外道将那棵菩提树当成了一种象征，此时的树已不再是单纯的树，而成为佛教精神的载体。阿育王的石柱亦然。柱身上的那一道道裂缝同样也可能源于外道的炮火或是炸药。

同样的故事出现在二十一世纪。在塔利班组织控制了阿富汗政权之后，他们便炸了巴米扬大佛。他们的理由是佛教在搞偶像崇拜。在许多阿拉伯的史书中，都将佛教徒称为偶像崇拜者。事实上，佛教的那诸多佛像，只是为了能让信仰者产生某种宗教情感而顺世的一种方便。佛教中其实充满了破相的内容。笔者的《光明大手印·实修顿入》出版后，有人将我倡导的与时俱进、经世致用的大手印称为“雪漠禅”，以示跟传统大手印的区别。“雪漠禅”同样提倡破相，在答网友提问时，笔者曾即兴赋诗曰：“雪漠禅如何？离相重精神。文化为载体，贯通古与今。随缘得自在，安住光明心。妙用大手印，行为利众生。”

破相也是佛教了义经典的精髓，如《金刚经》说：“若以色见我，以音声求我，是人行邪道，不能见如来。”可见，佛教是反对偶像崇拜的。佛教强调无我，反对“神我”。

那些将阿育王石柱炸得裂缝四布的人或邪灵并不知道，石柱代表不了佛教，因为真正的佛教是破相无我的。佛教的精神，并不依托那些外相而存在。即使他们将所有打了佛教印迹的物质都毁了，佛教的精神同样会穿越时空，成为滋养人类灵魂的营养。因为，佛教并不是发明真理，而是发现真理。即使在释迦牟尼没有出世之前，那些真理也早就存在着。佛陀的伟大是靠苦修发现了那些真理，并实践了那些真理。他是真理的发现者，而不是真理的发明者。

琼波浪觉看到的那个柱子很粗，也很重，有好几米已被黄土掩埋。柱身上的许多裂缝同样是无常最形象的注解。柱身裹着无尽的沧桑，一波波荡向琼波浪觉的心。柱面上的字也显得斑驳，不很清晰，但琼波浪觉还是明白了大意：

天启慈祥王登基廿年，亲自来此朝拜，因为这里是释迦牟尼佛诞生之地。一块石上刻着一个形象，并建立一根石柱，表示佛陀在此地降生。蓝毗尼村成为宗教的免税地，只需付收成的八分之一作为税赋。

那时，琼波浪觉还不知道，正是这不起眼的石柱，后来成了佛陀是真实历史人物的重要物证之一。此外，这儿还出土了大量的文物，证明佛陀的真实存在。那些被黄土掩埋了千年的文物，以自己的语言告诉那些前来灭佛的学者们：释迦牟尼是真正的历史人物。受到科学精神熏陶的西方传教士们不得不承认，释迦牟尼是真实存在过的导师。回到西方之后，学者们撰写了大量文章，它们散见于一些书籍和报纸。西方人于是看到了跟自家的基督教文化迥异的另外一种人文景观。虽然那些文字尚不足以改变他们的信仰，但总算打开了一个窗口，让人们发现了一个从来没有接触过的世界。

佛教的真正进入西方，并赢得大量信众是后来的事。由于一次次历史事件，佛教凭借一种历史赋予它的胜缘进入了西方。其中最重要的事件是上世纪西藏喇嘛大量进入西方。他们带去了一些西方人也同样能实证的禅修方式。许多西方人都被那奇异的禅修体验征服了，甚至一些天主教神父也开始学习佛教的禅定。他们将那些原本属于宗教行为的禅定修行当成了生命科学。于是，世界各地相继出现了许多名之为禅修中心的团体。

直到这时，佛教才真正进入西方人的生活。而正是那些学者在蓝毗尼的挖掘，才使得佛教这一古老的东方文明，普遍出现在东西方学者的视野中。

7. 沉默的蓝毗尼

今天的蓝毗尼仍然沉默着，它无言地迎接着来自世界各地的朝拜者。前来朝拜的人数并不多，是根本不可能跟伊斯兰信众朝拜麦加相比的。而且，至今，蓝毗尼仍不过是尼泊尔的一个极不起眼的小村落。虽然历史曾给它涂抹过无与伦比的光环，但岁月之河并没有放过它。跟所有的佛教圣地一样，它终究淡出了时代的视野，像一朵被人们忽略的小花，在一个安静的角落里散发着自己独有的清香。

在琼波浪觉朝拜的那时，蓝毗尼就很冷寂了。其实，在佛陀出生之前，蓝毗尼就很不起眼。佛陀出生后的千年里，它辉煌过，但现在，它仍归于质朴了。琼波浪觉跟一些当地人交谈时得知，他们也知道这儿曾诞生过一个伟大人物，但那是很久远的事了。那个伟大人物已经离他们的生活很远了，他的出现和他的消失，并没有使当地人觉出有多么的不同。更多的时候，人们已经淡忘了他。在他们眼中，虽然有许多人在每年的旅游旺季来此地朝拜，但对于他们而言，这些人的来和去，并没有实质的不同。至多，有些大方的人，会购买一些当地特产。但因为朝拜的人数还不足以形成产业链，也没人将心思用于那些旅游产品的开发。在尼泊尔人的生活中，蓝毗尼实在是个不起眼的所在。

琼波浪觉真的感受到了冷寂。他没有看到啥辉煌的建筑，只看到一座小庙，是专供摩耶夫人的。庙很小，跟汉地的土地庙相若，香火也很少。庙是按印度教的风格建的。单从建筑风格上，就看不到佛教的特点了。他发现，即使是在供养摩耶夫人时，当地人也将她当成了印度教的一个神祇。

琼波浪觉于是明白，在这个神奇的大地上，佛教的光芒已越来越微弱了。而新婆罗门教，却越来越兴盛，它汲取了佛教的滋养，因为更接近于底层百姓而赢得了大量的信众。由婆罗门教发展而成的印度教包容性极强，它不但汲取教义跟它相近的教派的营养，还将跟自己有相反教义的教派理论加以改造，为我所用。它将释迦佛也吸收为为自己摩顶的神祇，说他也是毗湿奴所化，说是为了摧毁罗刹的信根，才故意传播错误的教义，让罗刹失去正信，相应也失去力量，终而走向失败。同样，印度教把摩耶夫人也纳入了印度教神灵体系，成为主管生育之神。摩耶夫人的塑像上涂满了血红的颜色，这是当地人的一种特殊礼敬方式。

琼波浪觉很想在蓝毗尼找到一位上师，但他失望了。他仅仅看到了一座寺院的残迹，显示着这儿曾有过寺院，也有过僧侣，但那是许多年前的事了。现在，萧瑟的风吹着满地的落叶，吹着大地上的浮土。琼波浪觉感到那风也吹进了心里。琼波浪觉明白，无论蓝毗尼曾有过怎样的辉煌，但岁月，并不因为它迎接过佛陀的降生而使其免遭无常的洗礼。

琼波浪觉被一种浓浓的沧桑裹挟了。

8. 断命恶咒

离开蓝毗尼时，灵鸽又送来了莎尔娃蒂的信——

琼：

你可好？

库玛丽又告诉我一个消息，除了祭火之外，那些人又对你行施了一种恶咒。他们捏了一个泥人，很像你，上面刻了你的名字，然后放在火中，边煅烧，边诅咒。他们已这样煅烧诅咒了七天，那泥人已成陶人了。他们用铁链拴住陶人的脚，又在黑布上写了“断命”“碎心”“裂体”等咒语，用妓女的经血涂抹那些咒布——真恶心，也真难为了他们。他们又将你的头发和指甲——我不知道是不是班马朗提供的——包在陶人上，用那些咒布缠了，再抹上妓女的经血，诵恶咒。

说真的，虽然父亲说你是百毒不侵的瑜伽士，我还是为你担心。听库玛丽说，这次施法的，是一个他们请来的黑咒法师。据说他的咒法，从来没有失灵过。

按那咒士的说法，他的咒法应验的期限一般是三个月，或是十三个月，最迟三年。被诅咒者无不暴死，他从来没有失过手。

你是否按我上封信说的那样观想了火帐？

写此信前，我刚打扫完房间，把两张供桌换了位置，也供上了玛哈嘎拉。我每天都会祈祷，请他保护你。以前，那儿只供梵天、大黑天和毗湿奴，现在，他们变成了从属的位置。我的正堂里，供上了释迦牟尼和你的那些密宗唐卡。对于一个退位的女神，这种变化也许有一定的象征意义吧?

我还在供桌旁挪出了一角，摆了那张你以前用于抄经的小桌。这样，我的房间看起来就像是两个人的工作室——可惜你不在呢。等下个月稍稍消闲些，我再将你丢下的那些旧衣服统统清洗、晾干，等你回来穿上的时候，一定还闻得出那种名贵的熏香味。

也没什么事，无话可说了。但总得写信，就像每天总得洗脸、刷牙、吃饭。

父亲老是外出，去传他的法，去交他的朋友，去带他的弟子。母亲的面瘫还没好，嘴角歪向一边，她大概觉得丑，怕丢人，就安顿我做些事，自己到乡下去了。一个月前，她曾吃过药，但没什么效果，后来她去老家找了一位祖传神医，前天回来，我看嘴歪还是老样子，白头发倒多了一层。我怀疑是她在你走后的唠叨惹怒了护法神，我叫她忏悔，她当然不会听我的话。我俩的话越来越少，经常只有几个字，找来找去也找不出什么话。

你走后，我很难受。万念俱灰，了无生趣。每次都这样。我写不下去了，时不时就泣不成声。

——如果没有你，明白了又怎么样?诵万遍《金刚经》积得齐天洪福，但没有你，那又怎么样?

也许真是我太贪心了，想将太阳装进自家的衣袋里呢!

我知道，“情”字的强大，让你成为行脚的瑜伽士，暂时没被古寺青灯牵走;对我来说，“情”字的强大，至真至纯，又意味着什么呢?

没有答案的追问，空劳牵挂;

没有答案的牵挂，空劳追问。

不过，你别牵挂我，我会慢慢好起来的，会一天比一天明白和平静。不过，要想快乐很难，因为你不在。

你留下的那几本书，我爱如至宝，一定会认真读它们……我怎么会嫌旧呢？旧东西有福，它陪你时间久啊，在我眼里，更像古董，是无价的。我甚至羡慕它们这么多年能一直默默留在你身边。

你放心，因为有爱，再苦的泪我都会当作甘露咽下去。

就让我殉琼波巴吧。我殉定了！

莎尔娃蒂

一股热流涌上心头，琼波浪觉泪流满面。

他告诉我，那时节，虽然他真的被一种巨大的邪恶力量所包裹——他怀疑是那诅咒的力量，他浑身疼痛，神情恍惚，老像在梦魇之中——但一想到莎尔娃蒂，就觉得有一缕光明穿透了浓雾般的梦魇。

第九章 远去的落花

1. 流泪的瞬间

我想，在蓝毗尼的那个流泪的瞬间，琼波浪觉定然感受到了无常。定然是的。佛经中屡屡记载的蓝毗尼竟然成了最寻常不过的村落，这是对诸行无常的最好注释了。是的，无论多么显赫的所在，它的显赫也仅仅是过眼的云烟，如水中起灭的水泡那样，归于一种稍纵即逝的偶然。

后来的琼波浪觉将亲眼看到无常规律更多的直观表演。他会看到许多曾经显赫一时的圣地，如何在千年后成了一抹昏黄的印迹，岁月并不因它们跟佛陀有过联系而放过它们。它们用自身的经历，诠释了诸行无常和诸法无我，成了佛陀发现的真理最直观的证据。

多年间，我一直在用一种特殊的方式契入琼波浪觉的心灵。我最感兴趣的，是他在印度的心灵历程。我想知道印度之旅在他心中留下了怎样的印象。我知道我达到了目的。当契入湛然的光明境中时，我能切切实实地触摸到那个伟大心脏的激昂跳动。许多时候，我们也有面对面的交流，更不乏那种融为一体的明空乐境。基督教中一些圣徒也不乏这样的体验，他们将这种状态下流出的文字称为“天启”。巴哈伊教的创教祖师虽然没有多高的学历，却也在这种状态下流出了天籁般的文字。我不止一次地被这种文字打动，正如我同样无数次被自己笔下流出的文字打动一样。不信上帝的我当然不会把这类文字称为“天启”，我更愿意用另一种说法——“跟本尊无二无别”来替代它。虽然一些人总在非议“天启”之说，但我可以理解他们。我们不要期望一根筷子能探测到大海的深度，更何况，这红尘里，总有些挑剔的目光，它们或是不怀好意，或是大善使然。对后者，我总是心生敬畏，对前者，我也心存感激。我就是在诸多的挑剔目光中渐渐成长的。我甚至能预测到一些人对本书某些章节的非议。于是，我选择了一种我称之为“象征”的方式。我曾将琼波浪觉的故事写入一本叫《西夏咒》的小说中，书中的主人公虽不能说就是琼波浪觉，但写他时，我心头晃动的，确实是琼波浪觉的影子。我甚至用“琼”来命名他。

在那本小说中，我同样用象征笔法写了一个求索者的心灵轨迹。但你知道，我之所以用象征，就是想将那种轨迹模糊化和多义化。我不怕君子的挑剔，但我怕小人的中伤。我只能用“小说”二字来抵抗那些中伤者的唾星。对所有挑剔者，我可以对他们说，我写的只是“小说”而已。但任何一个智者都能看出，我的那些虚构，无疑有着最高意义上的真实。

2. 无可奈何花落去

琼波浪觉到印度求法时，佛教已在印度接近尾声了。琼波浪觉只能在一些寺院和佛教大学里接触到佛教，而且它多是以哲学的形式保留下来的。虽也有许多成就师，但他们大多以隐居的方式散布在各地。佛教像当代的那些已经为时代忽视的“精英”文化一样，仅仅成了一种圈子内的存在，它作为鲜活的人民宗教，已在印度消失了。

这种状况，在琼波浪觉到印度前二百多年就已出现了。那时，汉地的一位叫玄奘的大师就发现，历史上显赫过的许多所在已经变成了废墟。他只有在那烂陀寺，才能依稀看到佛教曾有过的盛况。二百多年后，琼波浪觉同样在印度产生了“无可奈何花落去”的感叹。

那时，比佛教还要古老的婆罗门教已经吸纳了许多新鲜血液，后来，人们将新婆罗门教称为印度教，以此来显示跟那个古老教派的区别。印度教已经像大火一样在印度大地上燎原开来，一批印度教大师已完成了对印度教的改造。这个中兴的宗教显示出无与伦比的生命活力，它汲取了当时流行于印度的几乎所有文化的滋养，其中既有跟自己相若的宗教教理，也有跟自己相悖的文化。佛教虽有跟印度教教理相悖的地方，但印度教仍然承认释迦牟尼，将他当成是毗湿奴的化身之一。印度教称，毗湿奴之所以化现为释迦牟尼，就是想让他去传播谬误，那些罪大恶极的罗刹们按此谬误去修，当然免不了失败的命运。他们肯定了释迦牟尼，却否定了他传播的真理。

这是十分高明的一招。

还有一些学者对佛教在印度的灭绝，提出了一些截然相反的观点。有的说，佛教的日渐繁琐化、哲学化、学院化，使它成为少数精英研究的学问，从而失去了大众的支持；有的说，佛教在印度过于顺世，使它渐渐失去了自己明显的特点，终而为印度教所同化。

琼波浪觉看出，印度教的势头很是凶猛，佛教已经没多少地盘了。一些曾是佛教的庙宇改信了印度教。

我甚至相信，那时的琼波浪觉定然产生了一种使命感。跟九百多年后的我想抢救即将被全球化浪潮湮没的凉州贤孝和香巴噶举一样，琼波浪觉定然也想抢救那在印度教的啸卷之下濒临绝境的佛教文化。此后数十年间，他多次赴印度和尼泊尔，从一百五十位上师处学到了如大海般深广的教法。他当然不是为了自己的解脱，要是只为自己解脱，只修一种密法便足矣。因为琼波浪觉的努力，许多濒临失传的密法才由印度、尼泊尔传向了藏地。

一位叫措如·次朗的学者在《藏传佛教噶举派史略》中写道：

> 大成就者琼波浪觉圆满受取了圣地印度的一百五十位学问广博、德行高妙、有成就者的智慧精华。所以，作为雪域出现的一代宗师，公许其法门无边，无与伦比。

后来，笔者深入香巴噶举之后，真的发现了它的“法门无边，无与伦比”。

香巴噶举的教法和智慧很像大海，只有深入其中的潜水员，才能发现它鲜为人知的奥妙。香巴噶举更为神奇的地方，是你的修证层次越高，你越能发现它无与伦比的博大和精深，只是浅尝辄止似的修炼，是根本不可能窥其堂奥的。

3. 衰微的基因

琼波浪觉发现，印度教文化已经渗透了当时印度百姓的日常生活，《阿含经》中曾批判过的一些场景又出现了。祭祀礼仪仍然遍布四处，多有宰牲者，血腥味无处不在。人们崇拜梵天、湿婆和毗湿奴，相对于佛教追求的终极空性，印度人更希望有个永恒的神我。

从宗教学的角度来看，印度教无疑也是个伟大的宗教，它的包容、自省和与时俱进，使它拥有了无与伦比的生命力。从吠陀教到婆罗门教，再进化为印度教，它的生命一次次焕发出光明。它是非常成熟的宗教，跟佛教一样，为人类贡献了许多能清凉灵魂的智慧。

客观地看，琼波浪觉在尼泊尔的游学生涯中，对印度教是持排斥态度的。这可以理解。以正统佛教信仰者的目光来看，印度教中的许多宗教礼仪跟佛教相悖之处甚多。在释迦牟尼佛住世时期，佛教就跟婆罗门教有过激烈的交锋，双方互有胜负，但在印度大地上的较量，婆罗门教终于占了上风，甚至可以说取得了压倒性的优势。

据一些学者称，印度教最终的占上风是在公元八世纪。当时，印度诞生了一位伟大的思想家，叫商羯罗。据考证，他出生于南印度西海滨从科钦的小城阿屋依。他创立了吠檀多哲学派不二论的教义，其教义源自古代《奥义书》和一些婆罗门经典。商羯罗以注解《薄伽梵歌》的形式来宣扬自己的教义，从中提炼出了他的不二论精华，跟佛教中观派有了实质性的沟通，从而打破了佛教与印度教之间的壁垒。有人甚至将商羯罗斥为隐形的佛教徒。

但无论商羯罗实质上是否是佛教徒，其外相却被认为是印度教的思想家。他的努力，使许多信众接受了印度教，一些有名的佛教寺院也改宗信仰了印度教。若将印度的信众土壤比喻为一个蛋糕，当印度教切去很大的一块后，属于佛教和其他宗教的部分就越来越少了。那时，佛教寺院的僧侣补充也越来越困难了。

一位叫厄力奥特的著名佛教历史学家这样写道："佛教教众和普通印度教徒的区别越来越不明显，只有在佛教寺院内才能接触到鲜明的教义；这些寺院补充不良……但甚至寺院所教的教义类似印度教更大于类似于释迦牟尼的教导。正由于这种缺乏抗议的精神，这种对每个时代各种思想的柔顺适应性，才使印度的佛教丧失了个性和独立的存在。"

琼波浪觉后来创立的香巴噶举也面临了这种状况。虽然它有着无比殊胜的教法，但因为宗教哲学没能广传于世，他创教几百年后，教派便湮没无闻了。为了真正让香巴噶举独特的宗教哲学为世人知晓，我才写了《光明大手印・实修心髓》和《光明大手印・实修顿入》等作品。佛教在印度的衰亡告诉我们，单纯的柔顺应世，缺乏抗议精神，最终会导致自己被时代的喧嚣湮没。

有学者称，虽然佛教史家将佛教在印度的最终消亡归于伊斯兰大军的入侵，其实，在那些屠刀挥来之前，佛教在印度已经丧失了生命力。他们的例证是印度教同样经历了伊斯兰大军的血腥镇压，但它从血泊中站起后，马上就恢复了旺盛的生命力。

遗憾的是，琼波浪觉在印度大多着眼于具体教法，对宗教哲学的涉猎较少，这也成为香巴噶举后来衰微的一个重要因素。印度教数千年的有效经验并没有给琼波浪觉带来有益的启迪。

4. 有趣的辩论

据《琼波秘传》记载，在尼泊尔，精通梵文的琼波浪觉跟一位印度教徒有过一次辩论。

我将其稍加虚构，写进了我的小说《西夏咒》中：

据说，在一处山洼里，他遇到了一个卖烧饼的老婆婆。她举个烧饼，说：只要你答出我的问题，就可以得到一个烧饼。我还可以给你一双鞋子。

她问了："你们不是说诸法无我吗，那你解脱个啥？"

琼答了，用唯识宗的说法。

老婆婆却冷笑了。

她又问："你们说诸行无常，那你追求的涅槃是不是无常？若是无常，你的追求有啥意义？若是有常，还'诸行无常'吗？"

据说，琼没有答出。

……数日间，他苍老了十年。

《琼波秘传》还有种说法：跟琼波浪觉辩论的不是老婆婆，而是班马朗。据说当时，一些印度教教徒就是这样跟佛教徒辩论的。又据说，班马朗当时想做的，仍是要摧毁琼波浪觉的信根。谁都知道，信根一毁，信仰的宫殿就倒塌了。

释迦牟尼佛在世时不予理睬的那些问题，成了外道对佛教进行诘难的主要命题，比如：世界有边还是无边？涅槃后是有还是无？诸如此类。尤其是涅槃后的有无问题，因为涉及到信仰的终极命题，不予理睬的结果总是招来一片嘘声。据说，班马朗至少在一段时间里动摇了。在琼波浪觉朝圣的日子里，他跟一位印度教大师认真学习了《薄伽梵歌》，对《薄伽梵歌》赞不绝口。

5. 狗血与经血

灵鸽又带来了信——

琼：

昨天陪库玛丽聊了很久。她就是那个我从殉夫的火堆上救下的女子，以前你见过她。她很漂亮，也很忧郁。她跟她不爱的丈夫生活了三年，期间又爱上了更香多杰。她丈夫害病死了，按规矩，她要殉夫的。人们把她架上火堆，我以女神的名义救下了她。

也许，正是由于更香多杰也爱她，我才能知道他们的那些勾当。

那些人仍在对写着你名字的陶人诵恶咒。他们每天诵四次咒，一次一个多时辰，诵一次，就在上面抹一遍妓女的经血。那经血，是他们到印度神庙买的，那儿有许多卖淫的神婢。库玛丽说，一次叫她去买经血，她从屠夫那里弄了一些狗血。她想用这种方式保护你。但后来，也许他们发现了啥，就亲自派可靠的人去神婢那里弄经血了。

库玛丽已从几年前的恐惧中渐渐挣脱出来了，渐渐走向了自立（不仅仅是经济上的，这也可见愚昧和贫困确实会扭曲人性），她可能会走向更为广阔的天地。我很欣慰，又少了一个让我不经意间时时揪心的女子。我的心太累了，因为我经常会被一些看似与我无关的人与事打动，久久不能释怀。如果仅从地位上来看，我与她差距很大，但她对永恒真爱的渴望，对梦想的努力追求，与我相似，只是我们走的路不同。所以，我一直对她感到熟悉、亲切。她就像是另一个我。其实，从这个角度来说，我，她，我母亲，还有许许多多的不同姓名的女子，都是一样的。

很想你。昨晚半梦半醒的，我不由自主地靠向她，误以为是你。奇怪，我从来没有过这种举动，可见爱情的力量有多强大。

你改变我太多了。你对我实现了这一生最有力的挽救。以前，为了能当上女神，父亲和我的家族费尽了心机。后来，当女神时的许多经历其实也污染过我——毕竟，那么多的金银珠宝也是有力量的。我甚至用一些世俗的锁链来捆绑我的生命。比如，我喜欢无休止地沐浴洁身，我一整天地在院中采花碾成香泥，再配以朱砂和米粉，给所有来陪我玩的女子的印堂点上吉祥痣；再比如，我总是选择最美的耳环，一日里换许多次；我的鼻边嵌的宝石，也定然价值连城……以前，这些虚无缥缈的东西才是我的命，离开这些，我真的活不了，或者像行尸走肉一样了（写到这里，父亲找我了，他又来了客人）……

6. 千万别爱上我

这次，琼波浪觉叫灵鸽带去了他的回信。

当琼波浪觉向我复述这封信时，我被震撼了。从信中，我看到了我喜欢的那个圣者——

亲爱的莎尔娃蒂：

看了你的信，我很感动，又很难受。

我在观想着防护轮。近来倒是真的很疲惫，周身也很疼，时不时就会陷入梦魇，老是在恍惚中看到一些张牙舞爪的魔向我扑来。许多时候，也觉得自己的生命成了一根细线，老像是被两股力量扯着，老是感觉要断。

我不知道是不是被别人诅咒的原因？

我管不了别人的诅咒。别人诅咒是别人的事，我只管做我的事。要是他们咒死了我，我也会马上转世，再来寻找奶格玛。在我眼中，生死只是一个幻觉，肉体不过是我演那幻戏时的着装而已。

我不在乎那些诅咒。我心中最在乎的，仍是你。

记得跟你在一起的时候，我多次惹你不开心。那时，我甚至真的希望你离开我，拥有你自己的生活。等待真的很苦，我实在不忍心再叫你受相思之苦了。我想气走你。我一次次地气你，我想你离开我之后，忍上一段时间，或许就好过了——这些天，我也被这种相思之苦煎熬着，它真不是人能受的。

可是，我没想到，当我差不多气跑你时，却觉得一切失去了意义。当我行走在呼啸着的河边时，真有种想跳入的冲动。我忽然明白，要是你选择离开我，我将堕入更大的痛苦之中，我会失去生趣。这时，我才明白，叫你离开我的想法，是多么傻呀。

可是，你也许不知道，跟你接触的这些天，我已经无法再控制自己的心了。它时不时就会挣脱我的羁绊，滚向一个我从来不曾预料的可怕的未知。这既源于我每天对你的那种视如本尊的专注观修，也源于你的真心在我心头引起的感动。以前，我一发现心中有了对红尘的牵挂时，就马上慧剑斩情丝。但没想到，这次，命运竟开了这么大的玩笑。它竟然会裹挟了我，将我裹向一个从来不曾到过的地方。我感到一种巨大的恐惧。那次，在你朝一位师兄微笑时，我竟想当然地吃醋了——对于一个发愿要利益众生的我，这种执著和自私是多么滑稽呀？我真的憎恶自己了。也明白，我在修证上尚需经过最难的一关：情关。但我明明知道，正是“情”的强大，才使我成了求索的瑜伽士。当然，我说的这“情”，是一种巨大的利众性。它成就了我的事业，在它的牵挂下，才有了我的寻找，而终于没叫青灯古佛裹了去。

你可能不知道，以前，我对女子是有成见的。我一见到女子，总会想到“女难”。班马朗老是谈那些双修的内容，我很吃惊他的博学，但我真的是不屑一顾的。在世事上，我总是信奉多一事不如少一事。跟你的交往，也见证了这话的正确。我想不到，爱上你，竟给我带来了如此大的相思之苦。数夜之间，我老了许多。

命运真是变了一个绝妙的戏法。我一下子手足无措了。

要知道，刚开始，我并不爱你。我虽然很喜欢你，但你还远远没到叫我神魂颠倒的地步。在控制心上，我真的很优秀。某次，我跟班马朗辩论时惹恼了他，在他痛骂我之后，我倒头便睡并发出了酣畅的鼾声。我从来不在乎世界的。在雪域，有位女子曾脱光衣服勾引我，也没有打破我心的宁静。

所以，一开始，我就提醒你：千万别爱上我。你说不会的，我信了。我想，作为一个当过女神的人，定然有过人的驾驭“情”的能力。也幸好有你这句话，不然，我也许会逃之夭夭的。后来，我总是安慰自己说，她不会爱上我的。可怕的是，当我确证你爱上我时，我竟然发现自己也离不开你了。我太喜欢你了。你的一切，总叫我喜欢，叫我迷醉。我将你当成了命运对我的最美的赐予。我忘情地扑向了你。我怕出世间智慧会消解我的爱，开始了每天两个时辰的对你的观修训练。我想用我修成的定力来守候那份爱。

在许多个瞬间，我甚至将你当成了奶格玛。

但是，我渐渐发现，我没有办法排遣你的那种刻骨铭心的相思。我知道你啥时在想我。我总能感到从你那儿裹来的迷雾般的相思。每到这时，我的胸口也跟你一样，有了一块狰狞的怪石。它总是突兀地扎疼我。

我想，你老是这样的话，如何熬过这漫长的一生？要是我不能长久地跟你在一起，你会很痛苦的。我能理解你的痛苦。记得，在离开你家的那夜，我哭醒时，就被那相思咬出了满心的伤疤。甚至在那个梦里，我也不相信，我那么深爱的你竟然没跟我一同去寻觅。我在梦中四处寻找，可就是找不到你。那个夜里，我竟然哭醒了。醒来后，我发现同屋的人吃惊地望着我。我相信，你的痛苦定然跟那时的我一样。那种可怕的噎，定然比胸中塞了巨石还难受万分呢。

我真的不忍心叫你这样活着。

我曾有意无意地提醒过你，叫你慧剑斩情丝，可你总是把它当成我要逃跑的信号。不，我虽然舍不得你，可是你要知道，我怎么忍心叫你受这么大的痛苦呢?

智慧告诉我，你是个好女子，是真的值得用性命相交的。你身上，有许多叫我惊喜的东西。在生活的未知里，确实有一种神奇。我们的生命里，真的有一种说不清的东西。

拥有你之后，我很惊讶生活带给我的巨大幸福。但我没想到，它会给你带来那么大的痛苦。也没想到，离开你之后，等候你的信件，会成为我这段日子里最大的生命乐趣。可以说，这些天里，我所有的生命时空，除了寻觅之外，就是在等待那只灵鸽。我太想你了。当然，在读你的信时，那份巨大的痛苦也每每叫我喘不过气来。你感受到的所有痛苦，我同时也都在承受着。

在许多个瞬间里，我总是下定决心，说不要再折磨她了。我总是提醒自己：一狠心离开她，等她承受几个月后，也许会像以前那样习惯的——你不是同样习惯了女神生涯吗?真的，我老是这样想。要不是我自己心中也已离不开你，我也许早就逃跑了。我真的不忍心叫你这么痛苦。我不想叫你为我忍受这份地狱般的煎熬。

我老是在幻想中跟你说别离。在每次想到我跟你的绝交后，我真的感到轻松：她终于解脱了。我本来打算，要是你真的离开了我，我的朝圣之路，一定会解除我的痛苦。

可是，我没想到，当我真的打定主意想离开你时，我竟然被浓重的灰色笼罩了。整个世界一片灰色。独行在山间时，我竟然时时想跳下那悬崖。

我不知道，这是他们诅咒的力量，还是爱情的力量?

我甚至怀疑，那些人遣来的，是不是情魔?因为只有在用怀法时，才用得着那些妓女的经血。

要是这样的话，他们已达到了目的。我离不开你了。你已经可怕地融入了我的生命。那种失魂落魄的感觉，真的很要命!

后来，本打算离开你的我，在又一次见到那灵鸽时，竟禁不住流下了幸福的泪。

我想，也许有一天，你也会发现我的相思之苦，而不忍心再叫我痛苦，也会选择离开我。我想等我真的离开你之后，你也会忽然发现，我竟然也可怕地融入了你的生命。

那么，我们再也别远离对方的生命，好吗？

我答应你，在你身边时，我会好好待你。你不在身边时，我尽量做我命运中该做的事——可是，在分别之后，我多么希望听到你的声音呀！没有它的抚慰，我是熬不过那么多长夜的。因为，只有在看到你的信之后，我才会坚信，你还在爱我！

要知道，在每一次灵鸽来临前的漫长等待中，都会叫我产生“她有了新朋友”的可怕念想。我的眼前，马上就会出现那些足以叫我发疯的画面。

这时，你也许才能理解离别给我带来的巨大刺激。

最可怕的是，我得的那种病，只有在我不爱你的时候才会痊愈。

可是，要是我不爱你了，活着的我还算活着吗？

你也许发现了这封信的混乱，但这混乱，正代表了我今夜混乱的心情。在我的一生里，这份混乱，真的很稀罕。

看完了这封信，你也许会想，写这封信的，难道还是那个俨然是智者的琼波巴吗？

你说，这是不是也是那些诅咒导致的结果？

琼波巴写于凌晨

第十章 归去来兮

《琼波秘传》称：更香多杰们火祭诅咒的另一种结果便是流言。这流言，困扰了琼波浪觉的一生，后来，甚至波及他的传承弟子们。于是，他的传承弟子中，纠纷一直不断。因为流言是诛杀瑜伽行者慧命的另一种武器，正是在流言的侵蚀下，许多人的信根没了。而没了信根，也等于没了灵魂，这是比杀死肉体更为残酷的事。

1. 遭遇强盗

从琼波浪觉的信中，我读出了他那时内心的挣扎。他不是天生的圣者，也有着凡人的情欲和牵挂，但跟寻常人不一样的是，他有自省，更有自律和向往，这让他终于走出了狭小，走向了伟大。

离开莎尔娃蒂之后，琼波浪觉又遇到几位佛教大师，学到了多种密法，他们是希巴咱萨连纳、克什米尔贡巴哇、弥年多杰等。

但琼波浪觉仍不满足，他游历四方，继续寻找奶格玛。但是，奶格玛已成为一个传说，谁都听说过她，但都没有见过她。

后来，他的步履移向了印度。

也许是真的中了诅咒，琼波浪觉老是生病，有时病得很厉害，时不时就处于死亡的边缘。虽然他一直观修着防护轮，但老是觉得有些魔能轻易地冲破火帐，举着利器扑向自己。

那本不曾公之于世的书中，还记载了一件事：遭遇强盗。这在九百多年前的蛮荒之地，遭遇强盗是很正常的事。

人们普遍认为，琼波浪觉遭遇强盗同样是咒士们的诅咒所致。按书中的解释，世间的许多表面看来很偶然的事，其实有着人们不一定能洞悉的因缘。咒士们的诅咒之力，定然能改变那些强盗的心念，让他们在琼波浪觉正要经过的时刻，生起劫掠之心。

书中还说，琼波浪觉生命中的许多违缘，其实都是魔在干扰。那魔，借了那咒坛之力，一直伴随着琼波浪觉。只要有机会，它们便会出现。

一天，几个大汉挡住了琼波浪觉和班马朗。

需要说明的是，那个时候，因为路途遥远，西行求法的人，总是要结伴同行。班马朗便又一次出现在那本书中。在那本书中，班马朗跟琼波浪觉的关系，相似于提婆达多同释迦牟尼的关系。班马朗总是在上演着跟琼波浪觉作对的角色。这很正常，许多时候，没有邪恶，便显不出善良的珍贵；没有黑暗，便显不出光明的难得。正是有了班马朗等人的反衬，琼波浪觉的光明才显得愈加珍贵。

但有时候，许多东西很是难说。佛教中虽然将提婆达多当成了十恶不赦的恶人，但他却有着很多信徒。据玄奘法师记载，就在他西行至印度求法时，印度尚有许多提婆达多的信徒。那时，距释迦佛住世时，已过了千年。同样，至今在不少地方，仍有班马朗的信奉者。他们仍在逞口舌之能，将佛教教义视为谋利之资，言谈时口若悬河，心中却恶念纷飞。

书中记载，当两人遭遇强盗之时，班马朗跪地哀求。这细节，也是可能的，因为善变是小人的特点。当小人遭遇命难时，下跪当然是可能的。我们可以从许多小说中发现这类情节，而且，他们还可能说出“家有九十老母”之类的话。

据记载，那个时候强盗极多，因为西行求法者必须带金子。那时，没有金子，是求不到法的。琼波浪觉的多次返藏，就是因为带的金子用完了，他得回藏地再筹求法之资。当然，这也不是那些印度尼泊尔的大德们贪财，而是为了显示教法的珍贵。得之太易，弃之不惜，所以，当代的许多人总是将一些珍贵的密法胡乱扔弃。

我在清风的吹拂下看到了琼波浪觉，那时，他的脸上已有了络腮胡须。根据秘传的记载，琼波浪觉当时只有三十多岁，虽然年岁不大，但因为常年跋涉，在风刀霜剑的侵蚀下，他显得比实际年龄要老相一些。

强盗们带着藏刀，他们并没有像人们想象的那样举着长枪大棍，因为强盗也是老百姓。他们总是相机而动的，看到有机会了，他们就抽了刀子，威喝一声。跟汉地强盗不一样的是，他们不喊留下买路钱，而是喊：留下金子！

班马朗吓白了脸。

琼波浪觉说，我们穷出家人哪有金子呀。

强盗不信说，你背上的包裹里装的啥？

琼波浪觉说，是梵文经卷。

是古董吗？

我们哪有古董？是我们手抄的。

取下来看看！

琼波浪觉取出了经卷，强盗翻了翻。一个说，真他妈的晦气，候了几天，竟候来一堆破玩意儿。他抽出一本，几把撕了。碎纸片蝴蝶般飞舞。

琼波浪觉就是在这时“怒相而指”的。这些经卷，他看得比生命还贵重。

秘传中记载，琼波浪觉“怒相而指，强盗吐血而亡”。以此来说明，那时的琼波浪觉，已经圆满了生起次第，有了增息怀诛的能力。同时，书中还写到，琼波浪觉将强盗们的神识超度到了佛国。

我们不知道那吐血而死的是一个强盗，还是所有强盗？

我们仅仅知道，琼波浪觉暴露了自己修证的功力，引起了班马朗的忌妒。他定然想，大家一同去印度，凭啥你一人有了这般能为？

2. 顺风扬尘的流言

琼波浪觉到印度不久，顺缘就俱足了。好些人都涌向琼波浪觉，愿意做他的弟子。

琼波浪觉本来就声名远播。无论在本波，还是后来离开本波，或是再后来赴尼泊尔求法，他总是成为当地的话题，总是有人褒，有人贬，但无论褒者还是贬者，都承认他是个有本事的人。

那时的赴印度尼泊尔，对修行人来说，等于镀金了。只要去过西天，身价就会千百倍地上涨。藏地黄金虽然珍贵稀少，但人们还是愿意将所有的金子都用于佛教。某年，一位大德蒙冤入狱，他对带了金子前来赎他的人说：省下这些金子吧，你去请一位孟加拉国的佛教大师。据说，为了请那位大师，藏地筹集了跟那位大师的身体同等重量的黄金。后来，那些黄金虽然仍用于西藏佛教，但那供养，却成了敬重佛法的象征。

蜂拥而至的弟子们带来了大量的供养，他们得到了他们想要的法。这些法跟后来的“奶格玛五大金刚法”一样，同样成为佛教共有的财富。至今，它们仍然是藏文化中能滋养灵魂的瑰宝。

如同太阳一出，星星自会隐黯一样，琼波浪觉的出现，使班马朗失去了他的光彩。此番去尼泊尔，班马朗也有许多收获。但其收获，主要在佛教理论上。在琼波浪觉广求密法的时候，班马朗却在跟几位班智达学习《瑜伽师地论》，这是瑜伽行派的重要经典。此外，他还学习了因明学的一些经典。一路上，他也收了许多弟子。但因为人们对密法的偏爱，班马朗的弟子很少，得到的供养也不多。虽然琼波浪觉极力推荐班马朗，人们还是众星捧月般围在了琼波浪觉的周围。

不久，一个流言就在当地传扬开来，说琼波浪觉在尼泊尔以双修为名，拐骗过一个少女，弄大了她的肚子，始乱终弃。这流言传播得很快，像顺风扬尘一样，很快就传遍了当地的佛教界。一些对琼波浪觉早就忌妒的人开始挤眉弄眼了。他们本来也算上师，都带有数位或数十位弟子，琼波浪觉一来，那些弟子都去皈依他了。就算不提那些供养，面子上也下不来。这谣言，等于帮了他们的忙。

刚听到这流言时，琼波浪觉只是淡淡一笑。他总是不在乎这种跟解脱无关的事。但在某次灌顶之后，琼波浪觉发现几位弟子也叽叽咕咕了。

琼波浪觉便问，一弟子在躲躲闪闪之后，说出了那些流言。

琼波浪觉感到好笑。他说，哪有这样的事？

那弟子嗫嚅道，人家说得有鼻子有眼。

琼波浪觉笑道，编流言的，当然能编得有鼻子有眼，不然谁信？

人家还说出了那女孩的名字呢。弟子大着胆子说。

啥？

莎尔娃蒂。

琼波浪觉不笑了。他马上明白了那谣言的来处。因为在整个印度，除了班马朗，没人知道莎尔娃蒂。

他的心头产生了一股浓浓的悲哀。他一直还将班马朗当成心腹朋友呢。不料想，他竟然如此下作。

但这号事，琼波浪觉又不好诸一去解释，只好随它了。好在正信弟子并不将这事当成说不过去的污点，因为瑜伽士的修证到了一定程度，受用明妃以助修行，是许可的。

但流言还是给琼波浪觉带来了极大的损伤。这时，他才明白，并不是每一个人都随喜他的成功。

一些被流言摧毁了信根的弟子离开了琼波浪觉。

琼波浪觉笑道，随他们去吧，相信小人诋毁而不信上师功德的人，是不配当我的弟子的。

在那本秘传中，流言被认为是那些咒士诅咒的结果之一。自从有人专为琼波浪觉设了咒坛开始，流言便成了他无法摆脱的影子。他老是被人诋毁。不过，也正是有了那些诋毁，琼波浪觉才一直成为别人的话题。

3. 宗教的阴影

任何宗教都有光，但有光的同时也有阴影。

班马朗和提婆达多就是宗教的阴影。虽然佛经中将提婆达多视为叛徒，但他的势力很大，据说有六个僧团，史称“六群恶比丘”。在佛陀住世的时候，他们就给佛陀制造了很大的违缘。班马朗亦然。在我写作本书的时候，还遭到班马朗传承弟子们的诅咒呢。

在琼波浪觉的前半生里，班马朗便是跟光明相伴的那个阴影。

因为班马朗精研教理，精通当时流行于印度的许多经续，所以他的传承弟子以学问名世者很多。同时，也因为他们学问好，很会写文章，所以流传下来了许多著作。至今，一些学者的著作中还常常引用班马朗及其弟子的言论。以是缘故，班马朗走进了历史。

关于班马朗是否成就一直是争论不休的话题。有人说他成就了，因为他的弟子中不乏成就者。你很难说一个没有成就的上师会教出成就的弟子。在密乘中，上师是成就之源。但在印度有个传说，有个名气很大的班智达，他没有证悟实相，却教出了许多成就弟子，其中有不少阿罗汉。后来，他问一个成了阿罗汉的弟子：“你是怎样成就的？”那人说，我就是按你教的法子修炼的呀。上师问：“我教了你啥法子？我忘了。”弟子于是将先前上师传他的法再传给上师。上师如法修证，也证得了阿罗汉果。否定班马朗的人就拿此例来证明有成就弟子的班马朗不一定成就。这种说法，也许是小乘开许的。但在密乘中，没有成就的上师，是不可能教出成就弟子的。密乘强调上师和传承的加持力，没有如法的电流，灯泡是不可能发光的。

其实，关于班马朗是否成就并不重要，重要的是他是否宣传了真理。虽然在班马朗住世时，他老是跟琼波浪觉过不去，但我不能因此而否定他的所有著作。说实话，在接触到香巴噶举之前，我也迷过班马朗的著作。他至少是个有学问的人。他论证严密，说理清晰，知识渊博。从他的文章中，我真的看不出他有啥大的失误。但据说，在他住世的时候，真的跟琼波浪觉有过大的交锋。许多时候，甚至还闹到了水火不容的地步。

班马朗制造的流言虽没有从根本上伤害琼波浪觉，却使琼波浪觉产生了一个新的想法，与其跟眼前的班马朗等人争夺弟子和供养，还不如去做生命中更重要的事。

于是，后来他遣散弟子，再度朝圣，继续寻找奶格玛。

4. 山洼里的诛坛烟火

据《琼波秘传》记载，本波祖寺旁山洼里的诛坛烟火延续了好几年，也有人说是十几年，还有人说是几十年。据说，琼波浪觉后来的弟子中多口舌纠纷，老是闹不团结，就是本波的护法神制造的违缘。

又据说，那次流言也跟本波的护法神有关。它们虽然很想接近琼波浪觉，勾其魂，摄其魄，寝其皮，食其肉，但琼波浪觉与生俱来的大力会产生极强的能量，每每将它们拒于百米之外。于是，它们以班马朗作为一种载体，向琼波浪觉发起了反攻。这当然是一种说法而已。不过，人们都相信这种说法，将这种现象称为魔障之一。

尽管如此，琼波浪觉的身边还是聚集了数不清的求法的人。每天，都有前来求法者。因为还打算继续寻找，琼波浪觉并没有修建道场，也不借用别人的道场来传授佛法，只居住在当地弟子家中。那弟子是当地有名的大户，家很大，尤其那佛堂很是庄严，这是他花了好多金子专为上师建的。佛堂里有着当时印度能找到的几乎所有本尊神的唐卡或是塑像。琼波浪觉就在佛堂里为前来求法者灌顶。他们中有些是来求法的，有些却是来学习梵文的。当时的藏人学习梵文的热情跟现在的人学习英文一样。因为学习语言需要花费大量的精力，琼波浪觉收徒甚严，后来，他只留下两个孩子学习梵文。这两个孩子，后来成了他的侍者。

流言仍在盛行。那时的印度佛教界，跟当代的中国一样，对性事很是敏感。渐渐地，流言在传递的过程中添油加醋，竟说琼波浪觉搞大了一批尼泊尔女孩的肚子。这使得一些所谓的正信弟子望而却步了，因为按当地的传统，破戒之人不祥，连梦中梦到破戒之人，都是不吉的。琼波浪觉这时才明白班马朗的用心之恶。

一些有正义感的弟子也开始反击班马朗，弟子们之间首先有了纠纷。虽然班马朗的弟子没有琼波浪觉的多，但因为班马朗在尼泊尔以学佛教理论为主，他在因明上也下过工夫，口才极好。一批喜欢佛学的学者都愿意跟他来往。而且，相对于琼波浪觉的严谨，班马朗显得很随和，显得更有亲和力，所以，他的身边很快有了一批人。这些人后来成为噶当派的中坚力量。他们有着相当的话语权，后来给琼波浪觉制造了许多违缘。

但琼波浪觉的弟子还是越来越多。前来求法者络绎不绝。那盛况，已超过了他当本波的法主之时。虽然每日里喧嚣无比，琼波浪觉却总能于喧闹中反省。他始终牵挂着那个授记。

5. 梦中的女子

这天晚上，琼波浪觉又清晰地梦到了那个女子。他梦见自己到了一个陌生的所在，那所在十分朴素，却又辉煌无比。那朴素是外现，那辉煌是觉受。那女子矗立于云端，身上放射出彩虹似的光，百光下泻，下雨般注入他的身体，他感到一种十分奇妙的清凉。那女子没说一句话，但琼波浪觉却觉得她说了许多话。他永远忘不了那双期待的眸子。

醒来后，琼波浪觉感到一种沁入心脾的寂寞。他走出房外。清冷的夜空里挂着一轮清冷的月。山洼黑黝黝的，散发着一种说不出的神秘意蕴。虽然他对旅途的奔波仍是心有余悸，但他明白，要是不时时提醒自己，要不了多久，他就再也不想动身外出了。他天性喜静，喜欢清修，不爱热闹。但他明白，许多时候，一个人必须得跟自己较劲。要是时时随顺自己的喜好，那么，人的喜爱舒适生活的动物性特性，就会阉割了他的进取心。许多人的梦想，就是被自己的惰性消解的。

琼波浪觉发觉自己已有了一丝不想劳碌奔波的念头。这很可怕。这当然是由于路途的遥远，也因为对异国的许多不适应。他最受不了的，是身在外地的那种被抛入陌生之海的感觉。在尼泊尔，每一举目，看到的，总是扎眼的陌生。即使是他定居一处时，也因为没有一个相对封闭的空间而感到疲惫至极。

有时，琼波浪觉也很想回到自己的家乡。家乡那种熟悉的气息总在抚慰他劳顿的心。家乡的山，家乡的河流，家乡的煨柏所独有的气息，还有家乡的酥油糌粑，都像在往他的体内注入着一种大力。

要按他自己的意愿，他是真的不想再出远门了。但理性却在告诉他，他还是得出去。他明白，不出去的他仅仅是个上师而已。当然，要是仅仅只为了个人的解脱，他学的那些已经够了。要是将解脱比喻为物件的话，他求解脱，算得上是探囊取物了。但他总是有些不甘心，总觉得那个遥远的陌生之处还有一种力量在勾摄他，总有一种声音在呼唤他，总有一份抹不去的刻骨铭心的牵挂在时时唤醒他，使他不能酣然地沉眠于梦乡中。

他想，还是去寻找吧。

作出这个决定的时候，他仿佛看到有个女子朝他微笑了一下。

早上，他按习惯进行了清修。一出门，他发现了灵鸽。

6. 四十九天黑经

亲爱的琼波巴，忙碌了好长时间——父亲安排了很多事给我——又给你写信了。

今天库玛丽又来了。她说那些人整整念了七七四十九天黑经，这才是那黑咒术的第一步。他们取开了那陶人，在上面滴了黑脸屠夫的血，滴上黑脸孕妇的血、黑山羊的血和黑狗的血。听说黑色是死神的颜色，行使诛法都要用黑色。此外，他们还在到处找诛物，比如十字路口的土、铁匠铺里有碎铁屑的炭灰、一段上吊者用过的绳子、一把自刎者用过的刀、吃毒药而死的人用过的碗、射死过人的箭头，或是难产而死的女人骨头、头发和皮肤——这便是人们所说的血腥鬼，以及寡妇的内裤或是用过的月经纸、没见过阳光的暗泉水、活的黑蜘蛛、活的黑蝎子等等。他们把这些诛物，跟那陶人一起，塞入一个黑牦牛角中，用暴死的屠夫的头发塞住封了口，又开始念黑经。

我之所以详细地告诉你以上的内容，是因为我希望你也有相应的禳解之法。听说，要禳解的话，最好是知道对方下咒的内容。

你一定要小心，别忘了观想那防护轮。

我也开始寻找一些高人。我想，这世上，有诅咒者，就定然会有禳解者。世上的规律是一物降一物。你说是吗?

仍是想你。

现在已是深夜。刚才我看了你留下的那些书，忽然有了很强的陌生感，不仅是对你，对我自己也陌生了。说不清什么原因，可能是环境变了。

其实，已没有什么事可写，我以前的信，已把所思所想统统告诉你了。但觉得还是要信守承诺，给你写信。你总是劝我不要写了，多休息，但我不想错过你。虽然我非常累，但没有关系，我还可以坚持。如果我今天以累为由不写，明天我还可以以困为由不写，再以后以各种各样的貌似堂皇的理由为借口，放弃了自己的承诺。同样，我也可以以各种理由和借口，渐渐地放弃了琼波巴，最后让你成为一个遥远的符号。

不过，我不愿意放弃琼波巴。我要把我能做到的事，做到极致，尽我最大的努力。否则，我既无法兑现承诺，也对不起跋涉的你。我不能只凭轻松愉悦地随性对待这段感情，等我睡足、睡香了，再跟别人轻松地调情，舒舒服服地谈恋爱，面对琼波巴的承诺——其实也是对自己心灵的承诺——如此轻率的游戏态度，怕是连自己也对不起了。我必须这样做，才能证明我不是空虚无聊地消遣，只图个好奇刺激，轻松得到又轻松放弃。我不会这样做。我必须用虔诚、无私的心来珍惜这份爱。

坚定，就是坚信我们能走一辈子。虔诚，就是相信我们的爱是最真诚、美好的爱。真的爱必然带给人向上的升华，而非堕落。

我慢慢理解了仪式的重要性。一定要周而复始地坚持、强化、凝固。否则，我很容易麻木、遗忘。一旦麻木、遗忘，恶念、贪念就会乘虚而入，一点点侵占思想的时空，渐渐扩大地盘，让我还原为原来的那个“女神”。

窗外，万籁俱寂，天地间，只有两颗心长相厮守，不受任何打扰。写完了信，我就可以躲进一个暖暖的宽广的怀抱中了。像一片羽毛，轻轻飘入大地的怀抱中，那么空灵、安稳、踏实。天地之大，总容得下这片羽毛拥有这么一个轻灵、甜美的梦。也只有做梦人的心里，才有这么一团挥之不去的依恋。

在这么静的深夜里，我仍会想起梦中你熟睡的脸庞，它有着睡莲般的宁静与安详。要是我们此刻都睡深了，谁会走进谁的梦里呢？今夜我只守着那个梦，像一位母亲守着婴儿。

实在想琼波巴了，我就把脑子里的记忆，一遍又一遍地重放，重放……在那个阴湿阴湿的雨天，我的鞋早被冰水浸透了，垫了好几层布，踩上去绵软绵软的，但很快又阴湿湿、凉丝丝的了，从脚底往上渗。我记得当时我还坐在后排，听着父亲乏味的讲经声。我简直后悔自己为什么要来了。父亲虽然博学，却没有激情，我一直不喜欢他的讲经……我看了看全场，那位穿着绛红色袈裟的瑜伽士正静坐在另一个角落，身影凝固，纹丝不动，像一尊雕像。谁能知道，后来我便鬼使神差地爱上了这位瑜伽士……生活真是不可思议。

写到这里，眼皮沉沉耷下来了，实在抬不起了。差不多已是凌晨时分，我这才饶过自己，准备休息了。这信实在没什么意思，你可以不看的，我只是坚持这个仪式。你要记住：莎尔娃蒂纵有千条不好、万种毛病，却是世上最爱你的那个女子。

记着，你要常常观想那护身火帐。

你的莎尔娃蒂

7. 琼波巴的心

我的女神：

近来仍是疲惫，老做噩梦。梦中总有牛大的黑蝎子咬我，吸我的血。那黑蜘蛛也睁了碗大的眼望着我。老梦见自己在泥泞中行走，醒来非常疲惫。

按老祖宗流传下来的说法，我是真的被人诅咒了。

除了身体疲惫外，还老是遇到违缘，时不时就会丢一些东西。一天，一本经书竟然不翼而飞。记得我明明装在驮架中的牛毛袋里，可偏偏就找不到了。那书很古老了，是用人皮做的。一位高僧在圆寂之前，留下遗言，要捐出自己的人皮，制成一本经书。据说，在高僧活着时，就开始了在他身上刺青经文，内容是一种古老的咒语，专门用以解除恶咒。我倒是真想从中找到一些破解恶咒的方法。我在夜里诵过那经。意外的是，我竟感到了那人皮上有扎人的毛发。按经书的说法，这是不吉祥的，意味着有邪魔在惦记我。

我没想到，那本经书竟然不翼而飞了。唉，丢了就丢了吧，那丢了的东西，就不是我的。

转眼间，又过去了这么长的时间，人生真的太短了，三恍惚，两恍惚，我们就老了，就会变成两堆毫无特点的骨头。

但是，我却愿意花黄金买不来的生命去爱你，去专注而无功利地爱你，去无怨无悔地爱你。这也是因为我老是将死亡作为参照。我想，人的生命价值正是其行为，那就用我黄金生命段的时光去爱一个值得我爱的女子吧。但愿你我的人生，会因此得到升华。

我说过，你的行为和信真的感动了我。虽然我很爱你，但要是没有那份感动，我的智慧也可能会消解这份爱。因为爱需要大量的时间和生命能量，而我又不愿叫外物打搅我的专注和宁静。但自从读了你的信，就被感动了。

你的信中有许多能叫我落泪的心声，我几乎每天都要从头看一遍，我就用这种仪式进行着对你爱的修炼。那份感动，会成为我们爱的理由之一。因为它的出现，我们就能走得更为久远。能感动一生者，必能相偕一生。

琼波巴于夜半

第十一章 菩提路上

上师啊，你给莎尔娃蒂的那些信让我非常吃惊。我一直以为，她对你的爱已成你的心灵负担，是你处心积虑想摆脱的东西。但我没想到，你竟然有过信中表述的那种心灵感受。可见，当初的你，确实也经历了平常人经历的情感纠葛。

可见，你不是天生的圣者，虽然命运让你去寻觅，你也在努力实现这个寻觅，但你仍然无法完全斩断情的困扰。

我甚至能在那些缠绵的文字中，品味到你心灵中啸卷的那份惨烈的爱。

1. 奶格玛是谁?

是的。我也曾是凡夫。我也经历了凡夫成圣必须要经历的所有历练。

那天中午，我给莎尔娃蒂回了信后，我将所有供养换成了黄金，再次开始寻觅。途中艰险不言而喻。更可怕的是，我老是患病，忽而冷，忽而热，那疲乏成了我摆脱不了的影子。白天辛苦倒也没啥，夜里的失眠真叫我受不了。一闭眼，许多可怕的画面就向我扑来。那黑蝎子老是在吸气，它张着血盆大口，像虹吸一样，将我身上五颜六色的光吸入它的体内。按老祖宗的说法，它是在吸我的精气。后来，那黑蜘蛛也逼近了我，将一个吸管状的东西插入我的体内。虽然仅仅是梦境或是幻觉，但我的疲惫却是实实在在的。

但我仍是在走，仍是在走的途中观修我该观修的东西。我想，大不了就死在途中。怕啥？

我觉得那些诅咒起作用了。我常常走不了多久，就得半卧了休息一阵。我开始怀疑以前曾授记我能活一百五十岁的大成就师了。我想，照这样子，活不了几年的。

但我想，能活多久，我就走多久。要是我死去，我还会再来，继续走我没走完的路。

我不知道走了多久。因为有时，当你处于一种境界时，你是不会去关注时间的。当你内心的宁静达到相当程度时，时间就消逝了。所以，我总是不知道时间，我老是弄不清过去了几年，提醒我时间消失的，是指甲和胡须。它们疯狂地长呀长呀，长到某个长度时，我就知道时间又过去很久了。

我宁静地行走在朝圣的途中，沿途是静默不言的山石，眼前是哈达般通往未知的小路。陪伴我的，只有脚步声，和心中吟诵不已的咒子。我当然不去在乎过去了多久。时间和空间，都是一种幻觉。我虽然活了一百五十岁，不谓不长；但放到历史的长河里，它连个水泡都不是。真正重要的，不是我们的寿命，而是我们的行为。我们各自的行为，构成了各自的人生价值。

那时节，我也像一片被抛入大海的落叶，不知道如何在广袤的异国他乡找到自己的寻觅。我见人就问询奶格玛，可是我问了数百人，只听到了一声反问：奶格玛是谁？

只有一人知道奶格玛。他将我带到奶格玛身边，我发现，那人所说的奶格玛，却是个男孩子。他的母亲为了养大他，给他取了女孩的名字。

某个时刻，我真的绝望了。

2. 大神悉法

一天，我进了一座城。城里一群人正举着一个神像在游行。人们狂呼着，依稀能听得清内容，是在赞美一个叫悉法的大神。

这是他们的传统节日。

我看到那神像跟我以往见到的不一样，最惹眼的是那伟硕的生殖器，一副气势汹汹的模样。善男信女们一手持着那圣物，一手握着另一个金光灿灿的图腾，观其模样，也呈生殖器形状。祭司们肩上扛的，竟然也是生殖器。

我感到有趣，问一老者，那人回答说是在祭祀大神悉法。我问悉法是谁，老人说，悉法是一个大神，既是生殖之神，又是毁灭之神。他主管着宇宙的生命，每过若干大劫，便要毁灭世界一次。他的破坏力强大得无与伦比，一旦施展那破坏之力，日月星辰和人神六道便无一幸免，据说连梵天、因陀罗也难逃此劫。某次，在一个女人的蛊惑下，悉法发威了，大肆破坏。梵天创造一只猛虎去进攻悉法，反而叫悉法压死后剥了皮；梵天又造出了一个侏儒，大神韦须奴施咒加持了一个降魔棒，交给侏儒去迎战悉法，结果侏儒被杀，降魔棒被悉法缴获后，制成自己的各种形象。

我看到，那悉法像倒也没有多么凶恶，他端坐神座上，似在沉思。他有三只眼睛，四条手臂，手中持着四样武器：三叉杵、弓箭、雷槌和斧头。他脖子上的项圈是骷髅所制。那像上最惹眼的是他的生殖器，其状昂然，凶猛异常，据说是他最厉害的武器。只要一发威，尿孔里就会喷出大火，能烧尽城郭，焚去生命，要是没人遏制的话，连那欲界、色界和无色界也难以幸免呢。

老人说，梵天制伏悉法的时候，首先阉割了他的雄势，才破掉了他的法力。但悉法的灵根总是如大地之草，野火烧不尽，春风吹又生。而且，他色心极重，总爱和祭司的女人做爱，或诱惑她们行淫。为了收服悉法，大自在天规定，人间必须以男性生殖器象征悉法，用女性生殖器象征悉法的妻子多伽，供奉在全国的庙宇之中，予以祭拜。据说，梵天将悉法的阳物分为三十九份，其中，九份赠予天上的庙宇，一份赠予地府祭拜，二十一份赠给世间的庙宇进行祭祀和朝拜。剩下的八份，便赠给其他诸界了。

我见到的，正是人们祭拜悉法的仪仗。舞女们戴着金戒指和金鼻环，打扮得花枝招展，她们都赤裸着胳膊和大腿，上有银器饰物。据说她们属于庙宇所有，其接客收入，全部供养庙宇。舞女们边走边舞，舞姿优雅，衣裙上的饰铃发出悦耳的声音。

那祭祀仪仗进了庙宇。几头角上镶着金边的圣牛也进了庙宇。一位婆罗门高声吟唱：我是梵天，我是宇宙。舞女们随了那祭祀乐曲舞蹈着，她们顾盼生辉，美丽无比，轻扭腰臀，摇荡出万种风情。整个场面很是热闹，有着极强的感染力。

那位肩扛银制阳物的祭司，取下圣物，伸向那些顶礼膜拜的信徒们。信徒们浇以恒河圣水，并不停地亲吻圣物。女人们也疯狂地涌向圣物，献以各种花蔓，并拥抱亲吻。据说虔诚者能得到悉法赐予的性的神力。

我感到整个仪式有种巨大的力量，那种感染力真是无法抵御。虽然理性在提醒我，但我还是觉得自己像一滴水融入大海那样融入了那仪式。

祭司又开始吟唱了，他的声音悠长而虔诚。他说，让我们用虔诚的心，洗去灵魂的污垢。他摸摸肚脐，摸摸阳物，说："真火在这儿！太阳在这儿！太阴也在这儿。"祭司的助手取过圣牛刚刚排下的粪便，一把把往祭司身上涂抹。在当地的习俗中，圣牛的粪便也是圣物。

祭司说，伟大的悉法是创造之神，他创造了整个世界，创造了我们人类，创造了日月星辰。没有他就没有万物，没有他就没有这地水火风。啊，悉法大神，我们赞美你。但你又是破坏之神，万物因你而示现了无常，大山因你而崩溃，大海因你而干涸，星辰因你而陨落，鱼虾因你而绝种。你又是伟大的性欲之神，你在十五岁时，就淫遍了国内的牛乳女郎，令她们欲死欲仙。你那无与伦比的神力，成为生命力的象征。

老人又给我介绍道，悉法有好多个妻子。他的第二个妻子叫煞蒂，其名的含义很有趣，意思是"从女性生殖器里得到的大乐"。煞蒂有许多崇拜者，他们崇拜女性生殖器，其修炼方式，就是面对那形象逼真的女阴，做深沉的冥想。后来，我在一处隐秘的所在，见到了崇拜煞蒂的人们。他们正在做一种供养仪轨。祭坛上供着一个赤身裸体的美女。其修炼，被称为降神会。最初人们仅仅是冥想玄思，渐渐地，一种神秘的力量便笼罩了他们，信徒便互相拥抱，整个场面显出淫乱的迹象。

我虽然明白他们的崇拜并不究竟，但我还是理解他们。我想，那个形似男根的崇拜物，在那些崇拜者眼中，跟我自己眼中的佛像一样神圣。我同样尊重他们的信仰。

3. 空行母化现的老者

在没进印度时，我还以为能在印度看到森林般的寺院和成群的僧侣，可是一踏进印度，我就发现，这儿跟尼泊尔一样，同样是婆罗门教的天下。婆罗门有好多派别，他们已将印度的宗教蛋糕瓜分去了大多半，剩下的，也多叫耆那教等一些传统教派瓜分了。我甚至没有见过很辉煌的佛教寺院。我仅仅听说那烂陀寺很是壮观，但也只是听说而已。

一天，我发现一位占卜的老者，他相貌高古，显出非同寻常的道貌来。我向他打听奶格玛。那人反问：奶格玛是谁？

我说，奶格玛是一位大成就者。

当那人明白奶格玛是一位佛教成就者时，就说，你要是找佛教中的大德，你就不能像没头苍蝇那样乱碰。我教你个法子，你直接到那些历史上的佛教圣地去找。那儿总有些佛教信仰者在修炼，或者前往朝拜。不管咋样，你碰到或是打听到讯息的几率要比你瞎碰高。

我恍然大悟。

那人又说，你瞧，离这儿最近的，是菩提伽耶。那是佛陀的成道之地，你要是愿意，你先去那儿。

于是，菩提伽耶成了我在印度朝拜的第一个圣地。

后来我想，那个老者，肯定是空行母化现的。

4. 菩提伽耶的气息

你是否知道菩提伽耶？要是你看过佛经的话，你一定知道菩提伽耶。因为翻译的差异，你可能会看到另一个名字，比如佛陀加雅啥的。这里是佛的成道之地。

我看到的菩提伽耶，跟千年前佛陀看到的菩提伽耶很相似。千年间，它迎接了大量的朝拜者，它的大地也定然发生了不易觉察的变化，大地上的树木死了又生生了又死，大地上的生物死了一茬又一茬，人类也同样生生死死了无数代。但它的外现，并不因岁月的流逝而有很大的改观。比如，佛陀看到的是平原，我看到的也是平原；佛陀看到了树林，我也看到了树林；佛陀看到了河流，我也看到了河流。当然，我并不认为，我们看到的是同一个平原、河流、树林，因为那些物质跟所有的物质一样，总是遵循着无常的规律瞬息万变着。

我感受到了菩提伽耶独特的气息。我很难给你形容那种气息，你也许在读经的某个瞬间，闻到过一种若有若无的幽香。你很难形容那幽香，但那香还是感染了你，你的心变得非常柔软，你非常容易被感动，你的心中会涌动一种善美的旋律，你于是觉得自己非常清净，非常安详。你渐渐没有了贪婪，没有了仇恨，没有了愚痴，你似乎觉得自己升华了人格。对了，就是它。那种气息或是氛围，正是我此刻感受到的。你于是说我得到了佛陀的加持。是的，你可以这样认为。多年后的某次觉悟之后，我才知道，那加持我的，其实是上师奶格玛和我的信心。那时，我已证得了究竟之果。我明白，万法不离心性，心性不离万法，而万法和心性，其实也不离根本上师的智慧大海。是上师和信心，激活了我心中本有的生命能量。当然，这也是一种方便的说法。

菩提伽耶微笑着接纳了我。我于是看到了微笑的大地、微笑的村庄、微笑的河流。还有许多微笑的物质，我就用“万物”二字替代了吧。我于是感到了一种辽阔和壮美。那辽阔，是一种包容万象的辽阔；那壮美，是一种大象无形的大美。我相信，当年的佛陀，也定然是被这种大美感动而驻足于此的。那时，树林里有许多苦行者，他们或是吞牛粪，或是卧荆棘，或是大眼瞪天，或是金鸡独立，总之是无奇不有。佛陀定然被他们吸引了。他想，咿呀，好地方，这儿有河流，有树林，有村庄，有这么多苦行的伙伴。他想，我就在这儿修道吧。于是，他就停了下来。你别笑，你要是个好学的人，你会在巴利文的《阿含经》中看到这些内容。

我真的被感动了。我心潮澎湃，那时，我虽然学过大手印，但还没有证悟空性，所以我心潮澎湃了。那时，外物还能牵引我的心。你别奇怪，我不是生下来就觉悟的。我也是经过了苦行和修炼，正是这苦行和修炼，使我成了你的上师。

和煦的熏风扑面而来，吹入我的灵魂深处，我感到一种异样的清凉。那清凉发自心底，不假外求，渐渐化解了我的执著。我于是看到了千年前的那个苦行的王子。我看到的是苦行多年后，已没了王子之相的他。他的肋部沟壑般嶙峋，他的脸只比骷髅多了点质感。他很想摸自己的肚脐，触到的只是脊骨。那时，他日食一粒胡麻和一粒麦子。跟他一起的，还有五个人，其形其神，皆似骷髅。那时，我一点也看不出佛陀的三十二相啥的。这当然不要紧，叫人敬仰千古的，不是相貌，而是人格。

亘古的风云造出了一份古典的意蕴，我就像品一幅古典唐卡那样品味着那场景。我感受到一种被大善沐浴的快乐和宁静。人们在读你的这本书时一定也会这样。当然，前提是他们要有一份虔诚和敬畏。我看着那个叫悉达多的王子，你看着我，人们看着你的书，你的书看着遥远的未来。就这样，我们都走进了一个古老的故事里。这故事，讲的是我们如何去寻求觉悟。

我泪流满面，沐浴在大善大美的洗礼中。我已经不是以前的那个藏地的小沙弥。菩提伽耶像母亲一样搂住了我，传递给我能融化心中块垒的温暖。

我看到乔达摩已苦修了六年，觉悟仍似遥遥无期。他还不知道，觉悟已开始朝他微笑了。因为他忽然发现，他的所有苦修，似乎并没为他带来觉悟。

一天早上，他看到川流不息的尼连禅河上，漂过来一个竹排，上面坐着一位琴师，正在教调弟子：那琴弦，太紧会断，太松则弹不出音。乔达摩明白自己的问题在哪儿了。他走向尼连禅河，洗去了身上的泥巴，也洗去了他对苦行的执著。他在尼连禅河中自由地游泳。他想，我就选择中道吧。这中道，就是所有极端的中间。

一个小女孩从远处走来。她叫苏嘉塔，因为供养佛陀的功德，她赢得了千古不朽。现在，人们以她的名字命名了村庄，命名了木桥，命名了一座山丘，藏人还为她造了一座庙，叫苏嘉塔寺。寺两侧雕塑了两个女孩，一个是苏嘉塔，一个是她的女仆，据说叫普那。

关于苏嘉塔的到来，说法很多。我听到的传说是她得到了神的指示，叫她今日来供养菩萨。她从一千头奶牛身上挤了奶，喂给五百头牛，再挤奶喂给百头牛，再挤奶喂给五十头，渐次喂至一头。此奶已非凡奶，而成醍醐了。

她将那醍醐供养了正在尼连禅河里游泳的菩萨。对于这种说法，我有些怀疑，因为此刻的乔达摩身体极弱，似乎不会有游泳的气力。正确的说法应是，菩萨正在尼连禅河里清洗身上的污垢。

据说，菩萨将那醍醐供养那些跟他一起苦行的人，那些人愤怒地摇摇头。他们都在想，瞧这纨绔子弟，堕落到这种地步。他们愤怒地摇着脑袋，离开了乔达摩。他们想走得越远越好，于是走向了鹿野苑。

我看到洗净了身上污垢的乔达摩平静地喝下了醍醐。因为苦行而饥渴不已的细胞们疯狂地嚣叫着，它们发出惊天动地的声音。我听得清那声音。它们代表着无量无数寻求解脱的众生。它们欢呼，它们歌唱，它们知道自己将发生质的飞跃。七天之后，它们会因为主人的觉悟而得到宁静之乐。

我看到了菩提树下的乔达摩。他凝如渊岳，目似朗星。他没有像一些画中的佛陀那样闭目沉思。没有，他睁着眼。他发着感动古今的大愿：不得正觉，不起此座。

对这个古老的故事，我仍品味得热血沸腾。我看到诸多的魔军正席卷而来，他们很是可怖。他们肯定不是来自外部，而是来自心灵。他们是心灵污垢的另一种显现。他们是贪婪，是仇恨，是愚昧，他们是一直困扰乔达摩的烦恼之魔。他们叫：别赶走我呀，我的主人。他们时软时硬，时刚时柔，时而利诱，时而威逼，箭雨是他们的仇恨，鲜花是他们的欲诱，他们舞动着各种武器，像狂欢的乌鸦般鼓噪不休。你可以将他们称之为热恼，他们是证道前必须清除的心灵污垢。

我们当然知道结局：乔达摩击退了魔军。

我们看到一轮明月般的光明从他的心中发出，它波晕般扩散，传向法界。后来，我们都可以从佛像上看到那光明。那光明，还有一种说法，叫空性。

我长长地吁了口气。我想，世若无佛陀，万古如长夜。

5. 寻觅修道者

我开始寻觅修道者。但千年后的菩提伽耶，亦非千年前的菩提伽耶，苦行的盛况已不复存在。只有一些人在拜金刚座。那是一块红砂岩厚石板，被巨大的菩提树影笼罩着。此树形若巨伞，清凉无比。看到它，谁都会想起佛陀的恩德。我当然知道，当初乔达摩在树下修道时，并无此石。它是阿育王为纪念佛陀而放，经久而成圣物。同时成为圣物的，还有那菩提树。此树跟佛教一样，也是历经沧桑，屡次遭劫，多次被人砍烧，但多次枯枝生绿，长成浓荫。

那块叫金刚座的巨石上摆满了鲜花和供物，一些人在朝拜，其中有僧侣，有俗人。我不能确定他们一定是佛教徒，因为印度教也将释迦牟尼划入它的信仰范围。不远处，有几个事火外道在做祭祀。我从他们的吟唱中听到了梵天的字眼。他们定然在祭祀梵天。他们认为，火是梵天的口，他们烧的物品，都进了梵天的肚子。

我选中一个看起来仙风道骨的老人，他正在侍奉那些事火者。我问：

老人家，你是不是听说过一个叫奶格玛的女子？我有意强调“女子”。那老者问：我知道三个奶格玛，一个是现在菩提迦耶官员的太太，一个是位卖茶的老妇人，一个是修道者。你找哪个奶格玛？我大喜，说我找修道者。老者问，是不是那诺巴的明妃？我倒是不曾听过明妃一说，却知道奶格玛跟那诺巴渊源极深，说是他的妹妹……连忙说，正是她。

老人说，我没有见过奶格玛，但关于她的故事，倒是听过不少。听说她就是在拜金刚座时，见到金刚持的，有人说她变身的事，也发生在这儿。瞧，她正在那儿……他指指一个地方，说，她就是在那儿拜的，突然间身子变成了红色，发出金光，长出第三只眼睛……都那样说。

我连忙说，正是她。请问，她现在在哪儿？

老者摇摇头说，我不知道。你别找了，没人知道她在哪儿。有缘的，你用不着找，她就会出现在你面前。没缘的，你找也白找。你难道没听说过，她已证得了虹身？她的身子都成了彩虹，看似有形，触之无物，欲显则现，欲遁则隐。你是找不到她的。

我一听，心顿时灰了，却又想，我跟她是有缘的呀。

老人说，听说，她心中的不坏明点化成了一个化境国土，很庄严，但我们只是听说而已，没听说过谁到达过那个国土。

老人补充道，不过，她倒不是人们编造的神仙故事人物，是真实存在过的。

6. 遥远的距离

我离开了菩提迦耶，踏上了寻觅之路。虽然没有打听到奶格玛的所在，但还是得到了一些讯息，我的心情很复杂。要知道，那时的我，并没有究竟证悟。虽然我有了一些世间成就，但距究竟成就尚有遥远的距离。那时的我，仍不能控制心的骚动。

我决定去鹿野苑，就是释迦牟尼初转法轮的所在。你也许在一些寺庙的屋顶上看到过一个造型，两只鹿相向而对，中有法轮。据说，这就是为了纪念佛陀在鹿野苑初转法轮。我想，既然没办法打听到奶格玛的准信，沿着圣地诸一寻找，倒也不失为一个办法。毕竟，圣地里佛教徒和成就者的比例，要比一般的城市大出许多。

佛经上谈到的菩提迦耶到鹿野苑的距离，似乎不是很远，因为佛陀成道之后，就是去鹿野苑度化憍陈如等五比丘的。在我们的感觉里，佛陀此行仿佛散步，但其实，两地的距离比较远，需要跋涉好几天。

跋涉的路上，我的心中涌动着大爱。要是没有大爱，我不可能用脚丈量那片陌生的大地，仅仅是为了寻找一个女子。你的一生，其实也是在寻找一个女子，你当然也可以理解为一种信仰的载体。你也可以把她当成奶格玛或是金刚亥母，她跟我心中的奶格玛一样圣洁。为了寻找她，你也曾经历过灵魂的炼狱。于是，你读懂了六世达赖仓央嘉措的诗歌。某日的某个黄昏里，一种浓得化不开的感觉席卷而来，于是，你写下了那首叫《偕行》的诗：

很想与你偕行江湖
一手执剑
一手搂定白衣的你
倚马啸西风
挽长弓
射下你声声笑语
江湖路长
长得像琴弦
这个曲子我弹了千年
你是最美的音符

要知道，千年前的我，也有那样的心境。没有大爱的人，是不可能成道的。

你当然读懂了我，你用一种十分文学化的语言写下了那份浓得化不开的感觉。你不会亵渎我心中的那份神圣。因为，写它的时候，你绝没有一丝一毫的俗念。

7. 独行客的孤独

天竺的尘埃很大，但还是天竺，因为那尘埃里有大美。那儿的女孩，已坏了胃口。她们的小脸很局促，一见求索的你，就骇得闭上了眼睛。

白毛风起的时候，你定然找不到她。她只在春天里微笑。你却要骑了枣红马，去寻觅被风吹散的羊群。那刚生的羔子，已被野狼叼走。长叹一声后，你抹把泪，也知道，那泪，仅仅是凭吊一个远去的生命。

空旷的天地寂寥无声，无人咀嚼独行客的孤独。于是，你总在牵挂那命定的女子。面对亘古的大荒和生命的须臾，你已不在乎结局。

还是大漠好，没那么多规矩。因为那规矩总在杀你。你只愿骑了枣红马，撒野在风里。风里有你的歌。那些城里人耳膜太嫩，总嫌那旷野的天籁，扎疼了自己。

总想找个温暖的港湾，叫那不讥笑的海风，熨去你心头的疲惫。可没人喜欢你一身的风尘，还有那燃烧的灵魂。不想灼伤别人的你，只好灼伤你自己。

总想找个僻静的所在，悄悄抹抹沧桑的眼角。虽说那泪，正在折射世界，好些人喝彩着。可你只是个独行客呀！莫非，真不能舔舐你遍体的伤口？

想你，在这个寂寞的清晨。浓浓的大雾裹挟了我，我不知会被裹往何处。心头的寒鸦已渐渐远去，近的是孤寂，还有你的鲜活。挥挥手，却抹不去心头的你。

巨大的毁灭席卷而来，遥遥而至，它冲垮了所有的程序。远处的梵钟仍在响着，总像你鬼鬼的笑。有心跋涉在风中，又怕那远行，会迷失了路。

不敢在恍惚里望你，总怕那燃烧的灵魂，会烫伤单薄的你。可你也是只鸟儿呀，能否在每个寂寞的清晨里，奏一支清凉的曲子？

心头的你，真是风中翻飞的白羽了，总在骚那池起皱的大波。我老想逃去，逃到那不可名状的光明里。命运却嗔道：你呀你，何不在空乐的劫火里，消解你自己？

老想那山洼里孤寂的小寺，在西天的喧嚣里，它缩成模糊的暗晕了。你的不期而至，明明是命运的大风呀。瞧那心头的桂子，正姗姗吐蕊呢！

不想出去，只想闷死在小屋里。不想面对虚假的笑，只想在你的怀里，化为清凉的气。

不想触摸，远行的那个黄昏。风中的汽笛是心头的刺。我成了翻飞的蒲公英。大风迷了天边的树，我再也找不到回家的路。

你栖息在何处的梦里？是否还那样狐媚？只好望那空旷的苍穹，却望不到我想望的影子。

真想拒绝所有的宴请。因为所有的宴请里，都没有你。席间的人们在喧哗，诉说着言不由衷的情意。我却是道孤独的大餐，在无尽的寂寞里，等待你伸来的筷子。

没有向往，向往是沸腾的沼泽。那里有劫火。有心融入那火中，又怕迷失我自己。

心成了流淌的大波，更像汹涌的火山。当初的大爱化成了文字。此刻的眩晕里，再也不敢碰那个名字。你知道，在这场不期而至的大风里，我仅仅是个无助的孩子。

早看不到根了。先前的根，是维系我生命的绳子，你狠心砍断了它。我只好翻飞在你的风里。忘了该栖息在何处，没有牵挂的眼眸里，故乡正姗姗远去。

你是命运里最大的刀子，你正在屠杀幼小的我。可我只是个无辜的孩子呀。瞧，那隐现的沧桑纹里，盛满我春花般的灿烂呢。

我远行了无数次。茫然的眼眸总在翻飞，我找不到失约的你。你栖息在人流的最深处。命运说，瞧她，正遥遥而至呢。

一声雁鸣掠过窗边，还有三两声哨音，但我期待你的笑。虽说我知道，你的每一声娇笑，都唤我远行呢。

你是何处飘来的羽毛，竟姗姗来迟如斯？在那座绛红色的寺院，我虚度了最好的自己。怕只怕，迟到的我，再也不敢望永恒的你。

白发在风中翻飞着，又何止三千丈，但没有怨愁，只有暖暖的柔意。你正从销魂的醉乡里走来。我熟睡在你的眸子里，春意阑珊呢。

不要许诺。我最怕语言的芜杂，里面总渗出言不由衷的世故。虽然你的笑清朗无比，但我愿你用柔软的眸子，醉死我自己。

为了等你，我拒绝了所有的邀约。我的茅屋在戈壁上，被风吹得斑驳陆离。沧桑洗透了我的小屋，但洗不去守候和期许。瞧，那座命运的小桥上，你又在娇笑了。不用掩饰，那甜晕，正四方流溢呢。醉不了世界的你，首先醉了你自己。

你老想逃出那巨大的磁场，那相撞凶猛得正紧。你怕粉碎了你的小屋。漫天的大雾啸卷而来，没人明白它强劲如许。

为了拣回你的宁静，你叮嘱自己：就把她变成琥珀吧！别叫她的顾盼，扎疼你自己。于是，你矛盾着。心说，寻她吧，我想呢；智慧说：正是那距离和遗憾，才定格了美丽。当然，能定格的，还有艺术。于是，你想用堂吉诃德的智慧，定格她的美丽。你想，当你扑向风车时，想来会听到一声娇笑。你沉闷的世界，便一片光明了。

你的心中本该有别的，只是她侵占了你的领地。冷极的刹那你想睡去，又怕那寒意，会冻僵你的血液。于是，你大叫，那儿，有聆听的人吗？

8. 沸腾的灵魂

于是，人们看到了一个寻觅的沸腾的灵魂。有人也许会说你将你心中的觉受嫁接给了我。是的，可是他们是否知道，我与你，其实是一幅织锦的两个侧面，是一个月亮的不同投影，是一个本体的不同变种，是一条根系上结出的不同果实，是同一种水注入不同的水杯。我们都经历了相似的寻觅、相似的开悟、相似的证道。要知道，那悟道前的寻觅，正是修道的资粮呀。“踏破铁鞋无觅处”的“觅”，正是“得来全不费工夫”的“工夫”。

那充溢着大爱的寻觅，正如参禅时的话头。没有寻觅，没有求索，没有长夜哭嚎的历练，便没有觉悟。你一定要明白，觉悟是涌动的大爱，绝非无波无纹的死寂。佛陀用五十年生命传递的，便是那份大爱。

你也许听过那个故事。一婆子打发丫环去试探她供养多年的禅僧，丫头从身后抱了他，问：“啥感觉？”僧答：“枯木倚寒崖，三冬无暖气。”婆子说，老娘二十年供养了一个俗汉，就乱捧打出了禅僧。这禅僧的觉受，便是枯禅。

你也许会问：那么，什么是真正的觉悟？我告诉你，真正的觉悟是周遍一切的慈悲和充盈于每个毛孔的大爱。那大爱消解了自我，那慈悲破除了贪执，你与众生一体，你与佛陀无二时，你就证得了真正的觉悟。

我风尘仆仆的身上印满了寻觅，也印满了未来的觉悟。我未来的觉悟，就源于此刻的寻觅。没有寻觅和求索，就没有一切。我的一生总是在求索，求索是我的宿命，否则，人们不会理解我为什么要拜一百五十位上师。那是一百五十个燃烧的火把，能给我们带来智慧的光明。

他们的光明汇成汹涌的大河，流淌了千年，会一直流入你不眠的梦里。

你明明感到了从我这儿传递下来的大爱。

请继续跟着我的脚步，去见证我的证悟之路。

第十二章 爱的理由

1. 食血的夜叉

亲爱的琼波巴：

我一直担心你的身体。

库玛丽也很担心。因为那些施咒者都很高兴，他们说从征兆上看出，那恶咒开始生效了。

他们又开始了进一步的诅咒——

每个深夜，咒士们都在召请那些邪灵和恶鬼，用污血供养他们。他们是一群食血的夜叉。他们最喜欢发臭的肉类。虽然好些人知道了这事，但没人敢劝他们，一是劝起不了作用，二是人们怕自己接近那咒坛，会招来不祥。据说，一个不小心接近那所在的孕妇真的血崩而死，她的身子被那些咒士们买下了。听说，她的血肉是最好的祭品。咒士们用尖刀挑了那女子的肉，一块块抛入火坛。那火烧人肉的嗞嗞声彻夜不绝，老远，人们就能闻到一股刺鼻的臭味。

那火坛，是咒士们从墓地找来的三块大石头做的，排成了三角形——这是诛法特有的排列方式。石头上就放着装了象征着你的陶人的黑牛角，还有些屠夫骨头，加上一些尸林和恶鬼出没之地的泥土。

每夜里，咒士们都召请那些邪灵和愤怒的护法神，向他们供上黑羊血、黑牛血、黑鸡血，请他们帮咒士诛杀那个叫琼波浪觉的人。

咒士们的黑咒声彻夜响着，叫人毛骨悚然。我于是祈祷梵天和大黑天，能保佑我的郎君。

不过，虽然对你安全的担心让我的心中充满了忧虑，但只要拿起你的信，就觉得太阳在生命里升起了。

每天晚上，我都要重读一遍你的信。这已成了我的功课。

早上，我尽量不读你的信，我想在人前尽量保持退位女神的矜持。有时候，我总想一个人静一静，理清一下思路和头绪，毕竟我要时时面对这个世界，不能失态。认识你以前我也经常独自一人静思。我在享受孤独。孤独能使人升华。

真爱不是罪。我们不能放弃。放弃只说明我们定力不够。我曾认识一个女子，她追求一个瑜伽士，瑜伽士先是拒绝，后来被追求者的爱打动而放弃了信仰，而这女子却对瑜伽士的信仰产生了质疑。

我想，无论是谁，都应当对未知世界心存谦恭与敬畏。这还可以消解你在进入陌生后的某些不快。你能宽容莎尔娃蒂的无知，也就能原谅别人的无知。因为我发现任何宗教上的冲突与矛盾，都源于无知或沟通上出了问题。

你说："以前，我是真的想躲到人迹罕至的所在，静静地品那种大美。自遇到你之后，我却想真正了解你所在的那个时空的一切。对一个瑜伽士来说，这当然是好事。虽然那世界可能会污染或是摧毁我以前的好多东西，我还是想看看它。"我认为，好的宗教，一定是不会被污染与摧毁的。如果你的宗教智慧那么轻易就被污染，或许说明你并没有得到真正的智慧，你还需要重新探索。

我还想说，要是你愿意，你将来可以在印度或尼泊尔定居。

莎尔娃蒂愿意用接下来的生命，用我所有的人生积累，来饲养你这头大狮子，但这还远远不够。

饲养大狮子需要高品质的食物，需要更多的资源；而喂养小耗子、喂养小麻雀几粒米就够了。环境对人的影响力很大。以前我们也提到过在印度定居，你担心会伤害雪域等待你的人们。如果仅仅是这个原因，不需要自我束缚。大狮子迟早要走到他的世界里去的。我们在跟时间、跟生命、跟虚无赛跑。没有必要让每个人都满意。要不受任何形式的约束，心灵才会博大。在印度半岛上，毕竟还有你的那些上师们，还有莎尔娃蒂这样愿意把生命赠予你的女人。在这里，你这棵檀香树永远不会被当成柴火烧掉。

想想看吧，那次杀生节，花费了数以万计的金币，这种事情太多了。你说，这么多资金，可以让多少苦孩子接受教育？可以让多少宝贵的生命不被疾病吞噬？可以让多少个纯洁的姑娘不出卖肉体而拥有她们想得到的爱情与生活？多少虚假欺骗的声音占有了这些资源，传播着更大的谎言？

在认识你之前，我也常陷于迷惘和混沌之中。作为女性，我觉得已无路可走。我放弃了头脑与思考，满足于统治者需要的女神角色。我已做到了极致，也积累了富可敌国的财富。如果我再放弃良心与自省，完全听命于世俗，我也许还可以过上世人羡慕的生活。但问题是，我的心、我的思想一旦冒出水面，就会碰到天花板。我如果坚持硬碰硬，那就是头破血流，牺牲的只是我自己。

所以，我只有两种选择：要么我放弃向上成长的欲望，要么成为依附于某个男人的主妇。但放弃自己，我的心与灵魂会折磨我，很痛苦。不放弃，我又无路可走。所以，我遇见琼波巴，才会如此意外，狂喜如梦。

莎尔娃蒂愿意为琼波巴付出生命，愿意含笑赴死。

因为，一切都在过去，都在消逝。只要有琼波巴这颗心在聆听，这双足在跋涉，这支笔在记录，那些苦难的人们就多了一种离苦得乐的可能。

最后，还有一点小小的请求：若莎尔娃蒂突遇不测，请在合适的时间、合适的方式，公布这封信。我的愿望是不想让我挚爱的家人蒙羞、曲解我的本意。

希望孩子们读了这些信能更懂得爱，相信世上有真爱。所有的孩子都是天使，要让他们明白：有这样一个女子，想用爱去影响他人，进而影响世界。这是多么大的目标啊！但她居然傻乎乎、不自量力地去做了。

爱你的莎尔娃蒂

2. 不要轻言放弃

亲爱的女神，我确实感到了黑咒那邪恶的力量——它让我的旅途变得十分艰难。我一直在生病，忽冷忽热，忽迷忽醒，周身疼痛，十分萎靡，但我没有停下追求的脚步。白天我在跋涉或参学，晚上则在观修。但我时时能感受到环伺在我身侧的邪灵，时不时地，便有热恼向我袭来。有时，我也会生起可怕的退转心。此外，我的身边，时不时会出现一些不吉祥的事，老是丢东西，身边老是会出现一些捣蛋鬼。

有时，我也会向他们吼上一声：我很怕你们，但你们奈何不了我！

我时时觉得自己会死去。

每天晚上，睡下时，我不知道次日会不会醒来。

只有在你的信到来时，我才会感到温暖和安宁。一想到你，我就被一种巨大的情感笼罩，命运真的给了我一个能疼我爱我的亲人。这辈子，我没有白活。

对你信中的许多说法，我很赞同。你也许不知道，至今，本波的那些人还在家乡设祭坛，想诛杀我。我仍然遭到那些人的封杀和排挤。一位老人目睹了我的境遇后，对我说：琼波巴，走出去吧，外面的天地很大，别叫那些小人把你闷死。

是的，生命太短了，我有更重要的事要做。

所以，虽然我很想生活在你的身边，但我只能随缘。好多东西，不是你我能左右的。太强求了，反倒烦恼了心。要是命运能给我定居印度的机会，我会很高兴地接受。但我的修行，其实就是从拒绝诱惑开始的。这是我最基本的处世前提。你说是吗？

要知道，即使在开悟之后，也需要远离恶友，也需要闭关。在跟你接触的这些天，我真的有了贪心。可见爱一旦遭遇“物欲”，也会成为驱使人堕落的诱因。以前，我当法主时，许多施主真的想为我做些事，但我不知道该向他们要求什么。我衣食无忧，健康快乐，又有大量的时间用于修炼。我不知道我还需要什么。我明明知道，无论多么伟大的人，也不会有永恒。我又何必为了那种无常而执著地打破心灵的宁静呢？

但在跟你相爱之后，我真的有了“求”。可见，只要心有所求，就会有被“物欲”污染的可能。不过，我跟别人不一样的是，我马上就能自省，明白那是物欲而远离它。那明白我行为之“非”者，就是我的觉悟之心。那是照耀我的光明。世上所有的证悟，就是为了证得那份时时自省的光明。

现在，我仍然有好多毛病。心灵的污垢，仍会在我静的极致里浮出。对我来说，它们是命运给我的恩赐。因为，只有在那些污垢浮上心时，我才能发现并净化它。在我的生命里，有许多毛病，它们大多只会出现一次。在明白后的行为里，我很少犯两次相同的错误。在我的眼中，真正的英雄并不是征服世界的人，他只能是降伏自心的人。

不过，你不要将我对你的珍惜，当成堕落和放弃信仰的理由。要是你放弃了我，我会尊重你的选择。你要知道，我的智慧和慈悲都不允许我去缠一个女子，除非她爱我。因为只有在她真正爱我时，她才属于我。

要是你放弃了我，我就在寻觅之后，回到青藏高原。我会澄明在自己的世界里。等我再从恍惚里觉醒时，已物非人亦非了，我须发皆白，你也两鬓苍然。

所以，不要轻言放弃。放弃是杀死爱情和信仰的最大凶手。真的，你放弃之后，我只要在心里放上别的东西就能将痛苦挤出心外。目前，我将你对我的爱，当成了生命中不期而至的巨大福报。我很感谢生活给我的赐予，它能叫我在旅途之中，还能感受到一种能席卷一切的生命诗意。它定然会成为我智慧上取之不尽的活水源头。我毫不怀疑地认为，你是命运送给我的最好的礼物。

我想，真正的空行母，就是我深爱并且使我向上的那个女子。我只有在真正地爱她，并将爱升华为信仰时，才能达到真正意义上的完美。

你的身上，有一晕非常纯净的光，它给你增添了无与伦比的大美。你还有颗金子般的心。你的身上，承载着女性应该有，但在这个世界已经沦丧的那种质朴、真实、干净、宽容、善良，和鲜活的女儿心。你的行为本身，就贡献了一种全新的价值观。要是人人都能这样去爱，人间就成净土了。

世上所有的爱情或信仰，其实都毁于某个坏的缘起。它可能是非常小的一件事，或是一句话。要像守护自己的眼珠那样，小心地守护爱情和信仰。直到它长成一棵巨大的神树，到了那时，就连钢刀也砍不断了。

永远记住，你想成为什么样的人，只要你有足够的信心，你就一定能成为什么样的人。人生是一种选择，你的选择构成了你的行为，你的行为决定了你的价值。

我马上要去鹿野苑。那真是个神奇的地方。

琼波巴

第十三章 鹿野苑的光明

1. 赶往鹿野苑

关于琼波浪觉见到司卡史德的时间，说法颇多，有人说是他第一次赴印度时所见，有人说是后来见的。对他们相遇的地点，也有不同说法，其中也有鹿野苑相会之说。我很喜欢这一说法。至于他们究竟相会于何时何地并不重要，重要的是我认为他们相会于何时何地。换句话说，这世界究竟怎样并不重要，重要的是我心中的世界究竟咋样。在有些人眼中，世界是苦的；在另一群人眼中，世界圆满无缺，无处不显现圆满。所以，佛陀用一个偈子说出了一个真理："若人欲了知，三世一切佛。应观法界性，一切唯心造。"

那我们就选择鹿野苑吧。

我们于是看到了一个正风尘仆仆地赶往鹿野苑的人。在本书中，有两个风尘仆仆地赶往鹿野苑的人。两人相差一千多年，一个是佛陀，一个是琼波浪觉。前者是想度化离开他的那五个修道者，后者则是为了寻觅一个女子。前者是为了弘法，后者为了求法，二者外相上虽然有异，其心却都是一个目的：为了给世界以清凉。

有人也许不知道，当佛陀在菩提伽耶成道后，明了真理，便想趣入涅槃，众善神慌了，说不可不可，世尊，众生需要此光明，你当善为广传。佛陀于是开始思维。

佛陀的思维我们虽然难以测度，但幸好他将其想法留在了人间，在巴利文《大藏经》中，有许多这样的文字。佛陀知道曲高和寡，知音难觅，那时的印度，很难有人洞悉和理解他悟到的真理。他想，我先将真理告诉谁呢？他首先想到曾教导他禅定的两个老师。他们智慧超绝，定然能体悟真理。但人们告诉他，那俩人已经去世了。

于是，他又想到了后来成为首批比丘的那五个人。他想，这五人虽然背弃了我，但那是爱我所致。他们天资聪颖，精进不懈，又曾照顾我修道，我还是先度他们吧。

前往鹿野苑的路虽然遥远，但佛陀并不劳累。你也许不知道，证得空性的人，无论做啥事，都不曾离开过空性。他诸相合一，动静一如，了无牵挂，连“劳累”二字也不会染著。在前往鹿野苑的途中，琼波浪觉似乎也感受到了千年前佛陀的那份从容和淡定。

2. 盲人眼中的太阳

琼波浪觉发现，在千年前的那个时空里，发生了一件有趣的事，佛陀在前往鹿野苑的途中遇到了一位外道。此人天衣，不着布缕。他一眼就发现了佛陀非同寻常的光明和从容。于是他问，尊者，你诸根调和，光明皎洁，仪表非凡，似有所证。请问，你的恩师是哪一位？

琼波浪觉知道，在当时的印度，这是修道者相见时常见的问话，他在问询传承呢。佛于是回答：“万法已证知，我已无所惑。不受诸法染，万物皆舍离。贪欲不能坏，得一切智慧。世间哪有师，我须随学习？世间无有人，能为我导师，亦无有何人，能与我相比。一切诸天众，与我无能敌。我已证圣道，真实无欺诳，我乃天人师，举世无能胜。唯一正觉者，至高无上尊。贪火已止息，涅槃已亲证。为转正法轮，前往波罗奈，迦尸之首都。世人眼如盲，因为彼等故，令击正法音。”

琼波浪觉从巴利文《中部经》中看到过以上内容。

从那本经中，他还看到了一个非常滑稽的场面。那裸衣外道脸上露出了轻蔑的笑。他定然想，世上竟有如此狂妄之徒。他当然不知道，他失去的，是一次千载难逢的机会。

前往鹿野苑的途中，琼波浪觉想到千年前佛陀遇到的那一幕，不禁慨然长叹。他想，盲人眼中，是看不到太阳的。

迦尸是印度教的圣城，位于恒河西岸。那恒河，如大明镜，朗照云天。琼波浪觉乘着小船，恒河之风吹来，如母亲之吻。水面在炎阳下泛出无数金光，这是个好的缘起。你知道，那时的人，总爱讲个缘起。琼波浪觉于是兴致大增。

鹿野苑上林木茂密，多草原沼泽，时有野鹿，故名。琼波浪觉到达时，仍能见到群鹿。在印度人眼中，鹿跟牛一样，是吉祥物之一，是不可滥杀的。那些修道者，就混迹于鹿群之中。他们信仰着不同的宗教，供奉着不同的本尊，有事火婆罗门，有天衣外道，还有行各种苦行者。琼波浪觉到达的时候，这儿到处是烟，事火外道正在做火供。他们点燃牛粪，撒以五谷，空气中就弥漫着五谷特有的清香。

3. 达美克塔

琼波浪觉首先看到了达美克塔，这是一座奇特的塔，高十余丈，分为两部分，上部为红砖所砌，下部是石材构建。石材上刻有十分精美的花纹，有人物，有花草，有飞鸟及各种图案。这是鹿野苑上最震撼人心的建筑，据说最初由阿育王所建，后经各代有佛教信仰的国王扩建而成。跟一些佛塔不一样的是，它是实心塔。塔下部呈八角形，上有佛龛，供有真人大小的佛像。

琼波浪觉发现，塔上已有很多被损坏的迹象，也许是外道信仰者所为，但因为石材质地很好，那些破坏尚不能损塔之大美。这塔是如此壮美，但它会在二百年后迎接一场很大的浩劫。那时，伊斯兰大军的炮火将摧毁那些美丽的浮雕。一团团火龙扑向达美克塔，炸出无数浓烟。令人惊异的是，浓烟之后，塔依然故我，虽然有不少美丽的花纹消失了，但塔本身，却显得更加壮美了。八百年后，迦尸的头儿还打算更彻底地将它从地球上抹去，他叫巴布·贾迦特。为了造一个商场，他就想再利用这塔下部的石材。他当然想不到，他的部下们费尽心机，却剥不下那石条。因为建塔者用一种十分坚固的金属将石材跟塔连成了一体。我看到，琼波浪觉笑了。他定然明白，无常是不变的真理。多结实的塔，终究也会被岁月毁去。正如多结实的大山，即使它不被风雨剥蚀，也会在那空劫来临前的一瞬，在宇宙的劫火中化为无量的尘埃。

鹿野苑的另一个大建筑是法王塔，形如覆钵。相传这是阿育王所建，他就是前面说过的那位以杀戮统一印度的著名人物。他用武力将佛教推行得更远。为了弘扬佛法，他将分散于印度各地的佛的八份舍利收集起来，再分成数千份，在各地建塔供养，并立以石柱。鹿野苑也曾有阿育王石柱，柱上有四只狮子，朝四方怒吼。如今，这些柱子都被毁了。据说是为恶龙所殛，但更可能毁于战火。

法王塔是为了纪念佛陀初转法轮所建，其下据说埋有佛陀舍利，六百多年后，果然有人从遗址中发现了装有舍利的石盒子。

琼波浪觉看到的法王塔仍然很雄伟。虽然他明白多雄伟的建筑也免不了无常，但还是被这雄伟感染了。这便是艺术的魅力。一些不明白艺术也能承载精神的人总在谴责佛教是偶像崇拜。他们也许不知，那所有的偶像，在崇拜者眼里，其实是一种精神。

因为有了各种建筑，鹿野苑失去了应有的一份宁静。好在建筑群相对集中。建筑群外的田野，倒很像琼波浪觉心目中的鹿野苑。他信步来到田野，这儿仍有沼泽、草原和河流，时见野鹿嬉戏，也总能看到一些修道者。一千多年前，佛陀在这儿转法轮时，地貌也许就是这样的。那时，经过长途跋涉的佛陀来到这里，正在修行的那五个人看到了遥遥而至的佛陀，他们相约不再理他。但随着佛陀坚实脚步的靠近，那五人看到了佛陀宁静庄严的圣者相，不由自主地生起了信心，便一一起身顶礼。

佛陀告诉他们自己已成正觉。随后，他讲了“苦集灭道”四圣谛。这便是“初转法轮”。从一千多年前的那刻起，这世上，便有了“佛法僧”三宝。

巴利文《中部经》里详细地记载了佛陀当时的教授过程：当三人托钵行乞时，佛陀教诲留下的两个；这两个去行乞时，他再教诲前边的三位。就这样，佛陀孜孜不倦地教导着人世上第一批僧侣。终于有一天，那个叫憍陈如的人，成为佛陀成道后第一位阿罗汉。他用一首偈子，说出了自己的所悟：“初听闻妙法，心中生欢喜；闻法即断取，听到灭贪欲。觉者无贪爱，排除诸邪见；在此人世间，正志不一般。如风拂灰尘，比丘离邪念；正观生智慧，智慧生正见。诸行皆无常，实观可觉晓；苦中生厌离，是上清净道。诸行皆为苦，智慧可觉晓，苦中生厌离，最上清净道。诸法皆无我，智慧可觉晓，苦中生厌离，最上清净道。尊佛知佛法，叫憍陈如比丘；精进灭生死，净行得圣道。”

就是说，正是在鹿野苑，佛陀的弟子中产生了第一位阿罗汉。

4. 卖酒的女子

琼波浪觉没想到，他会在鹿野苑碰上一位女子。

他一直认为，那是智慧空行母的化现。

那女子正跟几位女子在火供。火供是一种供养仪式，先造个火坛，行者边持咒，边往火坛里扔食物。那食物，就会进入被供的本尊和神灵的口中。我说过，在婆罗门的教义中，火是梵天的口。这种说法，深入印度人的心灵，火供因此成了当时许多教派重要的宗教仪轨。

女子目视琼波浪觉。两人对视一阵，都觉出了一种奇怪的熟悉。

琼波浪觉告诉她，他正在寻找一个叫奶格玛的上师。

女子说，我听说过奶格玛，但她已证得虹光身，没福报者是很难见到的。你为啥不拜司卡史德为师？

司卡史德是谁？

一位伟大的证悟者。

女子给琼波浪觉讲起了司卡史德的故事。她很有语言天才，琼波浪觉于是看到了一个被丈夫和儿子赶出来的老年女子。她便是证悟前的司卡史德。

在几个男子的呵斥声中，那女子呼号着逃出了家。因为她将家中仅有的一点救命粮供养了化缘的僧侣。

那年，她五十九岁，过度操劳已毁坏了她的健康，模样已垂垂老矣。在琼波浪觉的印象中，那女子逃时的脚步溅起满天的尘埃，她身后的路成了一条灰龙。一个儿子气急败坏，捡起土坯，向母亲扔来。那土坯落在地上，炸起无数的土星，它虽然没打中母亲，却打碎了母亲的心。后来，每次思念儿子时，母亲总会想到这个画面。它最直观地告诉司卡史德，什么是苦和无常。那时，她当然不知道，要是没有这一赶，人世上不过多了一个寿终正寝的老人，却少了一个光照千秋的伟大女性。她用一生的行履告诉世人，不要怕年老，不要怕噩运，只要你有信心，肯定会成就不朽的功德。

女子说，就这样，这个伟大的上师被赶出了家门。她四处漂泊，乞讨度日。我们也老是在某些地方看到乞讨者，我们的肉眼，当然分不清她是不是司卡史德化现。所以，我总是将那些向我伸手的人都当成了她，进而供养，从不去分辨他们是不是骗子。

正因为有许多像我这样去想的善良的印度人，司卡史德才没有饿死。她苍老的脸日渐丰腴，也终于租到了一间旧屋，屋里的破箱里也有了一点余粮。她便开始酿酒。就这样，她终于遇到了命运中的上师。

一天，一个女子来买酒，司卡史德没有要钱。因为那女子告诉她，那酒是给一个叫毗瓦巴的祖师买的。而这个名字，在当时的印度，是天摇地动的。在印度人的眼中，毗瓦巴，几乎等同于天神。当然，这说法，其实是贬低了那位伟大的上师。因为天神仍是有漏的，毗瓦巴已证得了无漏。

司卡史德便想，我要啥钱，我能供养这样一个伟大的人物，是我的福分。

就这样，她欢喜地供了两年。

两年后，也就是她六十一岁那年，那个上师对女子说，你把那个卖酒的女人带来吧。

当夜，上师为她灌顶传法。

当夜，她便证悟了。

在世人的传说中，司卡史德是一夜间证得虹身的。但此说不妥。正确的说法是，司卡史德是一夜间开悟的。事实上，开悟后的司卡史德还经过了严格的苦行。那苦行，据说经历了六个月，或是八个月。她在用六种法门长养她证悟的智慧，人们管那法门叫司卡六法。

据说，司卡史德的虹身，就是在苦行后证得的。换一种说法，从凡夫到初地，司卡史德用了一夜时间，而到达十地的修炼，是后来的事。于是，才有了司卡六法。再后来，那六法超越了千年的云烟，也流入了我的心中，笔者遂成了司卡六法的重要传承者。

那女子说，司卡史德已成就了无死的虹身。她的身体像彩虹那样，望之有形，触之无物，不生不死，无来无去。

琼波浪觉于是生起了巨大的信心。他说，请你带我去见这位伟大的上师。

5. 十六岁的妙龄女子

据《琼波秘传》记载，在见到司卡史德之前，琼波浪觉参加了一次空行会供。那个时代，印度有许多伟大的女性，她们用自己的生命，实践着佛陀的教法，我们称之为“空行母”。她们有的证悟了空性，成了出世间空行母，有的还没有证悟空性，但无论证悟与否，她们都可能在某个节日里举行会供，就像人间的我们喜欢聚餐一样。许多时候，那种聚餐，也是一种宗教仪式。

对《琼波秘传》中的说法，我有种疑惑，我不知道琼波浪觉参加的，是哪类空行母的聚餐，是无身空行母，还是人间空行母？因为此刻的琼波浪觉并没有究竟成就。他虽然有了一点咒力成就，能在某些时候达成自己的愿望，但他的究竟证悟是后来的事。就是说，虽然他见过许多上师，但他最重要的上师有两个：奶格玛和司卡史德。一个公认的事实是，琼波浪觉的根本上师是奶格玛，就是说，给琼波浪觉开示心性明白空性的，是奶格玛。

关于根本上师，说法不一，但能为大众所接受的说法是，能让你明心见性、开悟成佛的那位，便是你的根本上师。当然，要是你不能明心见性的话，会有另外的标准。

我于是怀疑，琼波浪觉第一次见到司卡史德时，仅仅是结缘。他跟司卡史德更大的因缘，是后来的事。

晚年的时候，琼波浪觉向弟子们说，在那次会供中，表面看来，他虽然没得到多大的益处，但已为他后来的证悟积累了无量的资粮。

在那次会供上，琼波浪觉看到了一个十六岁的妙龄女子。许多人都相信这种说法，但他并没有看到啥虹光身。他不知道，那虹光身的说法，仅仅是一种象征。

那女子话语不多，一副清冷的模样。琼波浪觉觉得她的目光穿透了自己的心，仿佛一阵清风吹来，在炎热的印度，他立刻感到了清凉。

那女子笑了。她很像一个单薄的女孩子，似乎还有些腼腆呢。

会供很丰盛，因为琼波浪觉供养了十两黄金，买来了当地能买到的所有好吃的。整个过程，他有种做梦的感觉。

会供结束后，参加会供的空行母离开了。

那女子对琼波浪觉说，对，就是那种做梦的感觉。

她朝琼波浪觉粲然一笑，说，你真有福气。

又说，我虽然也可以为你开示心性，但那不是我的事，为你做这事的，是奶格玛。

一听“奶格玛”三字，琼波浪觉涕泪交流，跪拜而问：她在哪儿？

女子说，这话，该问你自己呀。

几年之后，琼波浪觉才明白那女子的话。那时，奶格玛会告诉他，我一直跟你在一起，可是你业障深重，看不到我。

她还说，所有持诵“奶格玛千诺”者，我都会和他在一起。虽然他业障深重，见不到我，但他还是要明白：在虔信的光明中，我与他是如影随形的。

6. 印度的檀香林

会供的香味云烟般远去了，琼波浪觉心头的梦幻感仍在发酵着。

另一位女子埋怨琼波浪觉，你为啥不求法呀？刚才那个跟你说话的女子，正是司卡史德。

看到琼波浪觉的懊悔模样，她又说，不要紧，你可以到檀香林去，那儿有她的坛城。

女子又说，那坛城非实体，无缘者难见。你是具缘者，只要虔诚地祈请，肯定能见到的。在那儿，你可以领受到伟大的瑜伽教法的核心。

琼波浪觉便赶往檀香林。我不知道这檀香林究竟是指哪个檀香林。在历史学家眼中，处所跟时间同样重要，但在成就者看来，时空一味，并无分别。因为人生是短促的，无论在哪儿证道，或是在何时证道，并不重要。重要的是是否证道。要是早晨证道，晚上死去，也是值得高兴的事。对此说，有古语为证：“朝闻道，夕死可矣。”所以，印度人是懒得记时间的，因此佛经中多以“一时”来代指时间。至于这“一时”，是百年前，千年前，或是万年前，在修道者眼中并不重要。因为在生生世世的轮回中，他们不知度过了多少个“一时”，此“一时”或彼“一时”，是可以忽略不计的。

印度有许多檀香林，里面有许多修道者。据说，檀香有着天然的驱魔作用，当修道者达到一定境界时，会招来许多魔，他们总是张牙舞爪地向你进攻，只有在遭遇檀香味时，他们才会轰然而散。这是许多修道者的觉受。但他们并不知道，驱散魔军的，其实是自己的信心。而那本来不一定能驱魔的檀香味，只是增加了你的信心。因为在了义者眼中，那扑向你的魔军，其实来自你的心性。

那个时节，来自藏地的许多求道者都是在檀香林中接受教法的。我的另一位上师唐东喇嘛也是在檀香林中领受了毗如巴祖师的不死之药和道果密法。你千万别被“檀香林”三字所迷惑，以为那是风景优美的圣地，要知道，在古代印度，檀香林往往也是当地人的弃尸之所。正是为了在那儿直观地感受无常，修道者才多在檀香林中修行。

在那女子的指点下，琼波浪觉知道了司卡史德的所在。他背了金子，急急赶往檀香林。

据说，琼波浪觉给司卡史德带了五百两黄金。他总是有很多金子，总是在大量地供养。当然，我们还可以换一种说法，因为他总是在供养，所以他总是很富有。那无量的供养，让琼波浪觉拥有了无量的福德。在近千年后的西方，很多有钱人成了慈善家。有人却说，正是因为他们做慈善，所以他们越来越有钱。能无私地回报社会，是得到无量财富的秘密。

琼波浪觉的步履显得很急切。在我的印象中，琼波浪觉的步履总是很急切，他虽然有一百五十岁的寿命，但他的一生是跑步般度过的。对生命的无常，他有着很直观的觉受。他老是发现自己的生命正泄洪般东流。一个个琼波浪觉在瞬息里死去，又在瞬间里新生。他得在死神追到他之前干完自己该干的事。他已经越来越明白自己的天命了，他这一生的目的，就是要将面临熄灭的火种带到雪域，叫它燎原开来。在尼泊尔时，待他赶往一个大成就者的居所时，那人却已死去，据说他领受过许多密法，但一场急病之后，那些密法就成为一种符号了。

我当然能理解琼波浪觉的急切。时下，全球化的浪潮已席卷而入了，许许多多的民族文化都被湮没了。许多时候，那种湮没也许是永远的消失。许多弱小民族消失的不仅仅是语言和文化，连他们自身也融入了那广袤的一统了。我是分明地发现了这一剧变。凉州武术、凉州贤孝等传递了千年的文化，此刻，正被席卷而来的时代浪潮吞没。而农业文明，更成了西山的落日，马上便会被亘古的暗夜吞噬了。正是洞悉了这一点，我才用黄金买不来的二十年时间写出了《大漠祭》《猎原》和《白虎关》。我想定格那即将消失的存在。

琼波浪觉那时面临的，也是这种局面。当时，印度教和其他宗教正以席卷一切之势漫延而来，佛教似乎成了风中摇曳的残烛。

琼波浪觉分明感受到了这一剧变，所以，他多次赶赴印度、尼泊尔。他的步履总是急匆匆的，溅起的尘埃迷了他远去的背影。

在《琼波秘传》中，似乎很少写到他的苦修。其实，他的苦修大多是在求索中完成的。当你在荒无人烟之地独行，头顶是无云翳的晴空，陪伴你的唯有自己的脚步，而你的心却沉浸在独行的宁静、喜悦中时，你其实就是在修行。我想，琼波浪觉的求索，便是他的苦修内容之一。

同样，我们不能忘了琼波浪觉离开本波后的头两次求法。那两位在他的生命里似乎不显得多么重要的上师，其实给他种下了非常重要的种子，那便是见地。我们绝不能因为自己在吃了第六个包子后饱了，就否定第一个包子，认为它没用。人的生命是一个个生活的点。正是那一个个看似不起眼的小点，才构成辉煌的人生轨迹。

我们是不是可以这样说，琼波浪觉的求索过程，正是他体悟消化那些上师传递给他的智慧的过程？那漫长荒寂的求索旅途，其实完全可以看成是他的修炼之路。正如我的写作和读书，其实正是我的修炼方式。当我将自己融入那种明空之后，所有的行为都可以看成是一种保任了。

所以，上等的修，其实是在行住坐卧中完成的。真正的修，是将那份觉悟融入生命的每一个时空。

7. 三十枚银币

琼波浪觉到达了司卡史德所在的檀香林。我们不知道他用了多长时间，琼波浪觉也不知道自己走了多久，因为他仍被那巨大的梦幻感笼罩着。自他参加那次空行母聚餐后，就这样如堕梦中。这觉受很奇怪。以前，他虽然也有梦幻感，但多是观想所得。而这次，根本用不着观想，一切就如梦如幻了。更令他奇怪的是，他的身子竟然也如气泡般轻盈。这样，旅途的艰辛，就相对弱化了许多。

檀香林并不像这名字那样美。这里虽有檀香树，但那尸臭，仍隐隐袭来。尸骨扔得到处都是，旧尸骨已泛出灰白，新尸骨仍发出恶臭。时有狼群游行林中，但它们并不伤人。它们只是吃新死的人，对尚没有死的人，它们是不敢动念头的。在印度人的说法里，那些狼，也是空行母化现的，她们吃了谁的肉，谁就会往生佛国。后来，这种说法也传到了藏地。人们便将那天葬时的神鹰也看成是空行母的化现。

除了尸骨外，琼波浪觉还看到了四散的布片，它们曾是裹尸布。行头陀行的苦行僧穿的便是它们，行者拾了那碎片，缝了，到河边一洗，就披在身上。这样，他们再也不会为了穿衣去动更多的心思，而将所有的人生时光都用于修道了。

琼波浪觉到达时，檀香林似乎很清净。他没有见到啥修道者，也没有见到抛尸者。四下里很静，虽有风声穿越林阔的微响，但那微响反倒添了幽静。琼波浪觉仍被梦幻感浸泡着，他看到林子上方的天空晴朗得无一丝云翳，偶或还听到一声怪鸟叫。他不知道是什么鸟，也懒得去弄清它的名字。

他四下里找了找，没有见到那女子所说的坛城。但记得她说过，欲见司卡史德空行母，必须虔诚礼拜。他放下背囊，静心片刻，待那股巨大的感觉再度腌透了心时，他开始了虔诚的祈请。

琼波浪觉的祈请消解了自我。他像游子祈盼母亲一样，像盲人向往光明一样，像饿死鬼渴盼食物一样，开始了殷重的祈请。渐渐地，天地消失了，自我消失了，檀香林也消失了，只有一种虔诚的思维波游丝般寻觅着。

近千年后的某个夜里，我也融入了琼波浪觉当时的虔诚。于是，一股大美的旋律裹挟了我。我的心中便流出了以下文字：

奇哉空行母，司卡史德尊。行履罕千秋，成就步古今。

不经勤与勇，疾速成虹身。无修亦无证，虔诚事师尊。

师尊具大德，母亦具悲心。曾以养命粮，布施行路僧。
一施兼福慧，无量功德盈。乞食闹市里，不失菩提心。
即证虹身后，尤具平常心。屡为手印母，德慧赐众生。

祈请空行母，大恩垂吾身；启我以大慧，赐我以大能；
发我以大力，慈我以大心；触目成佛国，充耳闻咒音；
贪嗔随烟去，痴慢不自生；妒如草头霜，日炽不见踪；
养我心之浩，洁我口之蕴；空慧随心起，禅乐不离身；
祈母护佑我，如影以随形。

祈请空行母，慈航倒驾临。光罩吾弟子，庇护诸众生。
奶格五金法，随风扬法尘；如日四方射，如月万家明；
如水盈大地，如雷震苍穹；祈母摄受儿，八风不动心；
母为三春日，吾为寸草心；母为瀚海潮，吾为浪花生；
母为大宇宙，吾为点点星；母唱大风歌，吾为蒲公英；
心念效母法，身心供母尊；大日可衰老，此心不异生。
一祈光四射，心念系母尊；二祈母含笑，福悲赐吾身；
三祈母临空，禅乐如雨倾。拔苦出浊地，得乐清凉生。
和风吹香气，舍却尘俗声。洗去诸迷乱，点醒梦中人。

后来，这偈颂广传之后，无数人诵之，也得到了清凉。

我相信，近千年前的那个时刻，琼波浪觉也定然像我这样祈请了。其祈请内容，虽然跟我的偈颂体不一样，但那份虔敬却定然相若。那时，大美消解了丑恶，大善融化了块垒，大真参透了虚假，大爱牵来了大力，万物化成了和煦的熏风，吹散了亘古的执著乌云。

不知道过了多久。

忽然，琼波浪觉感到了无量的光明，彩光雨一样下倾。他看到了一个坛城。

关于那坛城的模样，说法不一，有人说它像天宫一样美丽，玉楼琼宇，金碧辉煌，美不胜收；有人说它大的建筑用人头堆砌而成，小的构件也是人骨，它有多层保护轮，一圈头骨，一圈金刚杵，一圈莲花，一圈火帐……总之，说法颇多。

关于司卡史德的相貌，说法却大多相似。笔者曾在《光明大手印·实修心髓》一书中写到：“空行围绕，勇士环侍，坛城庄严，美不胜收。其中有女，貌似二八，俨若天人，顾盼之间，仪态万千。”总之，是美到了极致。

琼波浪觉祈求传法。

司卡史德冷笑道，你要的法，我当然有，但那是狮子乳，是不能倒入尿壶的。我问你，你想求我的法，可有啥求法的资本？

琼波浪觉掏出黄金，捧献给空行母。

司卡史德一把攫过，随手撒去，那黄星点点，散落于四方。空行母冷笑道，这种俗物，也能当资本吗？你眼中的它，定然是贵重之物，你可知它贵在何处？

琼波浪觉第一次碰到了供养黄金而不收的上师，他一脸赧然，不知如何作答。

空行母又笑道，在我眼中，黄金和粪土是等值的，我不知道它贵重在何处，我将它做成尿壶，它便是尿壶；我将它做成佛像，它便是佛像；我用它做佛冠，它便尊贵无比；我将它制成鞋底，它便只好由我踩在脚下。我不知道，它贵在何处。你有没有比它更重要的东西来供养我？

琼波浪觉又取出玛瑙宝石，刚奉上，便被抛向四方了。

琼波浪觉既感到沮丧，又很高兴。沮丧的是，空行母竟将他的供养弃若敝屣；高兴的是，他终于遇到了一个视黄金如粪土的上师。他过去遇到的有些上师，一见到金子，眼中就会放出贪婪之光。他相信，这位空行母，是一位真正的大成就者。

还有没有更贵重的？

琼波浪觉沮丧地说，没了。

空行母冷笑道，你呀，还来印度求啥法？你眼中，只有黄金宝石才珍贵？

琼波浪觉振奋了，说，我还有从别的上师那儿求来的法。我眼中，它们比黄金珍贵百倍。

空行母冷笑道，你眼中的它们，当然珍贵无比。我眼中的它们，却跟一只破船没啥两样。你要知道，三藏十二部经，只为了指导你明心见性。一旦你明心见性，证得究竟，对你来说，它们便成了一堆没用的文字。你是不是认为，我现在，还需要这些旧家具？

琼波浪觉脸红了。他没想到，他眼中视若珍宝的妙法，在空行母眼中却是一堆没用的旧家具。不过，要是真能达到司卡史德这样的境界，世上的诸多法门，倒也真的没啥用了。佛说，法如舟楫，法尚应舍，何况非法。忽然，他想到，比黄金更珍贵的，只有他的性命了，便说：我愿将身口意供养给上师。

这下，空行母露出笑脸，说，这才像话。不过，我问你，你可知何为身口意供养？

琼波浪觉说，此后，我的身口意，全不再属于我，全是上师的了。

空行母说，我要是此刻将你宰割了卖肉，你后悔吗？

琼波浪觉说，不后悔。

空行母笑道，那就好。你现在，已成我的人了，你的一切，将随我处置。

说完，她带了琼波浪觉进城，找到一处大庙，将他卖了三十枚银币。

琼波浪觉想，我供养了她那么多金子，她都不贪，为啥却要这三十枚银币呢？心虽疑惑，却不敢再胡思乱想，他既然已将身口意供养了上师，上师要他做什么，他都得服从。

那时，他甚至想，我既然身口意供养了，那凭借灵鸽的传书，算不算一种背叛？

8. 鱼王神

琼：

我不知道你目前的状况怎样？

今天，我跟库玛丽参加了大车节。听她说，大车节前夜，咒士们就圆满了第二阶段的诅咒。

大车节是祭祀鱼王神的。他神通广大，很有正义感。以前，我是不喜欢抛头露面的。这次，我却很虔诚地参加了大车节。我以当地人习惯的方式，祈祷鱼王神保佑你，不使你遭受那恶咒的毒害。

关于鱼王神，有这样一个传说。若干年前，一个母亲生了一个孩子。由于出生时辰太凶险，家人便将他扔进河里。后来，一条大鱼救了他，让他在自己的腹内长大。一天，女神乌玛向大天求密法，大天说："我的法是不会轻传的，你要想得到密法，必须在大海中建一座房子，我就在那房子里给你传法。"女神造好房子，请来大天。传法时，大鱼正好路过，鱼腹中的孩子就听到了密法内容，乌玛反而因劳累睡着了。传法后，大天问，你懂了没？孩子便回答懂了。不久，乌玛睡醒了，又向大天求法。大天说我已经传给你了呀。女神说，我只听了一半，就昏沉入睡了。大天用神通力观察，看到了大鱼腹中的孩子，就收他为弟子。就这样，孩子就在鱼腹中禅修，十二年后，俱足了无量神通，专管降雨和收成，人们称他为鱼王神。四百年前，这儿发生了百年不遇的大旱，有十二年时间不见滴雨，土地龟裂，大地干焦，人畜渴死者不计其数。原来，是鱼王神的弟子嫌当地人不敬鱼王神，就捉住了专管降雨的九条神蛇。百姓祈求鱼王神放了那些神蛇，才解了旱情。从那以后，尼泊尔人每年都要敬鱼王神。

受供的鱼王神坐在一座木头小庙里，一辆古代的木轮大车拉着那小庙前行。庙顶有一杆圆柱，直冲云天，上面插满松枝。那车是按星相家测算的路线走的，时走时停，有时一天走不了几百步。车到哪里，哪里就人山人海。那天，我化了装，扮成一个男子，一直跟着那车，为你祈祷。我相信祈祷是有力量的，因为我分明感受到了来自鱼王神的神力。此外，我也向鱼王神的女儿祈祷，她叫查库瓦戴维，坐在另一辆车上的小庙中。

那天，我还看到了宝衫。它本来是蛇神的。某年，一个农民治好了蛇神妻子的眼病，蛇神就赐给他一件宝衣。后来，宝衫叫魔鬼偷了。在一次大车节上，一个得道高人抓住了魔鬼，夺回了宝衣。人们便将它献给了鱼王神，平日装在匣中，用火漆封了，只是在大车节那天，才拿出来展示。

我看到的宝衫虽是个黑色的坎肩，却泛出一种异样的宝光。一个祭司举了它，东甩甩，西抡抡，南抖抖，北摆摆，四方展示之后，便装入匣中了。在见到宝光的那个瞬间，我观想的，仍是在为你消除那恶咒带来的违缘和命难。

参加完大车节回来，我见到了灵鸽。

读了灵鸽送来的回信，为你担忧的心反而歇下了。大车节的花絮戛然而止，我很快从大车节的氛围进入了跟你有关的世界。

在与你的交往中，真诚、良心、承诺、诚信、爱……多少曾经承载人类心灵最美好体验的文字，又一个个活回来了，醒过来了。就像王子吻醒了沉睡百年的公主，生活向我展现了她质朴、神奇、博大、魔幻、仁慈的冰山一角，只因为我开始用心待她了。

有了你的自强和寻觅，这个世界就显示了她的伟大。尽管它还有很多的污垢，我还是从你身上找回了对这个世界的信心。正如你在杀生节那天发的感慨，这个世界真是浮躁纵欲、道德沦丧。我也厌倦那些以杀害生命来取悦神灵的做法了。其实，置身其中，每个人都难脱干系，每个人又想推卸责任。就像腐败的果子，腐败只是表象，暗地里，每个人都悄悄纵容自己的心渐渐变质，才造成这个世界的道德沦丧。放弃我们的，正是我们自己；让这个世界恶浊不堪的，也是我们自己。

我仍会坚持给你写信，这是自我救赎的需要、心灵呼吸的需要。放弃这份坚持，无异于自杀。把爱情升华为信仰，把爱琼波巴作为一个信仰，这件看起来像发疯犯混的行为，其实是我多年来最明白、最清醒、最理性的选择。

在我的心理时空里，我一直与琼波巴在一起，相依为命，长相厮守。每个人都有各自的生活与世界。但和琼波巴在一起，才是属于我的世界。这份爱，是世上最顶尖的奢侈品，也是莎尔娃蒂赖以存活的必需品。

在有生之年，也许我注定要在等待中度过。我们很像两棵树，下地结同根，出土遥相望，若非亲历，谁能体察这“遥”字饱浸的辛酸、苦楚、委屈，但唯独没有怨也没有悔。能和琼波巴在一起，我真的什么都不想要了，不想做了。世上的一切，任何东西都不值得我离开琼波巴去追求。有时间，我情愿这样傻傻地爱着他，陪着他。

有一天，琼波巴也许会累了，或者他寻觅的途中会遇到更适合他的女子。那对我意味着什么？

杀生节那天，当我看到你在街头仅仅是望了一个女子——当然那眼神有点叫我受不了——老天，就这么简单的一个细节，就像刀尖刺进心脏，足以置我于死地，却又不一刀痛快捅死，而是锥在柔嫩的肉心上，一点点用力，一圈圈搅动，一寸寸刺深进去……这个过程远比死难受。

懵懵懂懂中，我觉得自己一直走得很苦，走着一条不知目的地的路。

好了，我该起床了。我得抹去相思的痕迹，去笑对人生了。真是有点累。

爱你的莎尔娃蒂

9. 咒过的黑牛角

琼，我从父亲房里溜出来给你接着写信。可能接下来好些天不能写信了。

库玛丽告诉我一些新情况，说是那些咒士们取了咒过的黑牛角，埋在了一个十字路口。本来，他们想将这黑牛角埋在你住过的房里的。但那家的房主人坚决反对，他的理由很充分，他怕那咒术的邪恶咒力，会作用到房主人一家。

于是，他们只好将咒物埋在十字路口，说是那些食血的夜叉自然会找到你，将巨大的灾难降临于你。

听库玛丽说，这咒术的真正威力，是在六个月之后。这只是他们一系列诅咒的第一步。他们还将继续行使恶咒和诛法。总之，你还是别忘了观想那防护轮。

我也找到了一位高人，她是一位有成就的空行母，叫班蒂。听说她精通禳解之法，但她最近不在家，去了另一个城市，正在为因埋葬亲人不慎触怒土地神的一家人禳解。听说这一家，已死了四个年轻人。

等她回来，我就请她来禳解那黑咒。要是她愿意，我也会拜她为师，学会那些法门。这样，我就可以随时随地为你修法，帮你达成所有愿望了。

我很想称你为夫君的，但总是有点害羞，因为过于私密小气了。以后，请允许我这样称呼你好吗?

我说过，我们相依为命。如果你愿意，那么，你可以永远保持原有的生活规律。这时候，我就是代替你面对世俗、应付生活的“事业金刚”。你不要有什么顾虑与负担，尽管使唤莎尔娃蒂这个丫头。我要从有限的生命与变幻的无常中，尽可能地争取更多的时间、更多的食粮，饲养你这头“狮子”。我很愿意成为你的另一双眼睛、另一颗心，我会更深地潜入你想了解的文化，在“确保健康、你不在身边、只爱琼波巴”的前提下，我可能会多帮助一些需要帮助的人。

我想，你的参学要尽可能广一些。那儿毕竟是千年古国，有着最深厚的智慧积淀。那是一块神奇的土地，会给你一个很好的起点和契机。当你走世界走累了时，你就到我这儿来。我希望我这儿是接你归来的第一站。

库玛丽新设了一个佛堂——这也是我努力的结果，叫我今天去加持一下。她也是一部历史，一直默默地看着我走。我答应了她。我想，因为我的努力，这世上多了一个跟你有相同信仰的人，这也是爱你的一种方式。

不多说了，我随便吃些就出去了。在郊外，很远的。

你不要感到孤独，莎尔娃蒂一直在你身边。

你的莎尔娃蒂敬上

10. 你真的爱上她了

女神：

收到你的信后，最扎我眼的，是“不在身边”这四个字。它扎得我的心一阵阵发凉。因为有了它，你的所有承诺，都变得没有了意义。我不知道，“不在身边”的我还需要你的啥呢？跟你的相识，我曾当成是命运对我的召唤。我真的无法抵抗来自你那儿的诗意。我一直在挣扎，我不想放弃自己的梦想，我也不想舍弃你的真爱。正是在这种左右撕扯不已的时候，你那句“不在身边”一下子激醒了我。我忽然明白：你其实是不希望我留在你身边的。

我终于明白，命运其实是真的不希望我离开寻觅的。无论你怎样的设计，在你的那“不在身边”之光的照射下，都变成了幻影。

读完你的信后的那一刻，我的心一下子变懒了。我一点儿也不想再走了。我不知道我变懒的脚步，能否跟得上你的多变的设计？我甚至怀疑自己，在生命的黄金时间段，我是否真的需要享受另一种本来不属于我的幸福生活。我真的该静一静了。我虽然有颗孩子的心，但我明白，我毕竟已近中年，稍一恍惚，后半生就空过了。

虽然我珍惜跟你的相遇，但我也明明知道，那醉人的诗意，也需要我付出相思的代价。但我还是惊喜地扑向了它。因为我明白，多年之后，肉体消失之后，我即使想再去爱，也没有了爱的载体。所以，趁着我能爱和被爱时，还是投入地接受这份爱吧。

虽然你的信中有过许多设计和许诺，但那四个字真的扎疼了我的心。因为我明白你写它时潜意识中的某种东西。那时，你也许是不经意的。你甚至没有觉察，但你既然写了它，说明你心中定然有写它的理由。我敏感的心里，认为你定然在向我暗示着什么，这种暗示是我非常不喜欢的。

你是否真的不知道“你不在身边”是个不好的缘起？

已过夜半了，我却一点也不想睡。我在想，我近来做的一切，在我的生命里究竟有没有意义？我是不是应该仍然像以前那样孤独下去？

琼波巴

11. 不好的缘起

我对琼波浪觉说，我虽然很喜欢你跟莎尔娃蒂的信，但我的儿子陈亦新读了说，它们已经极大地影响到小说的阅读了，也影响到小说的结构了，更影响到小说的质量了。陈亦新说，它们除了谈情说爱，几乎没有看到求索的艰辛和智慧的增长。该写的内容，你们在信中都是一笔带过，里面没有人们需要的内容。

琼波浪觉笑道，他哪里知道，我信中的所有内容，都是我的求索。要知道，在我求索的过程中，最重要的，便是我的心灵历程。这些，都体现在我的信中。要知道，在漫长的寻觅中，我最难忘的，其实不是路途的艰难，而是心灵的挣扎。这一切，都反映在我的信中。只有在那些信中，你才能感受到鲜活的两颗心在惨烈地挣扎。

我说，是的。我每次读了，心都会抽疼。

琼波浪觉又说，世上所有想去求索的人，最难以割舍的，其实还是“情”。于是，有人甚至认为，莎尔娃蒂的情，正是那些咒士遣来的魔，它便是“情魔”。

我问，你也这样认为吗？

不好说。虽然它客观上影响了我的心，但要是没有那段经历，我还算琼波浪觉吗？人们需要的，其实不是一个天生是圣者的琼波浪觉，而是一个有情有义、有欲有执，却能自强不息，终而实现超越和解脱的琼波浪觉。你说对吗？

我说，对的。也正是从你的信中，我才读出了你的人间气息……你真的爱上她了。

琼波浪觉先是大笑，而后又长叹一声。

他说，也许，那“不在身边”四个字，真是一个不好的缘起。

他这一说，我的心有点发堵。

我于是问：后来，你是不是回到了她的身边？

他说，以后你就知道了。

第十四章 灵魂的历练

上师啊，秘传中说，你在印度神庙侍候过神婢，这成为你一生的重要历练，能说说那段经历吗?

1. 印度神庙的苦役者

雪漠，我的心子，世上欲建大功，先须有大破。

没有打碎，哪有超越?

儿啊，我最重要的一次打碎，就是在神庙中完成的。

那时，病魔已跟定了我。虽然我看起来像个正常人，但没人知道我经历着巨大的痛苦。除了相思之苦外，我还承受着肉体之苦。除了疲乏和恍惚之外，时不时地，我还觉得五内俱焚。我相信，它真是那些咒士诅咒的结果。有时，我还能看到那些张牙舞爪的恶魔。你别当成幻觉，要知道，对于那时的我，它们是实实在在的。

我被空行母卖身的所在，是一个印度教神庙。当我刚知道这一切时，感到很委屈。我想，哪怕你真的卖了我，也应该将我卖入佛教寺院当苦役，而不应该将我卖入外道神庙。

那时的神庙有两种奴婢，一种是神婢，这是一些因为债务被迫或是发心自愿进入神庙以卖身的女子，一种是专门侍奉这些女子的男子。前者的所有收入都归神庙所有，用于日常开销。在那时的印度传统中，那些卖身的女子并不低贱，因为她们所有的行为都被认为是神的旨意，她们接待许多男人，用挣到的钱供养神庙。

我进入神庙时的心情十分复杂。自出生以来，我就一直是命运的宠儿——无论在本波，还是在后来求法的过程中。在本波，我是法主的儿子，小时候，就被人众星捧月地侍奉着。后来求法时，每到一处，我很快便成为让上师青眼有加的人物，因为无论是世间的福报，还是出世间的悟性，我都超过很多人。我很快就能领悟上师所传教法的精髓所在。所以，在我进入神庙的那一刻，我确确实实地感到了一种委屈。但同时，我也明白，这委屈，其实是我的分别心在作怪。我想，也许，空行母正是为了对治我的分别心，才这样做的。

神庙的氛围很庄严。毗湿奴、梵天、湿婆等神像显示出一种超越世间的巨大神力。在印度教的传统中，他们被视为永恒的神灵。但我知道，这世上没有永恒，一切终究会归于空性。在许多方面，印度教跟当时的密教有着相似的宗教仪轨，比如火供护摩等等，两者都互相汲取了各自的营养。有时，在对宗教经验的描述上，印度教的梵我合一跟密教的证悟空性有着十分相似的表述，但究其实质，却存在着巨大的差异。衡量二者之异的，还是那三个法印：诸法无我、诸行无常、寂静涅槃。印度教认为的那种永恒的神灵，在我眼中，其实也是无常的。但对那些庄严或是可怖的神灵，我还是给予了相当的尊敬。因为在密教中，它们也被当成了护法神。

我被安排的工作是侍候那些神婢。跟我一起工作的，是一个中年男人，叫加普。这个名字是当地农民常用的，怪的是，他的神态却很是尊贵。据说他也是被他的上师卖入神庙的，其目的，也是为了击碎他的贡高我慢。我们的任务各有分工，我负责那些神婢的衣食住行，而加普则是专门负责拉皮条。每天，加普就守在神庙门口，寻找那些有意于神婢的男子。

那段日子，给我留下了很深的印象。然而，一些传记隐去了对那段岁月的记录，仅仅语焉不详地写到司卡史德空行母专门磨炼了我的心性，对其过程，很是含糊。只有你看过的以空行文字记录的秘传中，才详细记载了那段岁月。虽然其他上师也给我传授了无上的密法，但司卡史德却成了我的根本上师之一，与奶格玛同样重要，其原因，就是司卡史德对我进行了特殊的心性磨炼。

可以说，要是没有司卡史德对我的心性磨炼，我根本不可能有后来的成就。

在印度神庙的那段岁月，跟禅宗六祖慧能的舂米生涯一样，成为我一生里最重要的一环。

2. 神婢的仪态和声音

每天早晨，天还没亮透，我就起床了。我首先做的第一件事是坐禅，我忍受着被诅咒带来的身体疼痛，披了被子，修我必修的几种教法。因为时间的关系，我不可能将所有上师传的那些法门诸一修习，我只能择其主要来修。那时，我主要观修的，还是胜乐金刚，据说它来自神圣的卢伊巴。

坐禅之后，我便开始了一天的工作，我的工作是干杂役，包括打扫神婢的房间、担水、劈柴、端洗脸水等诸多奴仆干的活。跟一般奴仆不一样的是，我在做这些活时，会按上师教的去用功。我将所有的世俗之行都化为利众的观修。比如，我在担水时，总是观想行走在菩提大道上，我的身后是无量的六道父母；我在洗脸时，观想自己正在给众生消除业障；我在劈柴时，观想正在斩断自己的我执；我在给那些神婢端汤送水时，观想正在供养本尊和诸多空行母。就这样，我将自己一天的工作都用于观修。谁也不知道，那个来自藏地的奴仆，就是在看似寻常的日常生活中，进行着秘密的观修。

无论多么苦的活，我都能承担。我却无法忍受神婢们迎来送往时的那种仪态。据说，那些神婢都受过专门训练，懂得各种勾魂摄魄的技巧。不过，那种在正经人看来不一定首肯的技术，却是神婢们引以为傲的资本。它被当地的信仰者称为“女神的智慧”。当那种智慧以女性味十足的声音传到我耳中时，我感受到的，却是一种折磨。

在神婢的“智慧”感召下，许多男人都到神庙里来领略神婢的魅力。巴普和我的工作量很重，总是要忙到很晚才能歇息。有时候的夜深人静时分，我也会产生退转之心。我会想，我到印度是来求法的，不是来干杂役的。我甚至怀疑自己是不是有必要在这儿待下去。因为我已求到了很多被成就师们称做“殊胜”的教法，只要一门深入，解脱便如探囊取物。虽然在干活的时候，我也尽量按上师的教授观修，但更多的时候，繁重的劳动总在赶跑那种特异的觉受。我常常丢了自己的心。后来，许多人都以为我的成就并不像密勒日巴那样经过了脱胎换骨般的历练，而事实上，我的那种历练是在印度的求法过程中完成的。

无论在本波，还是在其他上师处，我见识到的，总是一份清净。那些苦修者或是班智达，带给我的，更多的是一种清凉。但一入神庙，那种清凉便霜花般消失了。以前的很多时候，我以为自己能控制心了。进了神庙，我才发现，心还是不听话。在听到那些神婢的声音时，我的心还是会摇动不已。

要知道，那时节，我还是青年男子呢。

3. 卢伊巴的弟子

不久，我便发现，那个叫巴普的人，有着超人的控制心的能力。无论他将那些男人引进神婢的房间时，还是他从那些人的手中接过钱币时，他都是那副模样，跟他打坐时一样。他总是不温不火。许多次，神婢大发脾气时，他也是一如既往地微笑着。有一次，他竟然给一位神婢洗脚。那时，从他脸上看到的，仍是他禅座上的那份安详。

在一次谈话中得知，巴普的上师是卢伊巴。卢伊巴出身很高贵，跟释迦牟尼一样，卢伊巴也是王子。因为他有着出众的人格魅力，几乎所有人都喜欢他。他被父王选定为法定接班人。一天，宫中来了一位修士，父王接待了他，父王供养他许多金银，那人只接受了几顿饭和一匹布，别的东西都谢绝了。此事令卢伊巴大为惊讶。在他的身边，多的是处心积虑地谋求金银的人，没想到那个修士竟那样的飘逸出尘。那是卢伊巴第一次受到心灵的触动。后来，卢伊巴智慧显发，窥到了无常，就毅然出家了。

巴普说，那时，全国都知道卢伊巴是个贤良的人，都希望他能在将来接班当国王。这样，一人有福，拖带满路，国人就会因为他的福德，过上相对幸福的生活。国王及其兄弟们更是希望他能继位。那时的国中，因为弟兄们都很贤良，并没有出现任何争权夺利的场景，恰恰相反，大家都对卢伊巴非常尊崇。于是，他们追回了出家的卢伊巴，用黄金打制的锁链将他锁在宫中。但在某个月黑风高的夜里，卢伊巴将黄金锁链全部送给了看守。他换了一身穷人服装，逃进了尸林。

那时的尸林中，有许多成就者。他们外示疯相而内证极高。卢伊巴于是求到了殊胜的胜乐金刚法，开始了自己的苦修生涯。

巴普老是跟我谈卢伊巴。我们两人住一间屋，后来，我又在后花园里找到了一间盛杂物的小屋，我略加收拾，用于坐禅。但更多的时候，我很愿意听巴普讲那些大成就师的故事。正是从那些奇妙的故事里，我学到了许多东西。

巴普说起话来语速很慢，慢悠悠的如喝米汤。当他慢悠悠地讲那些故事时，我总能感受到一种安详，叫物我两忘，能所俱空。后来，巴普对我说那就是平常心。那时，我还不知道，那种平常心，其实是很殊胜的觉受。

当神庙里的游人稀少时，我们就能缓一缓了。这时，巴普的话匣子就打开了。在巴普的叙述中，我看到了卢伊巴。那是个清瘦的行者，高鼻梁，深眼睛，一脸清癯。他是典型的印度苦行僧的打扮，身上只披一块被人称为扫粪衣的破布。巴普说，卢伊巴以修胜乐教法为主，他很精进，已达到了生圆二次第要求的许多证量，但他究竟的证悟却是借助了一种跟教法毫不相干的苦行：食鱼肠。卢伊巴的意思，便是“吃鱼肠的人”。

4. 卢伊巴的作秀

巴普老是讲到卢伊巴遭遇空行母的那个下午。那是个寻常的下午，我们看到卢伊巴走进了我们的视野，因为节食和苦行，卢伊巴显得很是瘦弱，破布衫像挂在树枝上一样，显出一种空荡的萧然。

萧瑟的秋风吹拂着地上的黄叶，秋的味道很浓了。卢伊巴的衣衫发出沙沙的声音。他的长发也飘在风中。但外相的褴褛依然遮不住卢伊巴身上那种从毛孔里渗出的高贵。据说，因为卢伊巴长得好，当地的女人都愿意用最好的食物供养他。为了躲避那种供养，卢伊巴逃离了知道他底细的村镇，但他不能吸风饮露地活着。于是，他便出来乞食了。我们看到他走向一个同样十分褴褛的妇人，那是一个乞婆。她的身前身后堆着一大堆可以称之为垃圾的东西。当时的印度，到处有这样的妇人。后来的中国，也到处有这样的妇人。从外相上，我们看不出她跟其他乞妇有什么不同，但你只要一了解她们，便会明白，她们是最值得人们供养的圣者。因为她们证悟了空性，我们称其为空行母。

卢伊巴并不知道那个在风中看着他渐渐走近的女人是空行母。他只是想，希望通过对他的供养来改变她的命运。佛经里充满了这样的故事：因为对某个圣者的供养，乞妇死后成了天女。

卢伊巴走向那个女人。

他向女人伸出了钵。女人没有接他的钵，她只是递过了自己盛食物的瓦罐。卢伊巴看到了其中的食物。那是泛着酸味的一晕糊状物，正在泛着气泡。罐壁上，长着黑毛。我们老是在盛夏炎热的天气里看到这类腐臭的食物。我们也知道，吃了这种食物，会闹肚子。所以，我们当然能理解卢伊巴为什么皱起了眉头。

这时，妇人笑了。我们听到了她的声音：你既然喜欢美食，为啥不待在宫中？

卢伊巴脸红了。他很想吃那食物，但每每一望它，便一阵阵发呕。

这时，女人取回了食物，喝了几口。卢伊巴忽然觉出了啥。他想：莫非，她是空行母？

她将剩下的食物倒给了小狗。觉醒的卢伊巴只来得及从小狗嘴中抢过一点汤汁。就是那一点汤汁，让卢伊巴觉出了一种从来不曾有过的法味。有人说，那些看起来很是恶心的食物，其实来自遥远的佛国，我们称之为甘露。又有人说，要是卢伊巴毫不犹豫地吃了它的话，他就用不着后来的苦修，马上就会证得究竟成就；还有人说，正是因为他尝了一点汤汁，他才有可能在后来成为八十四个大成就者之首。还有人说，那只吃了甘露的小狗，后来得到大成就，被人称为“狗大师”。

我们从卢伊巴脸上看到了他的自责。空行母的脸上也写满了对卢伊巴的不满。她说，你其他脉轮上的业障都已得到清净，只有心轮上还有一点点的污染。它是由你的分别心造成的。你必须对治你的分别心。她又说，其实，修行的所有目的，就是为了对治分别心。因为所有烦恼的根本，是分别心。没有分别心，就没有烦恼。

空行母说，我真不明白，你修行多年，究竟得到了啥？莫非，你修的是这副苦行僧的模样？若是这样，你便是在表演。

又说，你是否已经觉察到自己在作秀？你似模似样地念诵时，你其实在作秀；你像模像样地打坐时，其实也在作秀；你拒绝国王的诱惑时，你也离不了作秀；你在修那诸多的苦行时，你仍是有作秀之心。有人的时候，你作秀给人看；你独处的时候，你作秀给自己看。虽然你时时感动你自己，但你并没有降伏自己的心，因为你还有分别心。有了分别心，便有执著。而修行的真正目的，其实是为了破除自己的执著。当你破除我执时，你便是阿罗汉；当你破除法执时，你便是菩萨。哪怕你不去念诵那些你视如生命的仪轨，只要你在破除你的执著，便是最好的修行。

5. 醍醐灌顶的战栗

卢伊巴感受到一种醍醐灌顶般的战栗。

空行母又说，你记住，无论你如何似模似样地按那教法修持，无论你的念诵和观修如何如法，无论别人如何地赞美你的功德，无论你行怎样的苦行，只要你的心没有因它们而有所改变，你便是在作秀。真正的修行是改变自己的心。而改变心的表现就是你心中的某种世俗的东西在日渐减少，而不是在增加。你不要去看你在生起或是增加哪些觉受，因为所有的觉受仅仅是觉受，任何有为的觉受都是无常的，它们跟世上万物一样，如露亦如电，更如梦幻泡影。你不要去执著那些有为的觉受，你要看你的心中是不是经常地减少一些东西，比如，减少贪婪，减少仇恨，减少愚昧，减少烦恼……你要看你的心是不是一天天归于无为，归于清净，归于安详和宁静。你要看你的心是不是真的已经自主，真正成为你自己的心，不再受外物左右，不再为外现所困扰，不再成为外部世界的奴隶。当你看那些美食跟那些腐物了无差别的时候，也就是经上常说的那种“黄金与粪土同值，虚空与手掌无别”时，你的修行才有意义。因为，只有到了这时，你的心才真正属于你自己。

巴普说，后来的卢伊巴常说，他的根本上师，其实是那位空行母。以前的那些上师虽然教了他许多教法，而使他真正得到究竟法益的，是那位空行母。

巴普说，我之所以讲这个故事，是因为我读到了你的心。当你看待那些神婢跟看待你的上师一样，当你待在这座神庙里跟待在你上师的住所一样清净时，你过去的修行，才有了意义。

我大汗淋漓。

6. 巴普的皈依

我们于是看到了那个叫卢伊巴的行者。正是因为有了那位我们至今尚不知名姓的空行母，我们才看到了真正的卢伊巴。

那个像王子一样高贵的行者死了，人声喧嚣的城市里多了一个疯子般的人。那人之所以被人们称为疯子，是因为他常常拣食被人抛弃的鱼肠。人们看到他拣起那软软的东西吞食时，无不掩鼻皱眉。他们不知道，即使在吞食肮脏的鱼肠时，那个形似疯子的人也没有失去他的圣者之心，他的空性光明使他真正做到了垢净一如。

巴普说，卢伊巴食鱼肠也经历了多个阶段：开始，一见鱼肠，他便恶心呕吐，别说吃，只那念想，就足以叫他吐出胆汁来；第二步，他开始吞食鱼肠，刚开始食鱼肠时，他吃多少吐多少，但他不管不顾，吐了再食；第三步，终年以鱼肠为食，这时，他眼中的鱼肠就等同于五谷了，他再也用不着靠别的食物来充饥；第四步，他已经没了五谷与鱼肠的界限，垢净一如，不生分别；第五步，他做到了食而无食，做而无做，了无牵挂。这时，他才真正超越了二元对立，大手印的净光才成为他生命里摆脱不了的氛围。

后来，虽然他是胜乐金刚的成就者，人们还是称他为卢伊巴——食鱼肠者。

一天，卢伊巴遇到了巴普，那时的巴普不叫巴普，叫苏尔亚，意思是太阳神。那时的苏尔亚还是国王，日日歌舞升平，醉生梦死，虽然身边有成山的金银和成群的美女，却总是不快乐，因为他找不到活着的意义。那时，他总是能想到死亡，一将死亡作为参照，他的所有快乐就成了炎阳下的霜花儿。

那个跟卢伊巴相遇的正午，苏尔亚正跟他最心爱的妃子在街上游玩，他看到了那个清瘦的身影。微风吹拂着那人的头发，却吹不走他脸上的圣洁。巴普说，那时，我忽然对他产生了无与伦比的信心，因为我发现，一晕圣洁的光，使得那个清瘦的脸庞有了说不清的魅力。瞧那模样，即使是虚空粉碎，大地平沉，也打破不了他的安详与宁静。

于是，我走了上去。巴普说，我问，尊者啊，你的脸上为啥会有这样一种圣洁的光芒？那人说，脸上的光源自心中的光。我又问，你心中的光源自何处？那人说，本自俱足，不假外求。

巴普又问，我也俱足吗？

那人道，是的，你也俱足。只是宝珠蒙垢，乌云蔽日，光明无由显发。

巴普说，那时，我忽然产生了极大的信心。我说，尊者呀，你能接受我的供养吗？

那人道，能呀，可你想供养我啥呢？

我说：山珍海味。

那人说，我眼中的鱼肠，跟山珍无异，跟海味无别，我不需要你的东西。

我说：那我供养你金银珠宝好吗？

那人道，我眼中无处不是珠宝，触目便是黄金，你的那点儿，我是不会稀罕的。

我说，那我供养你王国吧。我的国土广至千里，强大至极，我可以将它一分为二，你可接受？

那人道，我也曾视王位如敝屣。你眼中的王位，在我眼中是囚人的牢笼，我又怎会稀罕？

我说，尊者呀，那你需要什么呢？

那人道，你有不死的甘露吗？若有，就请赐予我。

我说，没有。这世上有生必有死，哪有不死的甘露。

那人道，明白了这一点，就是不死的甘露呀。那你为啥守着这牢笼不放呢？

巴普说，那一瞬，一股强大的电流从我顶门注入。我说，上师呀，我还有一样东西能供养你。

啥？

我的身口意。

巴普说，我就是这样出家的。我抛了王位，脱下贵比黄金的王袍，换上乞士的衣服。我还扔下苏尔亚这个等同于太阳神的名字，换了巴普这样一个农夫常用的名字，跟着卢伊巴出了城门。第二天，他给我灌顶，传给了我胜乐金刚的观修法，然后将我卖给了这家神庙。我最初常干的营生，是给那些神婢们洗脚。没有人知道，这个为她们洗脚的巴普，曾是一个国王。

同样，也没人知道，你这个侍奉神婢的奴仆，曾是一个教派的法主。

我说，我明白了，感谢司卡史德。

7. 最想记录的心思

灵鸽又带来了信——

我思念的琼：

看了你的信，心绪复杂，一言难尽。

你误解我了。

我说的“不在身边”，指的是你去寻觅的时候。我发现，你真的很在乎我。这让我很高兴。

半夜里，我被噩梦惊吓醒了，再难睡去。想写信，灯里没油了。周围黑漆漆一团，像随时有莫名的怪物要猛扑过来咬断我的喉管。我很怕。就这样静静躺着，渐渐又迷糊，醒来已是早晨。恍惚中，我确实相信自己在二十多岁之后，就是为琼波巴而活的。有一种想解除羁绊的强烈欲望。这些天帮父亲做事时就想，也许这是我最后一次陪父亲了，我就想认认真真陪他一次。我想，琼波巴无论啥时回来，我都会随他而去，浪迹天涯。

午后，库玛丽又带来了他们的讯息，说他们埋了那个黑牛角咒物之后，又开始了新一轮的诅咒。他们去了原始森林，找到一棵毒树，取了毒汁，和了墓地的土，制成了一个俑像，用旃檀木汁在俑像上写了你的名字。这也是你的生命象征物。他们将它放在火坛上，焚烧黑色动物的油脂。那油一入火坛，便腾起滚滚烟雾，罩住俑像。咒士们边持咒，边拿着魔剑，刺俑像的头。就这样，他们边烧，边诵咒，边刺剑，听说要修七七四十九天，就会让你发疯。

他们可真是用心了。这回，库玛丽打听清楚了，你的所有信息真是班马朗提供的，包括你的指甲和头发。他甚至将你的家传谱系也告诉了咒士，据说这样会更有效果。库玛丽说，正是有了班马朗的煽动，那些人才格外卖力。当然，更香多杰的嗔恨心也是最重要的诅咒助缘。我不知道，他哪有那么多的邪恶。

我发现，他真的变了。以前，他想极力促成我们的事。现在，他的目的变成了复仇。他的变化，是不是跟我说的一句话有关？记得有一天，我说，我要是死了，我的所有财富都捐给琼波浪觉，叫他去弘法。记得，更香多杰冷笑了两声。当然，要是我父亲不在了，要是我不在了，按当地的习俗，一切都会是他的。你想，我会让那些财富成为他造恶的助缘吗？

我已想好了办法。

只是，等不到你，我死也不甘心的。

我发现，我正在迅速地老去。

刚才想你想得出神了，端洗脚水时一失手脸盆打翻在地，水泼了一身一地。起先一刹那，有所嗔恼，但转而想起，琼波巴说要把自己的内心打碎，与世界万物融为一体。忽然想到，宗教是解释世界的工具，或者是与世界沟通的语言。你有什么样的心，就有什么样的解释。你认为世界是地狱，那就是地狱；你眼里的世界是天堂，那就是天堂。就像我遇见琼波巴，就觉得眼中的世界变了，哪怕这个世界多么不好，但它给了我一个琼波巴，我怎能还说它不够仁爱呢？

最后，我有个建议，当你圆满了神庙的修行之后，你应该去朝拜王舍城。

莎尔娃蒂

8. 我真的中了那魔咒

我的女神，我发现我真的中了那魔咒，发疯了。

上回那信，一叫灵鸽带走，我就后悔了。我知道它可能伤害你。但我还是叫它带走那封信。我想保留我的灵魂轨迹。将来有缘时，可以叫世界看到一个真实的琼波巴。他不是天生的圣者，他也有私欲和习气。他真的敏感得要命，但也正是这敏感，成就了他。要不是那敏感，他会跟千万个雪域汉子一样，在生活的重压下，早失去了那份向往。

相较于瑜伽士，我其实更像一个行吟诗人。我喜欢的诗人是，能叫百姓颂扬，而不惧君王流放，悯人悲天，大气赫赫，我毕生所效，不过如此。

我只希望在遭遇了命运的流放之后，能在我心爱的女人怀中痛哭，或是放歌。写到这里，我才忽然明白我为啥选中了你。在你的眼眸中，我真的找到了那种男人的感觉，而不是瑜伽士或是圣者。

你千万别叫我有圣者的面孔，我不愿意。只要跟我一起时，你能开心，快乐，一天比一天大气和明白，就成了。你只管在跟我的接触中觉醒于当下，快乐无忧，大爱充盈，你便是世上最大的受益者。这世上，没有比爱更伟大的教义，没有比善良更重要的思想，没有比真诚更值得赞美的品格。有了它们，你就是最成功的人类。你还去求啥板着面孔的大师呢？

在你的心灵港湾里，我像远航后的大船那样，毫无束缚地享受我作为人类的快乐。我从来没享受过这样的快乐和自由，这才使你成为我最心爱的人间女人——而不是出世间的空行母。

将来，在我走了太长的路，经了太多的风雨，承载了太重的使命之后，我只想在我心爱的女人怀里放下一切，像婴儿在母亲怀中饱乳后那样香甜地入梦。

我只想叫我的女人快乐，只想在像杀生节那天满头大汗地去为她买水，哪怕因此丢了金子也在所不辞；只想在她的一生里用醉人的诗意裹挟了她，叫她幸福地变成傻瓜；只想用坚实的臂膀搂了她，叫她安全地香甜地熟睡；只想叫她明白，无论她身在什么地方，都会有一双眼睛正深情地望着她，为她忧，为她乐，为她歌，为她哭。

你是不需要大师的。大师属于世界，不属于你。我只想在面对社会时当完我该当的“大师”后，再静静地面对我的女人，当一个叫她怜惜、心疼，牵挂不已的男人。

9. 司卡史德的洗脚水

雪漠，你不要那样望着我，那便是最真实的我。你不要管陈亦新的那些话，他还是个孩子。他喜欢故事，他希望你这本书像畅销书一样，能吸引时下已经浮躁的那些眼球，或是写出一种神奇，或是写出世人眼中的艺术精品，但你更愿意质朴地写出我的心灵历程。

我知道，在你眼中，这才是你写作的意义。

等他再过几十年后，也许会更喜欢你现在的写法。

是的。我虽然经历了无数的神奇，但最神奇的却是，我从一个有欲望、为情欲所困的人，终于成长为圣者这一事实本身。

在我经历的所有寻觅中，最让我难以忍受的，是对莎尔娃蒂的思念。在我一生中，那是最叫我难以战胜的东西，但我终于战胜了它。

现在想来，真的有些后怕。你想，要是那时节，我只消生起退转心，那么，我便会老死在尼泊尔，成为一堆平庸的骨头，不会有后来证得的永恒。虽然，佛教认为诸行无常，但这只是对于世间法而言。对于真正证得了涅槃的人来说，他是实现了永恒的。因为，相对于世间的无常、苦、无我、不净，涅槃有常、乐、我、净四德。

只有那些有着断灭邪见的人，才会认为涅槃是断灭的虚无。涅槃其实超越了有无。只有证得涅槃者，才明白什么是涅槃。

那些日子，我真的中了诅咒，大病了一个多月，总是死去活来的。陈亦新希望你将这种死去活来尽情地渲染，但死去活来，就是死去活来。无论“死去”，还是“活来”，都不重要。在我眼中，它们其实是无分别的。那时，我其实已经放下了生死。对于那时的我，放下生死，甚至比放下莎尔娃蒂要容易得多。

告诉你，在那段岁月里，我最放不下的，就是莎尔娃蒂。那情欲，真是世上最可怕的东西。

所以，你还可以在后面的信中，读到许多相关的内容。你不要随便地删了它们。

你会发现，即使在那些空行母为我开示了心性之后，我仍然会时时为情欲所困。你不要吃惊，因为即使在明白了心性之后，那情欲仍是我最难以对治的东西。情欲的可怕除了生理的原因外，还因为它贴着爱情的标签，而爱情，是人类情感中最接近信仰的东西。它时时会产生一种崇高感，并以这种崇高感冲淡真正的信仰。

不过，那时节，除了情魔之外，我真的遭遇了那些诅咒带来的外魔。你可以将那些外魔当成你认为的一种负面的暗能量。你虽然看不到摸不着，但它确实有一种功能性的存在。

巴普说，有一种巨大的邪恶力量包围了我。连我侍候的那些神婢，也说我很不吉祥。有时，我明明端给她们的是清水，但她们却说是污臭的脓血。只要是我沾过的东西，在她们眼中，总是恶心之极。

巴普说，今生，那些邪灵会像附骨之疽一样跟定我。后来果然，除了我时不时会遭遇命难之外，我还一直处于纠纷之中。在我的有生之年，其他教派以及我的弟子中，总有一些“逆行菩萨”坏事。这都源于邪灵对我的惦记。

当然，现在看来，我后来的事业，其实也得益于那些邪灵。它们像牛虻一样，每当我这头老牛想懈怠的时候，就时不时刺我一下，让我生起警觉和精进。

后来，巴普为我做了息法火供，我的身体才渐渐好些了。

这天，司卡史德来找我。她仍是一脸冰霜，从她的脸上，看不出一点儿温暖。我怀疑她知道了我跟莎尔娃蒂的书信往来。有心忏悔，又怕惹她不高兴。按密乘的说法，要尽量让上师欢喜，不说令上师不高兴的话，不做叫上师不高兴的事。她既然不问，我也不愿扫她的兴。

我跪在地上，顶礼了空行母的脚。

司卡史德冷冷地说，去，弄点热水，给我洗洗脚。

我很高兴地烧好了热水，跪在地上，给司卡史德洗起脚来。洗完之后，我用自己的头发擦干了她脚上的水。然后问，上师呀，你还要我做啥？

司卡史德指指那盆脏水，说，喝了它。

要不是巴普讲了卢伊巴的故事，我不会喝那水的。但现在，我已不是过去的我。我毫不犹豫地端起脸盆，喝起水来。但因为水太多，还剩下了些，我连忙取来钵，倒水入钵，说，这些，我等会儿再喝。

司卡史德露出了一丝笑意，说，以此因缘，你能住世一百五十年。同样，也以此因缘，我传给你一种无身空行母法，或能解除你眼下的寿难……来，端来那钵。

我端来那钵，钵中的水晃动着。司卡史德拔下钗来，一下下划那水。水被划开了一道道波痕，但钗一取出，水面便归于平静了。

司卡史德说，瞧，这水是你的心，这钗代表一把剑。世上的所有外现，对你来说，都是刺来的一把剑。它们总能刺入你的心。也就是说，你的心总能觉察到那剑的划动，要是你觉不出划动的剑，你便陷入了无记和顽空。但那剑，虽然也一下下划动，虽也能搅起波痕，但只要它一停息，水面便归于平静了。明白吗？

我沉吟道，您的意思是，应无所住而生其心？

司卡史德露出了笑意，说，对。记住，修行的秘诀，如同剑刺入水面。当你面对那些神婢和客人时，你的心虽然要观照到他们，但你不必执著他们。你的心如那静水，应而无应，照而无照，觉而无觉，所有的外现和行为，虽也在你的心中留下一线痕迹，但剑一掠过，水面便归于平静了，刺而无刺，划而无划，不生执著，不去挂牵。这样，世上的一切，就伤害不到你了。

10. 元成的生命本体

司卡史德说，要知道，邪灵也是妄心的产物，当你的真心能磁化妄心时，邪灵也会变成护法的。真正的降魔，需要大手印智慧。

大手印是本来元成，本自俱足，是天生就有的，不是后天的有为修炼成的。所以，明白了这一点，就明白真正的修行是不假功用、自然任运的。如同空气遍满我们生存的空间一样，真理也是遍满法界的。真理无处不在，按一位汉地大师的话说，道在屎尿。就是说，即使在最低贱最肮脏的地方，也有真理的存在，因为它是本来俱足的。

真理是一种根本规律，非人力造作而成。比如那心物也不离真理，虽有心物之分。那心是体，物为用，体用本是一体的。它们虽有种种显分，但都归于空性。

空性即觉性，那六道轮回和寂静涅槃也是那觉性的妙用而已。情器世界、芸芸众生、垢净高下、是非善恶、因果报应，以及诸多的自然现象、心理征兆，等等，无不是觉性的妙用。它们虽然看起来纷繁复杂，但其体性，却没有离开空性，所以，现不异空，空不异现。现为水月镜花，体为空湛清净。这二者，非由天造，非由地成，非由人修，而是本自元成。觉性现而生妙用，虽现而体性空寂；体性虽空而要现于外物，由体方能起用。它如同摩尼之宝，寻觅其究竟虽了不可得，但其妙用却能显现一切。诸法不离空性，空性能现诸法，本体觉性和所现诸法无一异之分别，二者不离不分，无二无异。由此元成觉性，而生三身。觉性空湛的清净分为法身，其明分为报身，其种种显现为化身，三身一体，亦是元成。

那觉性体性本净，了不可得，虽现迷情，也是由本体的事用生起。觉性本无无明，由起分别心，无明遂生，现诸境界。

世上纷繁的诸事诸物，皆是那元成觉性的不同显现，它有染有净，自明自现，这也是世上诸多现象的缘起。心光为诸多外现之根，这便如《华严经》所说："若人欲了知，三世一切佛。应观法界性，一切唯心造。"心有染净，外现便有了染净。那悲心，那智慧，那光明，那粗重肉身，那分别心，那无分别智，那染污的诸多意识，那清净的各种功德，都由那本元心生成。

那迷执和觉悟也源自本元心。但诸多妙用，诸多现象，终究会回归本体的，如泡沫归于大海，如云彩散于天空，如虹霓消于苍穹，如烟雾化于无迹。那丽日下自现的七光，终究会融归于三棱的晶体中。所现三有轮涅，亦将融归于本体本净之地，于元成界中平等解脱。

离心无法，离心无修，离心无成，离心无败。佛之三身五智，众生的三业烦恼，皆源于本元之心，心外别无他法。心外求法者，便是外道。

所以，我们在修行时，必须了知那明空的觉性，它本自俱足，不假外求，它像水晶球那样灿然，本具地水火风空五种光明，可现诸境。虽然在众生因位有无明业力，很难超越根识，但那知照的光明是觉性本有的功能。明知而不生分别，不用概念推求，根识觉念本空，摄用归体，就会自然安住于明体之中了。

那六根六识虽现出诸境，但不离明空觉性。而那觉性之体如虚空本净，故应放下一切，无修无治；放松六识，无修无作；任运自在，安住于觉性之中，即是住于自性大三摩地。

在日常行为上，我们要认识明白那世上的诸多现象，皆在觉性中本来就有，它跟梦境一样，是自性中本有的。那情世界，那器世界，那三有轮涅，无不是觉性幻化的游戏而已。它就像万花筒变现的诸种图案，像水晶体折射的诸多光明，一切皆来自本体，勤而不多，懒而不少，任运而成，不假造作。

那元成的本体空性，是无有变异的。觉性之体明空本净，觉性之用显现一切。色界、欲界、无色界，那生死，那轮回，那涅槃，皆是那本体的游戏化现，跟魔术师变化的魔术一样虚幻不实，觅其本质，了不可得，现空不二，明白此真理者，即是明白金刚持的境界，它绝思绝虑，离言离说，无有得失，无有转变，无有上下，无有好恶，无有内外，无有任何分别心折射的外现。一切所现，皆超越思议和言说。它远离断常有无四边，就连这元成之说，也是假名安立，而非实有。

明白了以上的道理，你就应该清醒于当下，保任于元成的觉性之中，保任于本位的大本净中，保任于离言绝思之中，保任于那元成的究竟之中，终而得到解脱。

司卡史德又说，你就这样观修吧，等你觉得这神庙跟佛国无二时，我会来找你的。

说完，她便走了。

11. 真正的本尊

我在神庙里待了近一年时间。这经历，知道的仅了了几人。在那个叫巴普的侍者身上，我学到了什么叫忍辱，什么是真正的无分别心，什么是真正的身口意供养，什么是真正的密行。没人知道巴普的本来身份是什么。巴普甚至自己也早忘了他曾是国王，他能在女主人的吆五喝六声中谦恭地微笑，能非常自然地向那些嫖客介绍神婢们各自的特点。许多时候，他甚至还给一些神婢端尿盆、洗脚，甚至洗那些垫布之类。做这些事时，巴普跟他深夜时分禅修一样虔诚和投入。他的眼中，已经没了啥高贵或是低贱，没了出定或是入定，对一切，他都是那样专注。他用实际行动告诉我，什么是真正的修行。

从严格意义上说，巴普已成为我的修行本尊。真正的本尊，其实就是人格修炼的参照和标杆，你观其貌，思其德，察其心，效其行，久而久之，你的人格就不知不觉地升华了。当你修到跟本尊无二无别时，你就成了本尊。

我就将巴普当成了我的本尊。在日常生活中，巴普是我的榜样。当我无执无舍地将诸相融入空性时，我便没有了执著。渐渐地，我发现许多痛苦和烦恼其实真是分别心在作怪。因为有了分别心，才有了贪婪，有了仇恨，有了愚痴，有了热恼。不过，我虽然在理上明白了这一点，但在事上，我还不能自如地控制自己的心。每当听到那些神婢们的娇声浪语时，我的心还是会失去宁静。

在我漫长的一生中，在神庙的经历不过是短短的一年，但那一年，却是令我收获最大的一年，因为巴普用实际行动告诉了我如何修行。神婢们的生意多在晚上，我和巴普都睡得很晚。而次日，当神婢们还在梦乡时，那些朝拜神庙的人就来了，他们有的上早课，有的做供养。所以，我很难像以前那样有大块的时间来坐禅，我只能在干杂役的同时观修，这样，我便养成了很好的在动中修的习惯。我将这一习惯保持了一生。有人老是赞叹我的成就很大，独步千古，却不知我得益于这动中之修，因为无论我如何行住坐卧，其实都没有离开观照我认证的空性。我的生命中，从三十多岁遇到司卡史德起，我至少有一百多年的专修时间。而一般人，即使他遇到了明师，证悟了空性，除了睡觉、吃饭、劳作等，真正用于专修的时间，也不过二三十年。

巴普的离去是我到神庙半年之后的事。关于他离去的故事，流传很广。其过程大致这样：某夜，前来神庙就宿的某个大臣起夜时，发现后院红光冲天，他惊异地前去观看，却发现了他以前的国王，还发现有十二个美貌的空行母围绕着他。他将此事告诉了管神婢的女主人，女主人这才知道她一向使用的那个杂役便是以前的国王。更令她诧异的是，这位国王竟然证得了大手印成就。

次日，巴普便不辞而别了。谁也不知道他去了哪儿。后来，我举办过一次规模空前的会供，巴普跟卢伊巴前来应供。我跟他只是相视而笑，那情形，很像灵山会上释尊跟迦叶的相视而笑。

又是半年之后，司卡史德将我带出神庙，她只卖了我一年。那时，我已将神庙“胜解作意”为本尊坛城，分别心比以前淡了许多，但跟巴普相比，还是有很大的距离。因为巴普已经不再需要作意。在巴普眼中，本尊坛城和青楼妓院是真正无二无别的。

12. 真正的资粮

司卡史德带我离开神庙之后，给我传了法。

关于司卡史德传法的内容，也有多种说法。有人说她一次性灌了生圆二次第，并以身相授，以空乐智慧，助弟子成道。在你的《大手印实修心髓》中，引用的就是这一说。

其实，在这一次的檀香林中，司卡史德只授以喜金刚生圆二次第的灌顶，当手印母是后来的事。因为要是在第一次赴印度时，司卡史德就以身相助，那么我肯定会悟道，此后的寻觅过程，也许就不会有那么多的艰辛。但因为我特殊的因缘，我还得历练下去。

根据流行了近千年的说法，司卡史德给我做了十多年的手印母，而在我寻找奶格玛上师时，以及在见到奶格玛之后求法时，似乎并无司卡史德相伴。原因便是司卡史德给我首次传法时，只授以喜金刚灌顶。她给我当手印母并教授司卡六法，是见到奶格玛以后的事。

司卡史德对我说，我当然也可以为你开示心性，但从缘起上看，那是由另一个上师来完成的。她叫奶格玛。等你见到那位伟大的上师之后，我会以空乐智慧加持你，助你成道。

一听奶格玛的名字，我便涌出热泪，我哭而拜问：她在哪里？

司卡史德说，我虽然知其所在，但你们现在尚无相见的因缘。你先积聚资粮吧。

我问：上师呀，你说的资粮，指的是什么？

司卡史德回答：信心！

我不解地问：难道我现在的信心还不够吗？

司卡史德说，你现在的信心，只堪领受一般的密法，欲领受奶格五金法那样的教法，尚嫌不够。领受狮子乳的，必须是上等的容器。你虽是俱足大因缘者，但尚需打磨你的心性。现在，你可以前往王舍城，去找一位具德上师，他叫麦哲巴，你向他求十三尊玛哈嘎拉，成就此法后，你会有无量的财势，助益你的事业。

司卡史德将以前我供养她的黄金退还给了我，说她已经用不着这些东西，我还是拿着它们，去供养看重它们的那些上师。然后，她自嘲地笑道，要是那些人真的还在乎黄金，还堪做你的上师吗？不过，有时候，这黄金，也能表明你的一份虔诚，所以，你还是带着它吧。记住，你要一直祈祷我，因为我跟你的缘分极深。再说，你已将身口意供养了我，你的生命就是我的。对你的这次神庙之旅，我比较满意。虽然它没能让你究竟证悟，但对于你自己来说，它是你今生用之不竭的财富。以后，等我没钱花时，我还会卖你的。

我洒泪告别司卡史德，前往王舍城。

第十五章 品味王舍城

1. 王舍城的因缘

王舍城距菩提迦耶九十公里，山丘环抱，风物宜人。琼波浪觉知道，在佛教史上，王舍城的地位极其尊崇。佛陀初出宫城后的修道之所就在王舍城，那时，他跟随两位老师学习禅定，一位叫阿罗逻·迦罗摩，一位叫伏陀迦·罗摩子，两人均是名重一时的禅定大师。释迦牟尼初修道时，就在二人处修禅定多年，虽入深定，喜悦轻安，但心中的热恼犹存，疑惑也无法遣除，就心生去念。巴利文《中部经》第二十六经中形象地记载了佛陀的思路："比丘们呀，我忽然心生一念如下：'这教法只能达到非想非非想处，却不能导致厌离、无欲、止息、寂静、智力、无上慧，以及涅槃。'于是，比丘们呀！我就不再崇信那教法，不愿奉信此法，于是我离开那里，继续我的旅程。"

佛陀在王舍城时，发生了一件影响佛教进程的事件。一天，他在城中乞食时，遇到了当时摩揭陀国的国王频婆娑罗王，国王看到年轻的悉达多威仪庄严，便生起无上的信心，他希望悉达多放弃修行，跟他一起治理国家，他愿意将一半国土赠予他。悉达多拒绝了。国王便希望他证道之后，到王舍城来弘化。几年之后，佛陀便带着他的一千多弟子来到王舍城，频婆娑罗王成为教团最大的施主，当时僧团的四时供养，均由他提供。在他的护持下，佛教成为新兴宗教中最有力量的一支。

一路行来，多是平原，唯有王舍城丘陵环抱，琼波浪觉的心情为之一变。他发现这王舍城，真是上好的弘法之地。单从风水学的角度来看，王舍城就有着非比寻常的地貌。城外是灵鹫山，佛陀在此演说了《妙法莲华经》和《楞严经》等有名的大乘经典。山上多修道用的山洞，大迦叶、舍利弗、目犍连等圣者，都曾在山洞里修习过禅定。

据说，佛陀住世时，王舍城里荟萃着当时印度有名的几乎所有教派，如婆罗门教、耆那教等，他们在王舍城也有相当大的地盘。

根据经典记载，佛陀在鹿野苑初转法轮之后，又收摄了迦叶三兄弟，三人共有弟子千人。后来，佛陀便带着这千余名弟子来到王舍城，受到频婆娑罗王的热烈欢迎和护持。佛门僧侣便开始了在王舍城的弘化。一天，一个叫舍利弗的人发现了一个叫阿说示的尊者。尊者威仪出众，六根调柔，动静一如。舍利弗心生欢喜，问其师承。尊者告其所依，并诵一偈："诸法因缘生，诸法因缘灭。我师大沙门，常作如是说。"舍利弗听闻，得法眼净，远离尘垢，心生欢喜，遂同好友目犍连皈依佛陀，成为佛陀的左膀右臂。

以此因缘，麦哲巴也将琼波浪觉的到来当成了殊胜的因缘，他授记，琼波浪觉将会成为他的弟子中舍利弗似的人物，一定会将他的教法弘扬开来。琼波浪觉向麦哲巴供养了两个黄金曼扎，一个重十三两，一个重七两。麦哲巴很是欢喜，问他欲求何法，琼波浪觉说，对本尊法，我求了很多，但护法类不多。这回我求一个护法，但这护法，不是世间护法，他要能让我得到世出世间的究竟利益：我活着时，能得其加庇，拥有无量财势，助我事业；我往生时，他能与我并肩相偕，一同前往佛国。

麦哲巴说，那我就传你十三尊玛哈嘎拉吧。

传法后，麦哲巴与他闭关十三天，琼波浪觉便得到相应，见到本尊。此后，玛哈嘎拉便与他形影不离，助其成就了无量的功德事业。

2. 竹林精舍与杀人魔王

出关之后，麦哲巴派弟子陪琼波浪觉在王舍城游历数日。琼波浪觉发现，这城很奇怪，有两个城。问其故，有人介绍道，本来只有一城，因城中出产祭祀时垫坐用的香茅，亦名上茅宫城。因四周多丘陵，城居盆地，茅又易燃，故城中常常失火，往往是一家失火，便殃及邻里。频婆娑罗王发令：日后谁家要是失火，便要举家迁往城郊的尸林之中。没想到，此令发出不久，宫中竟首先失火了。频婆娑罗王便迁出宫城，在城郊的寒林中另建一城居住。这便是二城的由来。

琼波浪觉还参观了佛教史上有名的竹林精舍，在这里，佛陀演讲了许多真理。竹林精舍是由一个叫迦兰陀的富豪供建的，亦称迦兰陀精舍。竹林精舍建于丛林之中，十分幽静，宜修习禅定。印度有几个月的雨季，雨季来临时，居于野外的修道者生活十分不便，一是道中泥泞，乞食不便；二是路上多虫子，易为踩杀。所以，有了竹林精舍后，僧团就有了结夏时的栖身之所。

在佛教史上，竹林精舍大大有名，不仅仅是因为佛陀在此居住过十多个雨季，还因为它在当时引起过轩然大波。印度传统，修道者必须苦行，苦行者必居野外，不可住在房舍之内。行者多住在大树下，为了不使行者对大树心生牵挂，有的教派甚至规定不可在同一棵树下留宿三日。所以，佛陀一接受竹林精舍，就引起一些苦行外道的攻击，一时唾星如雨，似黑云压城。更不可思议的是，竹林精舍招来的，不仅仅是外道的攻击，更招致了僧团的分裂。佛教历史上第一次僧团的分裂与竹林精舍有一定关系。事情的起因是提婆达多想争夺佛教的领导权，遭到佛陀的呵斥。佛陀的呵斥很有艺术性，记录在《大正藏杂阿含经》中，内容是：“芭蕉生果死，竹芦实亦然。駏驴坐妊死，士以贪自丧。常行非义行，多知不免愚。善法日损灭，茎枯根亦伤。”佛陀的意思是自满和贪婪的人，多没有好下场。

受到佛的呵斥后，提婆达多开始分裂僧团，他和他的追随者，坚决不住竹林精舍，而行五苦行：尽形寿着粪衣，尽形寿常乞食，尽形寿奉行日中一食，尽形寿在野外居住，尽形寿不食鱼肉血味盐酥乳等。追随提婆达多的人很多，据说有六群比丘。在佛教传说中，提婆达多遭到恶报，生陷地狱，但在实际生活中，他的信徒竟然存在了千年，在玄奘大师西行求法时，他还见到过提婆达多的信仰者，可见其生命力之顽强。

提婆达多势力的强大源于阿阇世王的得势。阿阇世王本是频婆娑罗王的太子。在阿阇世王出世前，频婆娑罗王就算过一命，说他必死于亲生儿子之手。后来，阿阇世太子果然跟提婆达多勾结，将频婆娑罗王囚禁在石室之中。饿死其父后，阿阇世王便支持提婆达多，僧团出现了第一次大分裂。

琼波浪觉在朝拜灵鹫山时见到了囚禁频婆娑罗王的那个石室，石室不大，石墙上嵌有铁环，用以拴铐频婆娑罗王。石室外面，是个棒球场大小的广场，广场边上有石墙地基，墙很厚，约四五尺，眼见当年是坚固异常。那个曾强大无比的频婆娑罗王就被囚禁在小石室中，他的儿子执意要饿死他，幸好他的妻子总在沐浴后在身上涂以乳酥，才使他多苟延残喘了几日。

在无尽的沧桑中，我看到了看到石室中的频婆娑罗王，他骨瘦如柴，面黄如蜡，几根胡须上淋漓着泪水。他想不到他深爱的儿子却成了他命运里最大的违缘，想不到他广行供养却仍是躲不过那个可怕的预言。但他仍然很欣慰，因为他可以透过石室的窗口，看到每日午前从灵鹫山上下来乞食的佛陀。远远望去，佛陀那原本伟岸的身躯显得很小。只有在看到那身影的时候，频婆娑罗王的心里才会涌过一抹清凉。在囚禁于石室的最后岁月里，是佛陀的智慧教言给了频婆娑罗王灵魂的宁静。他明白，无论眼前的处境多么险恶，终究会成为过去。他甚至不恨自己的儿子。他只希望，儿子会在某一个时刻醒悟过来，像他过去那样，支持佛陀。

据说，比频婆娑罗王更痛苦的是他的王后，她夹在老公和儿子中间，生不如死。后来，为了解除她的痛苦，佛陀向她宣说了《观无量寿经》和《涅槃经》。

“阿阇世”的意思是“未生怨，无敌者”。他一生下来，就似乎跟父亲作对，父亲信仰佛教的时候，他信仰耆那教。后来，为了政治上的考虑，他又跟提婆达多合作了。在饿死他的父亲之后，阿阇世王支持提婆达多，为他提供了大量的供养。一些僧侣为了利养，就背叛佛陀，倒向提婆达多。

也许，那个时候，是佛教创立后面临的第一次大危机。那时，佛陀安顿弟子，说是非以不辩为解脱，好好修行。

在灵鹫山上的山洞里，禅定的佛陀凝若山岳。据说某一天，提婆达多发现了佛陀的禅定所在，他推下了一块巨石，擦破了佛陀的脚。这一行为，跟他打死莲花色比丘尼的恶行一样，成了他堕入无间地狱的一个恶因。

连佛陀那样伟大的人，竟然也会遭遇如此大的逆缘，可见人心之险恶。但同时，也正是有了提婆达多这样的恶徒，反倒衬托出了佛陀人格的伟大。后来，阿阇世王终于醒悟了，他忏悔了杀父的罪业，皈依了佛陀。

琼波浪觉朝拜完毕，走下灵鹫山的时候，灵鸽又追上了他。

3. 来自远古的诅咒

亲爱的琼波巴，请允许我保留这个深爱你、敬仰你的仪式——当你不在我身边的时候，我要写信给你。

那天晚上，库玛丽带我去了那个咒坛。咒坛在山洼里，很是诡秘。那儿阴风飕飕，怪石嶙峋，很是可怖。我说的可怖，不仅仅是指那所在，更是指那氛围。

在烟火缭绕中，咒士们把象征你命根的那个俑像放在火上焚烧。他们往火中扔着动物油脂，火里发出嗞嗞声，还腾起一股股浓烟。库玛丽说，那油脂，是从黑狗身上取出的，据说能增加诅咒的力量。

用黑狗油脂烧一阵后，咒士们又往火中投黑色植物。他们边用毒针刺那俑像，边诵一种邪恶的咒语。

库玛丽说，待得诅咒圆满，咒士们就要在一个无月的夜里，把俑像送到玛姆女魔居住的地方。这象征着，从此，你的灵魂将属于那个女魔，人世间的你就会发疯。

我很着急。

那个叫班蒂的空行母还没有回来。我找了几个瑜伽士，他们一听对方的那种诅咒，都不敢禳解，因为要是他们的功力胜不过对方，那诅咒的咒力，就会全部落到他们的身上。他们很害怕，说对方的这种诅咒，是来自远古的一种诅咒。

为了解除这恶咒，我去了巴舒巴蒂庙。这庙依水而建，步步高升，很是壮观。它专供湿婆神。湿婆神的头上长着三只眼睛，他手持钢戟，颈缠毒蛇。他集创造、护持、毁灭于一身，神通广大，无所不能。我代表你在圣河里进行了圣浴，代替你消去了宿世的所有业障。我想，无论对方有着怎样邪恶的咒力，要是你自身没有业障，他们也奈何不了你。你说是吗?

在巴舒巴蒂庙，最令我难忘的，是西岸的焚尸台。许多人抬着尸体，也在那儿进行最后一次圣浴，然后再进行火化。我跟那些死人一同沐浴着圣河之水，我浮想联翩，感慨不已。我不知道，在等到你之前，我是不是也会变成那些沐浴的死人中的一个?

除了为你担心之外，我还有一点沮丧：我一直追求的智慧与自由，在你面前竟如此不堪一击。如果我还有那么一点聪慧、灵秀，早已零碎成自以为是的、愚钝可笑的细节，我的自由已被你“有情”地剥夺，因为在你面前，我已没有选择。这到底是为什么？我不明白。

我对你的感情，写书信时，更多的是尊敬，是写给一个虚幻的爱人，可以静静地平淡地爱着；但当我一想到你的形象时，就难以自控地心跳耳热，那一瞬间，燃烧的力量扑面而来，我无法自救，几乎窒息。

——从现在起，我再也不需要思想，不需要独立，什么事情只要你来决定，哪怕沦为乞丐也不用担心。因为我是你的女人。

——从明天起，我要做功课：看各种各样的、以前我不屑看的书，看如何保养皮肤，如何煲汤，如何打扮，等等。还要跟那些舞蹈高手学习如何举止更优雅。这对我来说，简直就是脱胎换骨，重新做人——是做女人。但这些，若是被女友们知道，她们定会笑翻在地！——这还是莎尔娃蒂女神吗?

我也搞不清楚到底发生了什么事。在遇到琼波巴之后，我的世界正在推倒重建，重建一个仅属于琼波巴和莎尔娃蒂的两人世界。

现在，睡觉成了我的大事。我要尽量多休养，可不能让你在归来后看到一个黄脸婆，但愿那时，莎尔娃蒂还是一个蜜月期的小新娘，羞涩而娇美。

在过去的一年里，心中流溢着浓得化不开的相思。天上一日，人间千年。恍恍惚惚中，返回红尘中的你我，就是那遭天神嫉恨贬下凡间的神仙眷侣，已化为一对平民夫妇，相视而笑中，都是那暖心窝的世俗温情。琼波巴，答应我，答应这么多真心爱你、疼你的亲人，再不做苦行僧了，再不用佛门立雪、青灯独修了，再不要那么长时间地去寻觅了，在家多好啊。你回来吧，会有美妻身边侍候，会有聪慧的儿女绕膝嬉戏，此生又有何求？！你想修行就修行，不想修了就陪陪家人，当不当大成就师、弘不弘法有什么要紧？素食布衣最宜明目养心，只要全家和美、四季安乐，这比什么都好！佛祖见了也会祝福我们，也会说：琼波巴，回家吧！

莎尔娃蒂说话甜吧？趁你在高兴劲上，赶紧认错，你一定不要生气，一定要原谅我。那天太想你了，情不自禁，在湿婆神像背后一个不惹眼的地方，刻了几个字："莎尔娃蒂爱琼波巴"，刻上之后，就心虚了。还好，那地方，一般人不去留意。但任何人一看，都知道是我留下的印迹。给你添乱了。好夫君，原谅莎尔娃蒂吧，她是爱你爱傻了。

夫君生气了吗？不要生气好不好？莎尔娃蒂向你赔礼。笑一个吧！不笑？那你说怎么罚呢？只是莎尔娃蒂早已缴械投降，虽然我们守身如玉，但其实我的心里，已奉上了所有土地与城池，连身心都是琼波巴的，以何受罚呢？真的别生气啊，有女子爱你也是很平常的，想想不会惹大麻烦。最好让她们看到，群起而仿效，那可有趣了。瞧你瞧你，还真板下脸了？莎尔娃蒂先溜走，等你气消了再来。

最后，我还想告诉你一件事。那些咒士还在修火神法。据说，他们在利用一种邪恶的仪式，派遣能主宰火大的恶魔。你一定要注意，晚上睡觉时，别睡得太死。门窗别关得太紧。屋里最好常备有一盆水。睡觉之前，一定要熄了屋里的明火，因为无论多邪恶的火神，他也得依托人间的明火作为种子或缘起，才能使出自己的邪恶咒力。

唉，自从跟了你，莎尔娃蒂的心便悬到嗓子眼里了……

4. 啸卷的情感

我思念的莎尔娃蒂，你情不自禁，泄露了爱的天机，我高兴还来不及呢，哪会埋怨你呢？那些字，就让它永远放着吧，充当我们相爱的证据。

我早上禅修之后，看了你的信，情不能抑，还是想给你写信了。没办法，此刻，这信硬要往外涌，我挡了几次，却压不住它那汹涌的势头，就只好随缘了。没办法。瞧，命运总是在某些时候裹挟了我，强迫我做一些在我的生命设计里不一定计划的事。

自遇到你至今，我一直在生命的诗意里浸泡着，熏熏似醉。也好，趁着自己有说话的欲望，说一些我该说的话吧。因为自打我踏上寻觅之路后，我很少有时间记录自己的行履。要是不趁着跟你有谈话欲望时写些东西，这世上，真没几个能了解我的人了。

我的记忆中，似乎很少有过苦难，真的——除了父亲的死给了我很大的刺激外，除了当本波法主前的那段必要的苦修外，我其实也在享受修行和寻觅的快乐。所以，虽然你也心疼我，但一般人眼中的苦难，在我看来却是享受。明白吗？

孤独倒真是有的。没办法，当你独上高峰，四顾无人时，当你发现黑云掩月时，你当然会感叹宇宙之大和人类之小的。真的，我真的感受到一种渗入骨髓的孤独。那是一种异常清醒的孤独，或是一种异常孤独的清醒。我虽然不想孤独，但那是没办法的事。就像我睁开了眼睛后，就再也不会泯灭那心灵的光明一样。我的明白使我有了一种看世界的别样目光。人间的一切都成了梦幻，我自己也老是消失于那梦幻光明之中。那种寂寞和孤独，给了我独有的智慧。在我历练人生的多年里，我从来不曾被一些时尚的垃圾湮没了心智。

但我没想到，遇到你之后，我竟然仍是被那种啸卷的情感裹挟了。虽然我老是用观想和持咒挤走它，但我的心里总是激荡着一种暗涌的激情。许多时候，我甚至总是在惊喜地迎合它。因为我明白，当我将那激情扩散至整个人类或是众生时，我的修行就有了另一种色彩。也许，这是命运对我的另一种恩赐吧。更也许，你是上天派来的。上天派了你来，对我进行着一种别样的救赎。

我一直想不通，我为什么会爱上你？从世俗的角度看，这真的很难理解。此刻，当我想到你时，仍是激情澎湃，不能自已。我想不明白，那个比木偶还要圣洁的女神究竟是靠啥打动我的？我只能归之于缘，或是命运对我的裹挟。此外，我真的说不清楚。因为我遇到过那么多美丽的女子，却总能把持住自己。可是，遇到你之后，却偏偏神魂颠倒了。我想，也许是你脸上的那份真诚、善良和质朴打动了我。你的身上，有一种无法掩饰的生命活力和透出毛孔的善良。在这个充满欲望的世界，很少见到有这种光彩的女子。当然，这并不是说你不食人间烟火。在遇到我以前，你也可能很功利地做过一些事，但我相信，至少在跟我相遇的那个生命时空里，你给了我全部的真诚和爱。这就够了。无论以后你我走多远，并不重要。许多时候，能感动自己并感动世界的，其实仅仅是几个细节而已。

我还是想告诉你，你也是个世界，是个同样能滋养我灵魂的世界，你千万不可以消解了你自己。你不可将那么大气的莎尔娃蒂，消解为一个尼泊尔小女人。要知道，你带给我的，除了那份醉人的诗意外，还有你所处的那个世界的所有信息。你的出现，以及跟你的接触，也许会成为我转向另一个世界的契机。因为，尼泊尔人和印度人也是人类，他们同样也面临着热恼和愚痴，也同样需要清凉，需要宽容，需要博爱，需要一份明白和超然。

我的莎尔娃蒂，你说对吗?

我真的很惊喜跟你的相爱。要知道，只有爱上一个女人后，才算真正跟她所在的那个空间和群体发生关系，才算有了一份牵挂和理解，才可能真正触摸到他们的灵魂。没有你，我也许真的会仅仅成为人们眼中的“琼波”瑜伽士的。对你的爱，肯定能使我超越地域的。

你说是吗?

我对琼波浪觉说，你的这封信，似乎不符合你的修为。此前，你在神庙工作时，已有了一份定力，在这信里，咋还会有这样的心思?

琼波浪觉长叹一声说，孩子，这一点，正体现了修行之难啊。修行如逆水行舟，不进则退，或时进时退。即使成了登地菩萨，到真正到达八地不动地之前，也是会时有反复的。那宿世的习气，会时时发动。清除那习气，很像你们剥洋葱，剥了一层，还会有一层，一层层剥下去，才会实现最后的清除。这世上，没有一悟即证果的佛。悟仅仅是入门，仅仅是发现方向，悟后的路还很漫长。真正的圣者便是沿着那条正确的路走下去的人。明白不?你不要嫌我的信长，也不要嫌它没有你期待的那种张牙舞爪的智慧。

要知道，一个人即使明白了，要真正实践那“明白”，也还是需要艰苦磨炼的。那些明白了吸烟之害的烟鬼，却总是很难戒烟。他们不是不想戒，而是身体不听话。同样，我虽然在神庙里经过了那番历练，但我并没有参破那个“情”字。这世上，最难破的，便是“情关”，所以古人说，英雄难过美人关。

5. 大迦叶的毕波罗洞

琼波浪觉与另一位上师的相遇，是在一个叫白跋罗的山上。山脚下，就是那个著名的温泉，泉水富含矿物质，能治疗风湿性关节炎。据说，佛陀也曾在这温泉中治疗关节炎。历史上的佛陀也会生病，除了关节炎，背疾也困扰了他一生。据说，这两种病都由坐禅引起。那背疾，类似于颈椎或是胸椎病，由长期宴坐引起。在《阿含经》中，我们会看到佛陀说，阿难，我背疼。每看到这些内容，我总是会热泪盈眶。我眼中的佛陀是觉者，无论他是否背疼，他都不会由觉返迷的。我们敬仰的，正是他的那份觉悟。

时下有许多迷乱的人，每每见到或是听说一些大德生病，便会丧失信心。他们并不知道，大德之所以称为“大”者，是其伟大的人格和觉悟的心。虽然他证得了智慧，但他的肉体仍是四大和合而成，四大仍会不调，色身也会生病。但他证得的那份觉悟，却不会因为生病而复归迷乱。同样，我们也不会因为佛陀曾在温泉中治疗他的关节炎而失去信仰。

琼波浪觉也在温泉里沐浴着。温暖的泉水荡漾着，化解着旅途的劳累。一想到佛陀也曾在池中沐浴，琼波浪觉便感到一种巨大的快乐。

一路行来，每次谈到王舍城，印度人提及时，并不因它曾是佛陀的弘化之地，而是它有这温泉。佛陀在王舍城的事迹，早从印度人的记忆中抹去了。琼波浪觉很是难受。但他明白，任何时候，充斥于时代的，总是混混，历史也并不因为混混人数众多，就将他们供奉于庙堂之上。虽然智者的数量不一定多，但历史上最耀目的，还是这类名字。

沐浴之后，琼波浪觉上了山。他要前往一个叫毕波罗的山洞，去拜访一位隐修的大德，他叫白比朗觉，是胜乐五尊法和红白空行母法的传承持有者。这山洞，据说是大迦叶年轻时的禅修之地。大迦叶是佛陀十大弟子之一，名字叫毕波罗，山洞便以此得名。大迦叶生于富豪家庭，自小便崇尚出离，一心追求解脱，遵父母之命娶妻之后，夫妇二人仍是立志清修，并无俗乐，后相约出家。大迦叶便在此山洞中清修多年。后来，他遇到佛陀，得悟正道，并将俗家时的妻子也带入僧团，得证阿罗汉果。

琼波浪觉一向对大迦叶十分敬仰，大迦叶号称苦行第一，终生持头陀行，住野外冢间，穿扫粪衣，日中一食。因为常年苦行，大迦叶形貌褴褛，常遭年轻的比丘耻笑，每闻此言，佛陀总是赞叹大迦叶。大迦叶是佛陀教法的默默实践者，他不善交游，一生离群索居，专事清修，赢得千古敬仰。

白比朗觉虽然也喜欢离群索居，但对琼波浪觉的到来仍表现出极大的欢喜，他说琼波浪觉是他的具缘弟子，他一直在等他。琼波浪觉给他供养了七两黄金，白比朗觉便给他传了胜乐五尊法和红白空行母法。这法门，后来融入香巴噶举的智慧大海，笔者也成了受益者。

然后，白比朗觉对琼波浪觉说，你发心很好，广学圣法，但记住，对于证悟来说，清修是必需的。从了义上来说，菩提心是热爱众生，出离心是远离人群，二者并不矛盾。

最后，白比朗觉给琼波浪觉诵了一偈："迦叶托钵还，独自登上山，身心无恐怖，清净修禅观。山深无人迹，野兽常聚集，群鸟齐翱翔，我心常欢喜。人当独自居，不宜为群聚。群居心烦乱，难得清净智。应酬在世间，疲累亦无益，既知如此意，不喜与人居。"他说，此偈是大迦叶作的。正因为大迦叶终年清修，积累了实力，他才有能力完成佛教经典的第一次结集。

师徒二人出了毕波罗山洞，继续上行。山上有许多小寺庙，色彩灰白，造型质朴，里面的行者大多裸体，他们是耆那教的信仰者。耆那教中，有一派叫天衣派，认为应舍弃世上万物，做到真正的了无牵挂后，才能得到究竟解脱。这衣服，当然也在舍弃之列。耆那教历史悠久，其教主尼乾子跟佛生在同一时代，曾得到佛陀的赞叹，但耆那教是佛教在王舍城主要的竞争对手，因崇尚苦行，为世人所重。那时，教派之争很是残酷，佛陀的大弟子目犍连尊者就被裸衣外道乱石砸死。耆那教的影响一直延续了数千年，至今仍有极大影响。唐朝玄奘大师赴印度取经时，也曾朝拜此山。那时，他也发现山上有许多耆那教的小庙，这一点，在《大唐西域记》中有相应记载。

琼波浪觉一向对各种宗教都很尊重。他认为，只要是善法，都是值得尊敬的。他进了小寺庙，双手合十，对供奉在神龛中的圣像们表达了敬意。

6. 沧桑七叶窟

再上行，沿石阶而下，便到达山壁后面的平台上，平台呈长方形，山下风光，一览无余，很是辽阔。

白比朗觉指着左边的几个洞窟说，你猜猜看，这是啥地方?

琼波浪觉说：莫非，这便是七叶窟?

他老早就听说七叶窟。这是个如雷贯耳的所在，佛教的第一次经典结集，就是在七叶窟里。但他不敢相信，七叶窟会如此破败。洞中散发出潮湿的恶臭，依稀能辨出是蝙蝠的粪便味。

白比朗觉怅然笑道，是的，这便是七叶窟。瞧，世事真是无常，这便是那个名震天下的所在。千年前的那时，这儿挤满了阿罗汉们，现在，那七叶树也没了，洞中只剩下蝙蝠。他的声音里，溢满了浓浓的沧桑。

琼波浪觉恍若入梦。他读过《阿含经》，知道正是在七叶窟里，才结集了后来的《阿含经》。《阿含经》虽被认为是小乘经典，但琼波浪觉一向很喜欢它的质朴。他知道，一些信奉小乘教法的教派只承认《阿含经》。

白比朗觉说，佛陀圆寂后，一些恶比丘幸灾乐祸地说，以前，我们被这个大沙门管得死死的，这下，没人再管我们了。大迦叶闻听此言，觉得事态很严重，要是他继续离群索居的话，佛陀的教法，会毁在那些恶比丘手中。于是，他召集五百位大阿罗汉，在这七叶窟里，进行第一次经典结集。

第一次经典结集时，由阿难诵经，优波离诵律，经诸大阿罗汉确证无疑后，才形成定式。当时的经典并没有形成文字，只是由各大阿罗汉凭记忆完成，再口传于诸弟子。

首次结集历时三个月，其经费便由那个弑父后改邪归正的阿阇世王提供。

站在七叶窟前，琼波浪觉心潮澎湃，他仿佛听到了阿罗汉们的诵经声。其情形，很像是雨后众蛙齐鸣，那是清凉的正法之声，它穿越了历史的烟云，响彻了几千年。

7. 明空赤露的觉性

白比朗觉还专门为琼波浪觉开示了觉性。他说，那佛教经藏，虽浩如烟海，汗牛充栋，但究其根本，离不开空性觉智。

那觉性、空性是自然智，是一切法的根本。

所谓觉悟，就是了悟那明空的觉性，并赤露于当下。所谓轮回，即是不明那明空觉性，由分别生起无明，迷途难返。

情器世界的一切现象都不离空性，那境相空寂是究竟的法界之理。觉性之体如虚空一样，那断常有无四边，都是戏言，要远离它。诸相觉性二者无别，本是一味，圆融无碍。即使万物万象演戏般热闹，那唯一的觉性，也在大平等中无有动摇。外境显现的一切法皆是本觉之光，你要明白它们本质上仍是无生无灭的，要远离离异之分别心，舍弃求取之执著心。外不索求，内不愚痴，觉性赤露，遂无能取之心。要明白，觉性无体，离言绝思，虽现一切，却无动摇。要明白，那外境即心体，心用即外境，二者本无别，这便是唯一绝对之意。

既然知道了境心一味，都是自然智慧的显现，那么，解脱迷悟便如水波，波静为水，水动为波，波水不一，便了知解脱，其实是自然智慧之游戏。只要动静不二，不离空性，不离悟境，境心不二，无取无舍，就自然解脱了。

你一定要在行住坐卧十二时中，洞悉诸法不离觉性，所有显现都是觉性本体之显现，觉性如大海，显现似浪花，由体而生用，体用不相异。凡所显现，皆是觉性本体的显现，三有轮涅，无不是觉性折射的影子。除了此觉性，并无余法可得。

那觉性无有始终，无有起灭，直到轮回未空，觉性毫不变异，亦无生灭。只要你守定那明空赤露的觉性，远离能所之执，明所取外境，体性本空，只是觉性显现，更要明白能取心亦是空的，那所谓的觉性觉醒也了不可得。这样，你便远离了边执，做到能所俱空，分别心随之消失，清净犹如虚空。那种觉受是很难用语言来形容的，它超越诠表，远离言说，无生无灭。虽有觉悟之说，但即使在所谓的悟后，那觉性也不会因悟而增，不会因迷而减；也不会因喜而多，不会因忧而少。悟前与悟后，那觉性并无差别，在圣不增，在凡不减。

总之，大手印的觉性是无生无灭的，它形相无实，性果无修。它本来清净，无垢无染，不生不灭，不增不减，本自元成，非由人造。虽无自性，却能任运成就各种妙德，任运成就诸种法界。它圆融无碍，非断非常，性相如虚空，广阔湛然，无有边际。它的体性是明空赤露的，犹如金刚持的博大心胸，是很难用言语诠表的。

临别时，白比朗觉又说，那烂陀寺离此不远，你要是有兴趣，可以前去。那儿有我的朋友德维多吉，他是个大班智达，你不会失望的。

8. 那烂陀寺的辉煌

出了王舍城，北行一日，便到了那烂陀寺。那烂陀寺是当时印度最著名的佛教大学，建筑宏伟，十分辉煌。琼波浪觉到达那烂陀寺的时候，那烂陀寺约有教授师两千人，僧侣上万人。寺内流派林立，共存共荣，虽时有辩论，但多能相安。

据说，那烂陀的本意是“赐予莲花”的意思，这里的莲花代指智慧；另有一说是：那烂陀的音译意是“施无厌”的意思，曾为一国王的名字，他乐善好施，寺遂以名。

历代国王对那烂陀寺都十分护持，赐以一百多个村庄的土地，以收田赋。此外，再令周围二百多户村民每日供奉寺里的日用。以此厚供，寺中僧侣不用托钵行乞，遂有时间钻研经典。寺中学风，闻名遐迩。

当时，印度仍盛行辩论，各教派之间，时有辩论，那烂陀便成为众矢之的。连看门的僧侣也很是善辩，前来挑衅者，往往没能入门，便落荒而逃了。

那烂陀寺中班智达很多，但德维多吉名气很大，因为他既是班智达，又是大成就者，前来求法者很多。

德维多吉住在寺院东区，西区多塔林，其中就有佛陀的大弟子舍利弗的舍利塔。这儿距舍利弗的家乡优波提舍村很近。目犍连尊者的家乡拘律迦村也在寺院附近。有学者称，那烂陀寺就是围绕舍利弗塔渐渐扩建而成的。

德维多吉的住处很豪华，除了得到求法者的大量供养外，寺里每天还给他供三升“供大人米”，这是专门供养国王和大德的一种大米，米粒大似乌豆，很是香美。寺里的所有法师都能得到这种米。

琼波浪觉给德维多吉供养了黄金十三两，求到了“阎曼德迦”等阎摩敌法类。

灌顶之后，德维多吉带领琼波浪觉参观了那烂陀寺藏经楼。寺里有三个藏经楼，分别名为宝彩、宝海和宝洋，共有藏书九百多万册。那宝洋高达九层楼，一进入其中，人顿感渺小。琼波浪觉想，就算我穷一生精力，又能从印度取回多少智慧之火呀？

琼波浪觉参加了寺院的学习。与其说是学习，还不如说他是在感受一种氛围。他发现，辩论之风甚至在课堂上也盛行着。寺院虽然迎接了大大小小的挑战者，而且大多以胜利告终，但在一百多年前，有两个婆罗门教大师横扫印度的佛教徒时，那烂陀寺也没能取胜。寺僧们都忘不了那两个名字，那是弥曼差派的鸠摩利罗和吠檀多学派的商羯罗。他们在客观上振兴了婆罗门教，因为自那以后，佛教就从民间退回到了寺院。活跃在人间的，是新婆罗门教。

听了一段时间的课后，琼波浪觉渐生厌离之感。他发现，寺僧的学习已偏离了佛教本有的质朴，趋入了深奥的思辨。其深奥程度，穷一生心力也未必能精通。更令他不解的是，那些精通思辨之学的班智达，并没有离欲。精深的学问并没有使他们得到清凉的涅槃之乐。有时，为了争一个相对高一些的位置，他们费尽了心机。

这天，他向德维多吉说出了自己的不解。德维多吉笑道，这是个悖论，作为一个教派，没有自己的精深理论，毕竟不是件好事；但若是深陷于理论之中，也会远离宗教本有的精神。

他叹道，佛教之所以到今天的地步，从很大程度上说，陷入了玄学思辨是原因之一。那些老百姓，哪有时间去研究因明学呀。宗教的真正目的是解脱，而不是研究学问。

德维多吉说，现在，只有那烂陀寺这样的地方，佛教的火炬还在燃烧。但是，它究竟能燃烧多久？

9. 顽皮的沙弥

这天，琼波浪觉走出寺院。他已经完全领会了德维多吉教授的密法。他的目的是学习密法，对那些深奥的理论，他不感兴趣。他想，人生苦短，要是陷入复杂的经论而不去实修，是不可能离苦得乐的。

他发现了两个前来乞食的婆罗门。此时，婆罗门教已实现了自己的中兴，已成为活的宗教。老百姓对婆罗门都很尊崇，婆罗门的教义和行为规范已经渗入了百姓的生活。

那两个年老的婆罗门看来崇尚苦行，他们衣衫褴褛，骨瘦如柴。有几个百姓都往他们的钵中放了几块食物。忽然，几个顽皮的沙弥跑了过来，打翻了他们的钵。食物滚入土中。

琼波浪觉知道这是他们的老师教育的结果。寺里有些偏激的法师，总是用污辱的语气谈论婆罗门教。他们老是激励弟子们勤奋学习，以便将来再跟婆罗门教进行一场殊死的较量。

那两个年老的婆罗门很生气，各拽了两个沙弥，要进那烂陀寺找他们的老师说理。看门人不让他们进。双方开始了口角之争，看门人口齿伶俐，将婆罗门辩得哑口无言。看到对方输了，一些沙弥端了污水，泼了婆罗门一身。

一位婆罗门愤愤地说，我们辩不过你们，我们请梵天惩罚你们。

他们找来许多木柴，就在寺院周围做起了火祭。

表面看来，那两个婆罗门做的仅仅是寻常的火祭。他们筑了火坛，燃了柴，边持咒，边往火中撒一些粮食。琼波浪觉也常做这样的火祭。火祭是护摩的一种，在修道者看来，是很寻常的。于是，沙弥们嘻嘻哈哈，看了一阵，都进寺去了。

琼波浪觉虽同情那两个婆罗门，但他毕竟是客人，不好说啥，便进了寺院。他对德维多吉谈了这事。德维多吉说，他们不从自身找原因，怨人家干啥？你就是把婆罗门全杀了，老百姓照样听不懂你的思辨。

德维多吉忧心忡忡。他说，照这样下去，他们迟早会闯祸的。

琼波浪觉忽然想到了莎尔娃蒂的上一封信，信中说那些咒士们正在修火神法，说要派遣能主宰火大的魔来制造麻烦。

他就告诉了德维多吉。

德维多吉入定观察许久，却只是长叹一声。

10. 飞来的大火

琼波浪觉想不到，那场大火会来得这样快。半夜时分，他忽然听到一阵喊声。睁开眼，发现火光已照亮了墙壁。他叫醒德维多吉，两人连忙出了房门，发现多处地方已燃起大火，火光冲天。僧人们乱成一团，有的泼水，有的乱叫，有的四下里乱窜。仍有火把从寺外飞来，有个声音在叫：梵天呀，烧了这些不信神的人吧。

琼波浪觉不知道，这火，是那两个婆罗门放的，还是由那些修火神法的咒士的咒力所致。从外相上看当然是前者，但许多时候，外相的背后，还会有一种神秘的力量。虽然他不能确定是后者，但还是有些难受。

火一团团地从寺外飞来，多处大殿房屋起火了。寺院房舍多木制，一座起火，便四面蔓延了。

大火冲天，火光映红了那座九层高的藏经阁。琼波浪觉想，千万别引燃那楼。记得，里面所藏，多是稀世珍本，有的还是以手抄本的形式保存的，一旦被毁，损失是无法挽回的。在他的提醒下，德维多吉派了一班弟子，前去保护宝洋藏经楼。琼波浪觉也提了个水桶，但苦于不熟悉地形，无处取水。

寺院里喊声一片，一些僧侣已捞了木棒，出了寺院，去寻那两个放火的婆罗门。想来那两人打定了赴死的主意，据说僧人们赶到时，他们仍在往寺里的建筑物上扔火把。僧人们赶到时，他们也不想逃跑。一阵呼啸之后，两人便血肉模糊了。

但大火已经很难控制了。在大德们的组织下，僧侣虽泼水不止，但大火还是以不可遏制之势扑向那些在火光中颤抖的木雕。

火光中，哭声震天。

大火烧了好几天，许多大殿化成了灰烬。不少僧侣也丧身于火海之中，整个那烂陀寺一片狼藉。

最叫琼波浪觉可惜的，是那九层藏经楼，数百万册的珍奇书籍变成火光中纷飞的浓烟。

那时节，琼波浪觉并不知道，二百多年之后，还会有一场更大的火，要将这那烂陀寺烧为平地呢。此后，印度大地上，就很难听到纯正的佛教经声了。不过，当时跟那烂陀寺一同化为灰烬的，也有千千万万的印度教寺院。印度教尊崇的梵天也没有救下供奉他的寺庙。跟佛教不同的是，因为印度教已经成为印度人生命中不可或缺的部分，待得那大火一熄，它便在黑墟上吐出了新绿，并以顽强的生命蔓延至整个印度大陆。而佛教，则随着那些高深典籍的被焚，退出了印度人的生活。

就在琼波浪觉凭吊那些焦土的时候，灵鸽又找到了他。

第十六章　司卡史德的考题

1. 婴儿长寿膏

亲爱的琼，中午本不打算写信的，但实在难受得紧。

早上我还高兴，正幻想跟你相聚的时候，却听说了一件事：那些咒士们说，按他们的观察标准，火神法已起了作用，我很担心你。请你务必回信一封。

行咒之余，咒士们为了自己的长寿，竟买来婴儿熬成汤，去炼制一种长寿药膏。我难受极了，倒锁了房门，止不住流泪了。

我只是一个女人，听到这种事真的难受得无法形容。库玛丽说，她虽然也把人心想得很坏，但没有想到竟会坏到这种程度。经过了数千年的历史长河，人类的秉性似乎真的没有改变过。真的不知他们这样的修行有什么意义？你说过：人心不变，是不可能改变命运的。所谓历史，只是周而复始地重复悲剧而已。我不由得为人类哭泣了。我对寄托了无限美好梦想的那些首饰也厌倦了。如果能换回婴儿的生命，我将非常快乐地舍弃它们。我在赎罪。我也是人，也是女人。

我经常为自己的麻木难过，今天却又一次被震撼了。唤醒人心是我们唯一值得用生命去做的事，但也是最艰难的事。而且，正如你以前指出我的狼孩性一样，我知道，一切的改变，首先要从自己开始。实际行动比啥都重要。

今后，凡属于我个人的财物，除了供养父母终老外，我要全部用于你救赎人心的行动中。我已经开始了实施。我将托付两个人，一个是在位的女神，她视我为亲姐姐；另一个便是库玛丽。万一我有啥不测，你就去找她们。我会安排好一切的。

我想，明白了，就要去做，而不是发牢骚或是指责别人。世上不缺发牢骚的人，最缺的是不断修正自己行为的人。要想改变别人，先从改变自己开始。

这不是说我要成为女菩萨。我无所求。我没有什么流芳百世的理想，我只是看到这些现象极端难过，它残忍地毁掉了我的幸福感、快乐感，增加了我的不安感、罪孽感、毁灭感。我一定要找回我的快乐、幸福、安宁。

而且，我还担心，我们的爱，会不会让我沉溺于个人的幸福中，变得愈加麻木？

你要经常帮我保持警醒，否则我会后悔的。

以后我都吃素了。上次祖母去世，我素食，只是一种礼节。而现在，我确实咽不下肉食了。我想到那些死去的婴儿，觉得他们就是我的母亲，他们就是我的孩子，他们就是我自己。

晚上我会沐浴后诵《金刚经》，愿他们安息，愿他们转世幸福。

2. 终极意义

我思念的莎尔娃蒂，也许是那些咒士的咒术灵验了，我倒是真的遭遇了一场大火，烧了世间许多珍奇，我自己倒安然无恙。

我正难受呢！

你一说，我越加歉疚了。我想，我真是一个不吉祥的人。我要是不去那烂陀寺的话，也许就不会有这场火灾。

你曾说你要追问女人生存的终极意义，比如智慧和自由。是的，你需要智慧，就是你应该明白如何真正地去爱一个值得你爱的人。你也需要自由，那就是最大可能地跟你的爱人生死与共相亲相爱。此外，是无所谓终极意义的。因为无论你如何努力，也无法跟死亡和无常较量的。因为你以前当女神时的话里，充满了假话和套话，才从口中吐出，就已经变成了垃圾。你为之效力的女神庙，也同样被无常吞噬着。

你想，连那烂陀寺的藏经楼都在一片烈火中化为灰烬，世上还有啥不变的呢？

百十年后，包括你房间在内的那么多打着你父亲印记的建筑物都会被推倒重建的。那时，你的家族可能没了，你也没了，啥都没了。你的那些财富，早叫人挥霍一空。在那片废墟上，也许会有一些人骂娘，会有一些人歌唱，会有另一些人捶胸顿足。许多曾自以为是的人们，都变成了一堆堆骨头，化成了一个个终究会被岁月掩埋的符号。

那时，琼波巴传承的智慧却肯定会留在世上，继续滋养下一代的人类。

3. 专要金子的乞丐

大火之后，我又病了好几个月。我不知道那病的由来，是可惜那藏书楼呢，还是真的被那些咒士的诅咒所致？反正，在好几个月里，我一直在发烧，烧得很厉害。我的眼前，老是出现那可怕的火，火中有无数的魔脸。他们真的在吸我的血。听一位小和尚说，我常常在深夜里大叫，时不时还赤红了脸，疯子般狂呼不已。为了治我的病，寺里想了好多办法，单是那《奶格玛吉祥经》，就为我诵了七天，还做了许多降魔火供。

后来，我的神志才渐渐清醒了，身体也好了些。

一天，我正在寺院外边晒太阳，司卡史德找到了我。开初，我并不知道那是司卡史德，因为我看到的是个老乞婆，丑陋之极。她的身上背满了疙里疙瘩的东西，有破布，有棉絮，更多的是些古里古怪叫不上名字的。因为许久没洗脸了，污垢已经掩盖了她的本来面目，但依稀还能看出她是个女人。

我习惯于布施所有的行乞者，就给了她一点碎银。没想到，她竟将碎银扔到地上，气冲冲道：这点银子，你也能拿得出手？

几位僧人大笑。我的脸涨得通红。我还从来没有碰到过这样的乞婆。于是，我又掏出几块银子，给了她。哪知，她又将银子扔出老远，粗声粗气地说，我不要银子，我要金子。

哈，专要金子的乞丐。一个小和尚笑道。

我脑中灵光一闪，这才发现那乞婆身上有一种我很熟悉的东西。我认真地打量了一番，但发现除了那黑白分明的眼睛外，实在看不出她跟一般乞丐有哪些不同。这是个很老的女人，至少有六十多岁，清瘦、肮脏，头发如风中的秋草般枯黄，而且沾了许多说不清的脏物。她的脸上麻满垢甲，看不到肉色。身上的那堆破物倒跟她的形貌浑然一体，构成了典型的乞丐特征。于是，我想，这也许是个疯婆子。我不是在行菩萨道吗？有的菩萨在众生索要眼珠时，都能布施给他们，我难道舍不得一点金子？

我取出一块金子，给了那乞婆。

我听到乞婆咕哝了一句：这才像话。

我正要转身离开，又听得她说，跟我走。说完，她先走了。

从那句“跟我走”中，我清晰地听出了司卡史德的味道，心一阵狂跳。但疑惑那天人般美貌的女子，为何成了这般模样？正疑惑呢，传来那女子的呵斥：你发啥呆？你还想叫我卖你不成？

这一来，我不再疑惑，只给相熟的小和尚交代一句，叫他给上师带个话，说我过些时来取经书和其他东西。

那小和尚不解地问：咋？你要跟那老乞婆走？

我笑道，她呀，也是我的上师。

4. 我究竟是美是丑？

追了许久，我终于追上了司卡史德。女子嗔道：你不是了无牵挂吗？说那么多废话干啥？要是你此刻往生，莫非也这样不成？这时，你便明白了什么是物累了吧。世上所有的财物，都是障碍解脱的东西。你连那点东西都放不下，还修啥行？

我解释道，我放不下的，是那些经典。我要将它们带回藏地。

女子冷笑道，那经典的目的，还不是为了叫你放下？要是你连它们都放不下，它不成你的累赘了吗？要它干啥？

我不敢再辩解。我很怕她。以前，她那么美貌时，我都怕她，此刻更怕了。瞅个空子，我偷窥了一眼，发现除了声音外，她一点也没有司卡史德曾有的那种美丽。我想，真是怪，以前，是不是我看错她了？

这一想，司卡史德冷笑了。是呀，你以前执幻为实，现在更是认假成真了。以前的美貌掩盖了鼻中之涕、肠中之便、肤下之脓血，你便认为它美；现在的污垢，掩盖了我身上之美德，掩盖了心中之大愿，掩盖了我的智慧和慈悲，你便觉得我丑陋不堪了。你说，我究竟是美是丑？

我连忙道：美，当然美呀。

女子说：真的美吗？

当然当然。

好的。那我要你娶我。成不？

我一听，吓坏了。我说不成不成，我是受过戒的。

司卡史德冷笑道，你不就受了沙弥戒吗？你连身口意都供养我了，还放不下啥戒？

我觉得舌头一下子干了，不知如何作答。

司卡史德说，你是不是嫌我又老又丑又脏？

我连忙摇头，不是不是。

那你是答应了？

不！不！

你的身口意不是都供我了吗？变卦了？

我的头上冒出汗来。一种奇怪的嗡嗡声从脑中响起。我想，我咋能娶她？却又想，我不是将身口意都供养她了吗？她即使叫我死，我也得死呀。

你仔细看着我。司卡史德说。

我擦擦头上的汗，抬起头，望司卡史德。这一望，我越加心寒了。这哪是当初我看到的那个美丽的空行母呀，明明是个肮脏的老乞婆。她的眼中透出两道刻毒的光，仿佛我的犹豫，对她构成了巨大的污辱似的。

女子道，发了菩萨愿的人，哪怕我要你的眼珠你也得布施，何况我只是叫你娶我而已。你这号人，发那些愿，有啥意义？

我想，就是，佛陀都舍身饲虎呢。我为自己的犹豫惭愧了，便说，好的。我娶你。

那乞婆却冷笑道，晚了。你错过了缘起。

5. 欢快的火蛇

到了檀香林，司卡史德隐入林中。我发现，檀香林又变了。我发现檀香林老是在变。我想，也许是我的心变了。细想来，近些日子，倒真是经历了太多的事，尤其是神庙的经历，对心的历练，无异于脱胎换骨了。但想到方才的犹豫，仍有点自责。我想，空行母骂得对，我的犹豫，其实仍是分别心在作怪。要是她仍有以前那般美丽的外表，我犹豫不？

正自责呢，司卡史德出了树林。我眼前一亮。我看到的司卡史德，仍像以前那样亮丽，回眸一笑，林中生辉。我的心有些摇动。我想，她还会不会叫我娶她？

哪知，我心念一动，空行母已知晓了。她冷笑道：同样是那个人，外表换了，你的心也换了。莫非你的心，全是由我的外表控制？你在神庙的那一年，白待了吗？

我赧然无语。

司卡史德道，修行其实是在修心，心不变，所有的修都没有意义。哪怕你咒子念上千万，观修几万座，心性没变，你的修只是欺骗自己而已。

又说，要是你刚才毫不犹豫地说娶我，我可以在一夜间叫你证悟。但你坏了缘起，好好忏悔吧。

我懊恼极了。我想，我真是昏了头，我明明知道她是空行母，为啥被那恶心的外表搅乱了心呢？

司卡史德说，跟那个卢伊巴一样，你有着上上的根器和通天的福报，只是因为你的分别心作怪，你的心轮上尚有污染。虽然在神庙的一年里，你有了很大的进步，但尚有许多习气有待于清除。

走吧。她说。

去哪里？我问。

想去哪儿，就去哪儿。

空行母说完，便径自走了。我跟在后面。一路无话。到了另一静处，见几人正在火祭，他们边持咒，边抓了五谷，一把把撒入火中。司卡史德驻足了，望着我似笑非笑，许久才问：我叫你娶我，你不娶。现在，我让你跳火坛，敢不？

我正懊悔自己当初的犹豫，一见空行母又要考验我，便说：咋不敢？

那就跳吧。司卡史德仍是似笑非笑。

我走向火坛。那几个行者不解地望着我。

才近火坛，我就感受到一股扑面而来的热浪。我仔细观察火坛，见只是在地上垒些土坯，再架以柴火而已，真要是跳入，倒也无生命危险。不过，烫伤是肯定的。正打量呢，听得司卡史德又说了，咋？你是不是又生退转心了？

我回首一笑，哪里呀。我想，就算烧死，也没啥的，权当供养了上师。我一猛心，便跳入火坛了。我感受到一股焦热的灰扑鼻而来，然后是烟。开初，我还没有感受到热，因为那火坛并不大，我身子重，反倒将火焰压熄了。浓烟四起。一人惊叫，你干啥？你咋弄熄了我的火坛？另一人道，莫非你想供养梵天？

浓烟随了那灰，扑了过来，呛得我连连咳嗽，泪水迷蒙了双眼。我只觉得鼻腔酸涩，倒没觉出烫来。不过，那火焰虽熄，火子儿却继续发挥着余热，很快便烧穿了我的衣裤。几条火蛇钻入体内，欢快地游着，咬得我遍体灼痛。

一个行者过来，气急败坏地叫，出来，出来，要死你到别处死去。说着，另两人上来，不由分说，抬起我，扔出老远。

我被摔得头晕眼花，耳鸣不已。背部仍有灼痛，估计衣服仍在燃烧，便索性打了几个滚。地上到处是塘土，虽然弄得遍身是土，但那火想来是熄了。才爬起，又听到司卡史德的声音：

你为啥选小火坛跳呢？这不是等于选了个水盆去投水吗？

我站起身，我想我一定很狼狈。鼻腔仍是很酸，眼泪也在流，但心里却很高兴，因为我毕竟战胜了自己。我想，那火坛虽小，却也不是谁想跳就敢跳的。从司卡史德的语气里，我还是听出了一点儿满意。抬眼望她，却见她仍是一脸的不屑。

那个行者仍在骂着。听那话的内容，是他们正修增业火供求长寿呢，叫我这一闹，说是坏了缘起。按禁忌的说法，他们的将来说不定有寿难呢。

司卡史德又说，成了成了。虽然你选了个小火坛，也算你没有悖我的意。呵呵，这下，你也比那乞婆好不了多少。

我当然明白自己狼狈在何处：我的头发被火燎了，衣服背部有好几处焦洞，衣裤上沾满了塘土和黑灰，鼻涕眼泪在脸上流溢不已……一想这窘相，我忍俊不禁了。

6. 梵天的大口

我们继续前行。司卡史德却仍在絮叨：那火坛虽然跳了，但算不得你有信心。因为那火坛太小，你一压就熄了。我发现你还是有心机的，你明明知道没有危险，却装出一副大义凛然的模样，你的心机倒不少。

我知道她在调伏我的心性，也由了她说，心中不生一点嗔恨。

哼，你以为我不知道你心里的那点小九九？你看起来很老实，其实一点也不。你瞧人家那诺巴，上师叫他从山上往下跳，他明知会摔得粉身碎骨，也还是跳了下去。人家可没选个矮一点的地方跳，你倒好，瞧，那儿共有三个火祭的，你为啥不选那个大的火坛，偏偏选那个小的。才跳进去，火就熄了。我本想叫你变成焦棍，哪知，你连块皮也没有烧坏。

我说，谁说没烧坏？瞧。我一捋袖子，指着一处烧伤说，这儿都烧烂了。

司卡史德冷笑道，那也算烂呀？要是烧破那么一点儿皮，就能得到无上密法，那诺巴还用大死十二次？

我说，还有背上的烧伤呢。

司卡史德说，哪怕你烧上一百处，你的跳，跟人家那诺巴的跳还是有天地之差。人家抱了必死之心，明知粉身碎骨，也义无反顾。而你，哼，不过投机取巧而已。

我说，那我再选个大些的跳。我四下里望望，见不远处有几十个人正围个大火坛祭梵天，便跑了过去。司卡史德也不阻拦。

因为火是梵天的口，那些祭品里有好多东西，物多火大，火焰冲天。我想，要是这次一跳，活的希望不大。心中不免忐忑，觉得自己没有证得无上正觉就死了，等于白来这世上一趟。佛说一失人身，万劫不复，真要是死了，倒也不是好事。我回头望望司卡史德，希望她劝阻一下，我也好顺坡下驴。因为表示虔诚的方式有千万种，也不一定非要烧死呀。哪知，司卡史德一见我回望，却扬声喊道，跳呀，就跳这个。我哭笑不得，想，她这模样，哪像个圣者空行母，明明是个刁钻古怪的丫头啊。

那就跳吧。别叫她真以为我在投机取巧。

哪知，越到近前，越发现那火大得邪乎。因为有人用檀香木供梵天，那火一燃起，就很是硬朗，火光凌厉之极，呼呼声响逾天地。虽也有人将羊肉之类投入，但连那嗞嗞声也听不到，肉仿佛直接化成了火焰。我想，要是我跳进去，真是没救的。

我有些害怕，但开弓没有回头箭，只好靠近那火。

火真是大。我的脸已非常灼热了。虽然距那火坛有些距离，但滚滚热浪，还是受不了。那热浪潮水般鼓荡不已。火坛中的火已呈白光状，眼见是温度极高，而那些供者仍将绸缎之类投入坛中，供物尚未落入坛中，就被火舌卷了去。

我想，我怕是不敢跳了。又想，这阵候，就算有人来救，那肉皮也会给燎尽了。

再望望司卡史德，我想，哪怕她暗示一下，我也就有个台阶了。但司卡史德仍在冷笑。

跳吧。我想。人家那诺巴能做到的，我也能做到。

到了坛边，我蓄势欲跳。才弯了腿，便觉一股大力将自己卷起，身子旋风般飞起，待得明白过来，已躺在一处坡下了。

爬起来，见一人指了我骂：你想死的话，到别处去。我这儿，是祭梵天的圣坛，不是化尸炉。

另一人也道，要是你洗得干干净净地来，也成哩，我就将你当成猪呀羊呀的祭品，投进火里供梵天。现在，瞧你那乞丐相，我一见都恶心，别说人家梵天。

又一人道，就是。要不是你方才弄熄了人家火坛，我们还不会提防呢。我瞧你鬼鬼祟祟猫颠狗蹿地上来，就知道你没安好心。你要是想供梵天，成哩，回去后，先斋戒几日，再烧了热汤沐浴几十遍，再择个吉日找我，我成全你。

我叫那冷不防一摔，直摔得一佛出世，二佛升天，再叫人家酸里甜里地抢白了一番，也不知如何作答。想见得再跳火坛，人家还会摔第二次，就回到司卡史德身边，心想，反正我跳也跳了，没跳成是因缘不俱足，看你咋说?

看来司卡史德要成心气我，又冷笑道，你要是真跳，咋那么磨蹭? 你是成心等人家来摔你呀。哪有你这号人，瞧人家那诺巴，明知下面的陷阱里有尖竹子，上师叫他跳，他不是马上就跳了？虽然竹竿穿身，也不生悔心。你倒好，做事总是留有余地。

空行母说的当然是实情，在通往火坛的路上，我确实犹豫过，便心生惭愧，不敢辩解，只觉得脸一下子烧了。

司卡史德冷笑不已。

7. 你通晓密法的密义吗?

我们离开寒林，继续前行。我仍是惭愧不已，老拿自己跟那诺巴比，每次比较，我都暗生惭愧。

司卡史德说，瞧人家那诺巴，在那烂陀寺当大班智达，说破了执著，就破了执著，扔了那惊天动地的名声，扔了那贵比国王的身份，扔了那成山的供养，扔了那安逸的环境，去拜一个榨芝麻的苦力为师。而你，不过当过本波的法师，就能贡高我慢?

我虽没贡高我慢之心，但还是不敢犟嘴。

司卡史德说，当初，那诺巴名满天下，三藏十二部都十分精通了，就主持了那烂陀寺，每天给那些学者呀和尚呀上课。一天，他走出寺外，见到一个乞婆，那人问：那诺巴呀，你是否通晓了经典？那诺巴说，通晓了。乞婆便笑了，手舞足蹈，很是欢喜；然后，她又问：那诺巴，你通晓经典后面的密义吗？那诺巴说，当然通晓。乞婆便哭了，说想不到，名扬天下的那诺巴也会骗人。那诺巴知道她是空行母化现，连忙跪而求问：当今天下，谁能通晓经典后面的密义？那乞婆道，谛诺巴。那诺巴问：谛诺巴是谁？乞婆说：某地某村某个角落里的一个榨油匠，专以榨芝麻为生。你愿找他去吗？

就这样，那诺巴就扔了那显赫的地位和通天的名声，去找一个名不见经传的榨芝麻的人。你猜谛诺巴咋说？他说，我的教法，是狮子乳，是不能倒入你这尿壶的，坚决不给他传法。后来，那诺巴经历了十二次大死，十二次小死，历经千辛万苦，谛诺巴才在恒河边给他传了大手印，人们便称之为恒河大手印。

司卡史德问：现在，我问你，你通晓经典的密义吗？

我不敢作答。

司卡史德又问，你拜了那么多上师，求了那么多密法，那么我问你，你通晓密法的密义吗？

我想了想说：我不敢说我通晓，但也不敢说自己不通晓。说通晓不对，说不通晓也不对。不过我想，毕竟，我得到了那么多的传承，我想，我也算多少知道一些密义吧。

司卡史德问，那么，请告诉我，什么是密法的密义？

我觉得这问题不难，但待得要回答，却无处着力了。

司卡史德又冷笑了。她耸耸鼻头，说，你以为，得到一些仪轨，就是得到了密法的密义，错了。那所有仪轨，仅仅是通往那密义的一条小径。永远记住，路就是路，路不是目的地。

那么，目的地是什么？

司卡史德只是微微一笑。

8. 可怖的疯象

正说话间，忽听有人喊叫，其声可怖瘆人。我抬头，见一疯象，正猛冲而来。印度象多，时见疯象。疯象有两种，一种是真的神经错乱的疯象，这号象，大多被宰杀了；另一种是发情的公象，它们平时倒也驯顺，可一到发情期，便野性勃发，四处寻觅母象，要是找不到母象，它们便胡乱追人，有时也会压人、踩人。每年，总有一些人会死在疯象的足下。

疯象发出可怖的吼声，声入云端。人们四散而逃。

一见那疯象，我也心惊肉跳了。我四面寻觅，想找个安身之地；却听得司卡史德笑道，瞧，这下时候到了，你不用跳那火坑了，去！你跟那疯象玩玩。

我一听，魂飞魄散。我说，姑奶奶，你别折腾我了，你用个别的办法调教我吧，现在这号玩法，会要我的命的。

司卡史德正色道，你咋能说是玩法？那诺巴跳崖时，是不是也跟谛诺巴讨价还价？

我搓搓头皮，一脸苦相。我仿佛已看到疯象口中的白沫了。

司卡史德厉声说，你去不去？

我想，我不是发愿“生死由上师，死亦不退心”吗？咋能叫一头疯象吓住？便道，我去我去。

我心中升起了一股很神圣的情绪。我想，算了，听天由命吧。既然我皈依了空行母，人家叫我干啥，我就干啥。我的命也是人家的。更何况，我还是身口意供养呢。

忽听司卡史德娇笑一声，那疯象听到笑声，悚然一惊，竟向我奔来，边跑边直声长吼。

我觉得心脏死命地擂着胸膛，唾液全没了，舌头仿佛成了干皮条。我不敢看那疯象，但眼睛却由不了自己。我发现那疯象的眼睛竟径直盯着自己，其神形，很像猪眼睛，但泛着红光。象的口沫随了那叫声喷涌而出，淋漓了一地。

我想，这次，我死定了。我听说疯象伤人时，多是几种方式，一种是乱踩一气，将人踩成肉泥；另一种是将人当成母象，压了上去，其结果也跟踩压一样；还有一种是用象鼻卷了人，抛向空中，抛接一阵后，再予以踩压……总之死得很惨。但又想，人家那诺巴求法时，是将生死置之度外的。

虽这样想，心却跳得更凶了，脚也似踩在棉花上那样无力。

疯象渐渐逼近了，原本四散而逃的人都驻足了。他们都屏息而望，不敢发出声音，想来他们怕声音会招惹疯象。

我认定自己逃不过劫难了。我抬头望望天，一来分散注意力，二来想最后望望天空。我看到几朵贼白贼白的云正变着花样，很像一朵朵盛开的莲花。我想，要是真死了，别的也没啥遗憾的，只是有那么多上师的密法没能在藏地广传开来。我也想最后望一眼司卡史德，却发现司卡史德仍那样似笑非笑地望着我。我想，她莫不是铁石心肠吧？却又为这念头而忏悔了。

疯象越来越近，那象足踩地声很响，沉闷而沉重，仿佛已经踩在我的胸膛上。

我长长地吁口气，想，随缘吧。我将那疯象观成了母亲。我想，在过去的生生世世里，这大象都做过自己的母亲。现在，即使母亲要自己的命，我也毫不犹豫地布施给她。这一观想，疯象在我心中就没有方才那么可怕了。

疯象越来越近，我已经听到象的呼吸了。那是风匣拉动时才有的巨大声响。我怀疑是幻觉，但脸上真的感受到了一股巨大的气流。我想，就当此刻母亲在给我沐浴吧。

我发现母亲向我伸过了手臂，那是长长的象鼻。我觉得，母亲搂住了我，睁开眼，发觉象鼻已卷了我。猛然，有股大力，将我抛向空中。

9. 我不见了自己

这时，我才明白，无论自己如何观想，疯象还是疯象。就在我恍惚的时刻，疯象用鼻子卷起我，抛向空中。我像一片轻盈的树叶那样飘动着。我觉得自己被抛得很高，差不多到半空了。我甚至看到了远处的人们，他们都惊愕地望着我。更远处的河中有许多人，不知是在洗浴还是在祭祀。河对面还有堆大火，不知是有人在做火供还是在焚尸。我听到风声充塞了大脑。我没有了任何杂念，心成了一块澄明的镜子。我感受到一种从来没有过的清明和空灵。

我开始下落。大地向我扑了来。还有那大象，它朝天张着大口，但不知是不是在叫，反正我听不到任何声音。我很想提醒疯象：我落下时，千万别用象牙迎我的身子。我想，那象牙穿身的滋味肯定不好受。

我很想看看司卡史德。我想，她是不是仍那样似笑非笑地看我呢？一定是的。记得，自打见了她后，她就总是那样冷若冰霜。可怪的是，自己也总是对她最有信心。没办法，也许这就是所谓的缘分吧。但我却看不到司卡史德，因为我无法控制自己下落的身子。

我觉得自己又被那柔软的象鼻卷住了。那象鼻很像大蟒，柔韧却又涌动着一股无与伦比的力量。据说那象鼻能拔起一棵大树，要是它收紧的话，定然会挤碎我的骨头。但疯象并没有收缩它的鼻子，它只是再次向上一抛，我便再次飞向空中。这回，我看到了司卡史德。司卡史德似乎在看我，但看不到她有啥表情。但那神情，分明有种看马戏般的悠闲，没有一点儿的紧张。我感到很委屈，想，瞧她那样子，要是我叫象踩碎了，她也不会伤心的。

抛了几次，我反倒不再害怕了。那一上一下的感觉反倒很刺激。一瞬间，我甚至忘了抛我的是疯象，因为有种空明会时时扑了来，淹了我所有的妄念。那是天空一样的空明，是一览无余的万里长空般的空明。在那明空里，我没了恐惧，没了妄想，没了所有的牵挂，没了患得患失，没了分别心。那个时候，虽然我仍能听到大象的吼叫，但那叫声却似乎跟自己没啥关系了。我的心变成了一面镜子，能朗照万物，却又如如不动了。

忽然，我觉得大象接住了我，将我扔到地上。一种钝痛在身上荡漾开来，尘土飞起，呛入鼻腔。我明白，疯象懒得再抛我了。接下来，它会不会像别的疯象那样踩踏我呢？不知道。这仿佛已成了别人的事，似乎跟我没有了关系。我发现那巨大的象腿像柱子一样挪来挪去。我觉得我应该感到可怖，但却又觉得跟自己没啥关系。那疯象，那抛，那摔，甚至那挪来挪去的象腿，还有那似笑非笑的司卡史德的面孔，都跟我没了关系。因为在那种空明里，我确确实实发现，我不见了自己。

这是从来没有过的觉受。以前，无论我如何观修无我，那也仅仅是理上的作意，我从来没有用生命真正地感受到什么叫无我。没有。今天的这一瞬间，我真的感觉到了什么是无我，什么是明空，什么是心如明镜朗照万物，什么是如如不动。我想，就算是现在死了，也没有丝毫的执著和遗憾了。

我认真地观察那恐惧，发现我再也找不到啥恐惧。明知那疯象仍在身边，仍会威胁自己的生命，但我却奇怪地没了恐惧。我发现恐惧是个奇怪的东西，当你认知它的时候，就发现它也是没自性的。接下来，我观察更多的东西，比如我的遗憾，比如我的挂牵，比如我的所有执著。我发现，当我在那种明空之中观照它们的时候，它们就会像炎阳下的霜花儿那样消失了。

10. 胜义的娶我

当那疯象并不能真正对我构成威胁的时候——就是说，我心中，已没了对疯象的恐惧时，即使疯象能踩碎我，对我而言，它仍是没了威胁。

我听到司卡史德的声音——

起来吧！

我这才看到了司卡史德。不知何时，她已骑在那大象之上。原来，这象并不是真正意义上的疯象，而是司卡史德驯服后的坐骑。在印度，大象是常见的交通工具，其普及程度，跟中国的马相若。大象运物，多用驮架和象轿等。在古代，大象也用于战争。那时，一头大象等于一架战车，可以承载好几位战士，他们拿着弓箭长矛，跟敌人交战——被称为世界之王的亚历山大最惨的一次大败，就败给了由大象“战车”组成的印度兵团。在所有动物中，大象无疑是最聪明者之一。

司卡史德仍那样似笑非笑地望着我。但我发现，其中的意蕴似乎变了。我明白她很满意我，但我却奇怪地不去在乎她是否满意了。我发现，在遇象前后，我已分明判若两人了。

司卡史德打个口哨，大象跪了下来。她说，上来吧。我拍拍身上的土。

接住司卡史德伸来的手，踩了象鼻，上了象背。

我觉得司卡史德搂了自己，很用力似的。我听到司卡史德笑道，你第一阶段的考试合格了。现在，我再问你，你想娶我吗？

我毫不犹豫地说，想。

司卡史德含笑道，知道不？你经历的这几场考验，都是你的业障使然。我告诉你，就在你被大象抛入空中的时候，你心灵的光明焕发了。记住那种觉受，由此悟入，你便能明白什么是真心。永远记住，“即心即佛”的“心”，便是那真心。所以，只有明白了什么是真心的人，才有资格说“即心即佛”。那些妄心掩盖了真心的人，是不配说“即心即佛”的。

又说，我所说的娶，非凡俗的娶，而是胜义的娶。我会告诉你何为“以贪为道”。你要知道，只有智慧成不了佛，只有方便也成不了佛，只有智慧和方便和合的时候，才能证得究竟成就。

大象缓慢地走着，象背一拱一拱的。许多人都奇怪地望着象背上的我们。他们定然诧异这疯象为何突然变得如此驯顺。司卡史德习惯骑象，我却老是觉得自己会滑脱下来。象背很宽，不像马背，可以用腿夹住。平时，以象为坐骑的人，大多有驮架或驮轿，像我们这样骑在光光的象背上的人并不多。

虽然我老是觉得自己会从象背上滑脱下来，但心中还是溢满了那种陶醉般的快乐。我熏熏似醉了。虽然我能听到司卡史德的声音，但觉受中，却觉得她像一缕清风，像一抹彩虹，像萦在心头的一个梦。她仿佛没有粗重的肉身，她总是那么轻盈，总是那么如梦如幻，总是那样带给我一抹摆脱不了的诗意。

司卡史德说，你现在已经明心，但还没有见性。明心是明白什么是真心，你能分清何为真心，何为妄心，你于是有资格说“即心即佛”，但你在事上的真正见道，可能会在日后某一天才能完成。儿呀，要知道，虽然我戏说叫你娶我，但那戏说，终归是戏说。要记住，在生生世世的轮回中，我不知做过你多少次的母亲，你也不知做过我多少次的母亲。轮回是个巨大的游戏，当你明白那是个游戏时，你其实就有了解脱的可能。许多时候，修行并不是在消除疑惑，而是要你明白，你本来就没有疑惑。当你用殊胜的目光去观照殊胜的意义时，你就会发现那殊胜的意义。当你真正发现那殊胜的意义时，你就得到了解脱。

11. 这是不是开悟？

我觉得自己沐浴在香风之中，那香气正渗入自己的每一个毛孔。我的心头一片澄明，一片湛然，无云晴空般的觉受在心中出现了。我忽然觉得，司卡史德原来就是我自己呀。虽然我跟司卡史德有着名相上的差异，但其究竟，其实是无二无别的。

司卡史德笑了。她说，确实如此。你只有生起这种觉受时，你才算真正契入了密乘。将来有一天，当你将这种胜解告诉别人，他们会笑你，他们会说你狂妄，他们会搬出一些酸苛的理由来笑你。那些人不明白自己与上师本尊其实是无二无别的，他们连门外汉都不是。因为门外汉尚能看到门，他们只是一群乱飞在旷野里的没头苍蝇，轮回正是为他们准备的。

要知道，解脱的真正力量是生起正见。而真正的正见便是：所有的外现，都是虚幻无常的。你只要明白了那种虚幻，你才能谈得到解脱。但从了义上讲，你其实并没有个啥值得你解脱的。

儿呀，你明白我的话吗？

我泪流满面，哽咽道，我明白，我的母亲。

司卡史德笑道，记住，我既是你的母亲，又是你的明妃。我既是你的上师，也是你的仆人。我既是在教你明白心性，又是在领受来自你那儿的智慧。你不要被那些名相所困。这世上，捆绑你的，永远是你自己的心。当你破除了心中的最后一缕执著时，你就会发现，其实根本不存在值得你解脱的东西。

我心头涌动着滚雷一样的东西，它在我体内的每一条脉道里轰炸着。我甚至听到了许多纠结的破碎。我边听司卡史德的开示，边回味忆持自己被大象抛入空中时的那种奇异的觉受。以前，我虽然听闻了不知多少密法，不知学过了多少经典，但那些东西永远以知识的形式存在于自己的心中。无论我讲述本波的教法，还是讲述一些密法，我认为自己充其量只是在鹦鹉学舌。虽然我有着超人的记忆力，能过耳不忘、能过目不忘、能一目十行、能一心三用，但我学的所有东西，都不曾使我产生司卡史德赐予我的这种觉受。我觉得自己真正地明白了经典，明白了经典后面的密义，明白了佛说每一句话时的精义所在。

我问，母亲呀，这是不是开悟？

司卡史德笑道，这仍然只是明心的层面，还不是真正的开悟。真正的开悟是你见到了实相，那时，虚空粉碎，大地平沉，你会发现你所有的执著都被炸成了缕缕烟雾。最后，那烟雾也没了。那时节，海天一色，无挂无碍，无佛无我，无生无死，无来无去，无执无舍。那时，你才算真正地进入见道。也就是说，只有到了那时，你才算开始了真正的修行。你此前的所有努力，仅仅是在寻找一个修道的门径。也就是说，你求到的那些密法，其真正的目的，就是为了让你能契入一个能令你究竟觉悟的门径。

儿呀，你虽然拜了一百多位上师，求了数以百计的妙法，但你的所有目的，仅仅是能让你和跟你有缘的众生找到那条通向觉悟的路。这就像渡河一样，哪怕你拥有了千万条船，你的目的，只是为了渡过那条河。当你过河之后，你会发现，那所有的船，对你来说，都成了一种累赘。

儿呀，你现在明心了。你已经不是过去的你了。虽然你还没有得到究竟成就，但你知道了觉悟之路。你不会走错路了。

但由于宿世习气的沉淀，你仍然会有许多习气需要清除，你的悟境也可能时时反复，就像乌云时时会遮住太阳一样。但不要紧，那乌云终究会散去的，你已看到了那太阳的光明。

只是，你的今后，还有相当长的路要走。

第十七章　大手印的光明

1. 纷繁的万象

司卡史德告诉琼波浪觉，大手印的殊胜，主要在于见地，要直指本来面目即法尔如实性，其性无生无染，赤露于当下。

司卡史德说，众生的心体本来觉悟，本来清净，灵明虚廓，离诸妄念，等虚空界，无处不遍，诸佛悟之不为高，众生迷之不为下，即是如来平等法身。

司卡史德说，孩子，那世上万事万物，都是心性的显现呀。表面看来，它们纷繁复杂，或是井然有序，或是气象万千。但在悟者看来，他们并不是真实存在的，因为他们是因缘聚合之物，都没有永恒不变的自性，所以并无实存，了不可得。当你明白了这个道理时，就会万象自解于自身，无需对治了。

司卡史德开示道，那纷繁的万象是如何自解的呢？当世上的外现在你的识心中显现时，你要当下直契明空自性。因为外现也是自性的显现，那自性之心自会相认，就像操同种语言的人在国外相逢了，他们会闻声相认。同样，你的贪嗔痴慢妒等五毒，也是自性的显现，当它们在心中现起时，你只要契入空性，五毒就会自解。世上的幻化外境和你的幻化之心相遇时，你只要契入明空，就如同奶油会融于奶油一样，一切幻相就会依幻而自解。当你的识心即子光明寻找自己时，它直契自身，即觉依觉而自解，就像水一定能溶于水中。当你寻求无二的如实性时，如实性直契自身，其义超越一切言说，如天空定然会合于天空。

司卡史德说，这法尔本觉独一无二，只能自证于自身。当你明了自性，看透了纷繁万象的假象，当下就会证入究竟之觉。就像恋爱中的男女幽会，那究竟的相会只能由你自身来完成，世上的外物是不能替你“相会”的。

虽然表面看来，外现之境纷繁复杂，气象万千，但你只要透过那纷繁的现象直透其空性本质的话，那么一切都会自解于空性。打个比喻，只要你断了心结，那么百种妄念意识之结也会解开。所以，唯一究竟的解脱只能来自你的本觉之心。

2. 玛姆女魔

亲爱的琼波巴，今天，库玛丽一到我家，就把我早上诵读《金刚经》修来的清净又搅乱了。这是定力不够。

她又打听到了那些人诅咒的内容。主神还是那个玛姆女魔。上次的诅咒是一种前行之法，这次才是正行。他们先画了坛城，坛城四周有四支箭、四个纹槌、四个幻网，还有一些孔雀羽毛，总之是一些闻所未闻的奇怪把戏。他们的供物也很奇怪，是各种黑色动物的血，和上次那样，还要焚烧各种黑色动物的油脂。更香多杰告诉库玛丽，说是整个场面烟雾缭绕，阴气森森。

库玛丽说，那玛姆女魔——他们当然叫女神——居住在北方，那是一个红色的国度，山是红的，水是红的，石头是红的，天空是红的。在那红色世界的正中央，有一个巨大的城堡，是牛皮做的，尖角直竖，刺向天空，这便是女魔的宫殿。那宫殿，充满了人尸和马尸，腥气冲天，杀气腾腾。玛姆女魔的手下，有一万个吃肉夜叉。她们身体漆黑，发如烈火，口中滴着人血和油脂，腰间系着新剥的人皮。她们还有吓人的头饰、新鲜人头做的念珠、新鲜心脏做的项链。串那念珠和项链的，是一条正在疯狂扭动的眼镜蛇。

咒士们请来了玛姆女魔，供上了各类供物，让她们高兴。

而后，咒士们开始祈祷——

玛姆女神，请吃了琼波巴的心，请喝了琼波巴的血，请用你摄魂的铁钩勾出他的心脏，请用你的套索绞断他的脖子……

瞧，这便是他们的勾当。我不知道，他们修的慈悲心，到哪儿去了？无论是本波，还是婆罗门教，都说众生是父母，但为啥他们遇到一个不称心的琼波巴，就非要致其于死地呢？

真是可怕！

我发现，那些有着宗教背景的人比一般俗人更加可怕。因为那宗教背景带给他们的，可能是一种貌似高尚的狂热。他们总能在高尚的旗帜下，干出非常无耻的勾当。

瞧，我的这种观点，哪像一个退位的女神？

父亲找我谈了话。他看出我的心病了，并坦言我追的是水中的月亮。

分不清你和信仰，我最爱谁？为了爱你而走向信仰，抑或，为了走向信仰而爱你，两者互为因果。不过，我现在也懒得追问究竟，万事一团混沌，由它去吧，不必搞清楚。只是略有遗憾，不能和你共赏女神庙的歌舞了。只怕以后难得聚面，更难得凑齐了时空，那如花名伶已曲尽人老，那舞榭歌台空有余音绕梁，情何以堪？

晚上看了很长时间的书，你留下的那些书很好，我只是粗粗浏览，就觉汗颜。难怪你总是说我，只看到了你最表面的东西，你总是恨铁不成钢。

贪恋所爱，执迷不悟，我知道我的问题在哪里，这已成了我想深入你所推崇的光明世界最大的障碍。你作为“凡夫”的一面，言行举止，每个细节都令人着迷。一旦我固执地把你推上圣座，内心的妄念才渐渐安宁清灵，我才能用心读懂你推荐的好书。深层阅读，必须用心与作者相契，才能达成灵魂交流，否则就是浮光掠影。而好书真正的价值，就像一位真人，略见皮毛往往难获真谛，因为他的外观与常人无异。就像你这样。

我现在坚持诵读，平静生活，你可放心。

遥想十年之后，你我若能在远山幽谷修习，素食简从，息羽听经，多么自在，胜似神仙，这个绰约的幻想，已成为支持我这么兴致勃勃地等下去的最主要的理由。作为你佛学上的学生，我敬师如佛，遗憾的是我比较愚痴，常让你无可奈何，希望勤能补拙，追随你身后，做一只不掉队的笨鸟，就心满意足了。

你离开我，已有四年了吧？很想你。

只有诵《金刚经》，才有神力消解相思。

看到你留下的这册旧书时，爱不释手，几欲落泪，抚物思人，悲喜交集。

因为旧，惊觉逝水流年；因为旧，更见情深意远。

相识不过数年，恍惚已结三生盟约。

不写了吧，再写又会流泪的。

你的莎尔娃蒂何时才能练就夜行千里的神功呢？

这一想，顿时心酸。可见你还在我心上，重重的，搬不走了。

那就留着吧。

3. 降魔的关键

司卡史德对琼波浪觉说——

儿呀，你别怕那魔女，也别怕咒士们的诅咒。

因为只要你真的认知到大手印的净光，那些邪魔是奈何不了你的。那些玛姆女魔也罢，其他食肉夜叉也罢，他们还处在二元对立之中。当你的心也处于二元对立时，他们的邪术也许会起作用。因为他们的魔法基础是仇恨和妄心。当他们的妄心干扰了你的妄心时，你就有可能受到他们的控制。

而大手印的净光是真心的显现。

降魔的原理有两种：不究竟的降魔，是以暴制暴，以恶制恶，以力制力。当你的功力大过魔的功力时，降魔才会成功；另一种，是究竟的降魔，那便是用你的真心调伏魔的妄心。

大手印是后一种。

大手印行者有天然的降魔能力，当你真的恒处于真心时，你便是虚空，魔是找不到你的。别说魔，连阎罗王也找不到你。死神的绳索，能锁住力能拔山的英雄，能锁住倾城倾国的美人，但它能锁住虚空吗？大手印成就者，便如虚空般无执无舍，如大山般不动不摇，当你证得这净光时，无论遇到以任何形式示现的魔，他们都无法动摇你的心。相反，你的悲心和智慧却能磁化对方。这才是真正的降魔。

大手印分为三种：实相大手印、和合大手印和光明大手印。实相大手印属于显宗大手印，以修证诸法实相为主，由精研《中论》等经典而悟入；密宗大手印分为和合大手印和光明大手印。和合大手印依止手印而引生空乐，证得本觉，感受大乐光明。光明大手印是大手印顿入法，证悟的具德上师要是遇到上等根器的弟子，要是机缘成熟时，通过观上师本尊的微妙身相，便能立得证悟。

司卡史德说，大圆满见地高超，但只适合上等根器的人，要是不在实处着手，是很容易流于狂慧的。大手印则不然，它既是见地，又是法门，它并不是一个简单的名相，它是能带领修行者觉悟的法门。上师说，觉悟的途径唯有实修，光听闻大手印是无法开悟的。不过，大手印是果地光明，只要净信，只要如法实修，证悟是必然的，就像生在帝王家的太子，无需勤奋地去耕织，却自然拥有富足的生活。同样，修持大手印的人，自然能得到内在增长之悟性的加持。

司卡史德教琼波浪觉抛弃自己以往学过的所有知识，她说知识和聪明与开悟无关，开悟离不开传承和实修。即使你学通五明，并研读过所有的经典，要是没有正确的传承和如法的修行，是不会成就的。

司卡史德说，大手印之“大”，涵括一切众生，无论贫富，无论贵贱，无论男女老少，所有众生都具备觉悟的潜能。“手印”二字，则是一个象征，它代表了佛陀的心印，如果你修持大手印，便不用再去修别的法门。因为大手印之中，已包括了一切法门的精要。它像满月那样圆满，像空气那样无处不在，像天空一样涵盖一切，像大山那样不可动摇。

大手印可分为三部分：“根”“道”“果”。

所谓“根大手印”，就是说一切众生，皆有佛性。此佛性，是指蕴藏在每个众生内的觉悟本性。这觉悟本性本自俱足，原始本然，无染无瑕，本初清净。但人的贪婪欲望，总能造成精神上的迷惑，就像如乌云弥漫了天空，无明总在障蔽人本有的清明觉性。六道轮回就是无明的产物。明白了根大手印，你就会具有三种信心：一是“明净之信”，相信你和上师、诸佛菩萨一样有一粒成佛的种子，此信心坚固而明朗，如大山一样不可动摇；二是“向往之信”，你既然有了跟诸佛一样的佛性和特质，你就会渴望跟他们一样，证得究竟智慧；三是“清净之信”，确信无数的行者已借着大手印修习，证得了无上佛果。

所谓“道大手印”，就是大手印的实际修习法门，要循序渐进，先修小乘的出离心、大乘的菩提心，再契入密乘。

司卡史德说，实相大手印的理论基础是《大般若经》，包括广、中、略三种《大般若经》，也就是《十万般若》《二万四千般若》《八千般若》等等。经中所显明诸法本性真空之理是实相大手印的理论基础。圣龙树菩萨说，离开般若性空学说，是找不到真正的解脱的。不管是大乘小乘，不管是唯识中观，更不论显宗密宗，要想得到真正的解脱，必须按照《大般若经》的核心内容来指导观修，才能明白心的本来面目，终而得到真正的解脱。

大手印在不同的教派里有不同的名称，有的称“俱生合修”，有的称“大印”，有的称“实相”，有的称“能断法”，有的叫“大中观”，有的叫“宝盒”，等等。虽有诸多瓶子形态各异，但瓶中之酒，却总是不离那般若正见。

司卡史德说，世上的修炼方法非常多，但究其实质，归纳起来不过两种：

第一种是从见地入手，见上求修。就是先从心性入手，先得到空性正见，然后再修定；

另一种是修上求见，是先从修定入手，精修住心之法，来消除散乱，消除昏沉，安住掉举摇动之心，达到身心轻安。得定之后，再由止生观，观察诸法实相，得到觉悟。

以前，琼波浪觉修过的大圆满便是从见地入手，明白心性，但因他止力不够，那观也难以保任。于是，司卡史德就汲取了以前的教训，先教他禅定，修专注力，得定之后，再教他观察万法的本质，进而破除我执和法执。

司卡史德先教琼波浪觉七支坐法和九节佛风。因为琼波浪觉曾在本波有相当的禅修基础，他很容易就能进入状态。司卡史德先教他皈依发心，观想资粮田、历代上师、四续部佛、百部护法，等等。等皈依发心、观想供养之后，那资粮田便渐次融入皈依境最中间的根本上师，上师由大变小，变成米粒般大小，自顶轮沿中脉进入头顶，融入心间的不坏明点。

司卡史德说，儿呀，此时此刻，你便是上师，上师便是你，你跟上师本尊是无二无别的。

你就在这样的定境之中，不要动摇。身不动摇，心也别动摇。你要不思过去，不念未来，安住于当下，不要患得患失，不要将世俗的痕迹存留在心中。对任何事物，也不要起分别之想，不要有任何希望，也不要有任何怀疑，更不要有任何欲望，你当观想你心中的上师跟你的自性无二无别，你就是我，我也是你。此外，所有的杂念都不要有。但要记住，你此刻的这种状态不是昏沉，也不是无记，不是什么都没有。记住，要是无念状态就是大手印的话，那么那些草木山石早就成佛了。

你不要堕入顽空，那种冷水泡石头似的顽空是没有意义的。那种正定不是昏迷，不是冬眠，不是无记无念的顽空。你不要压息那些念头。你的专注心应该系在你中脉中跟你的自性无二无别的上师身上，你观想上师心中的那个种子字，它朗然如灯丝。你系念于此，不动不摇，但同时，你要生起另一种智慧。你的另一种智慧要观察你是否如法，是否昏沉，是否散乱，是不是有了杂念，你的心是不是开始摇动。你的观察之心要像空中发现猎物的鹰隼一样，心的每一个变化都不要放过，你要跟踪它，监督它，观照它。

儿呀，你要用智慧之眼注意那观察的度，就是说，你的观察之眼不要过于强势，不要伤害你的止寂之心。当你的观察之眼过于强势时，你的止寂之心就可能动摇。二者的关系很是微妙，过犹不及，它很像弦乐器上的那根弦，太紧了，有可能断；过松了，却弹不出音。你要时时提起那智慧观照的正念。说是那样，你的止力和观力要大致相当，专注于你心中的上师身上，那是一种非常清明的入定状态。当然，有时，那观的力要小于那止的力，你只要时不时地提起那观的正念即可。这时，你一定不要忘了你此刻的观修，其实是一种非常明亮的状态，就是你心中的上师不要模糊，不要昏暗，要非常清楚，你同时要观察你是不是麻木了，是不是生起了分别心。

4. 别怕那魔女

在智者看来，分别心便是魔。瞧那修炼玛姆女魔的咒士们，无不在用世间的垢净分别心来行施其诅咒。当然，当咒士的念力能调动法界跟他的诅咒达成共振的暗能量时，诅咒当然可以起作用。我甚至认为，那些咒士有意让那个叫库玛丽的女子知道他们行施的咒术，知道比你不知道更有力量。因为你要是仍处于二元对立之中时，你的分别心之魔会和他们的咒力之魔达成共振，而生起作用。

所以，降魔的关键，便是消除分别心。

要是你观察到你已经生起了分别心，那么，你就要用两种办法来对治。一种是暗示法，你就暗示自己，这是分别心。而分别心是修道最大的障碍，是不可以生起的。你就在那种湛然之境中，观察那生起的分别心，当你观察它、思维它的时候，并暗示自己不该生起它的时候，那分别心就像炎阳下的霜花儿那样消失了。因为无论什么样的分别心，它的本质仍然是无常的，仍然是归于空性的。要知道，世界是虚妄的，分别心更是虚妄的。当你用智慧观照时，就发现它是了不可得的。

当然，相对于止，观也是分别心的一种，但开始禅修时，不能没有这个分别心。因为这便是人们所说的正念，它像看家护院的镖师一样，为的是防止盗贼的进入。你要善于动用这个正念，用它来消灭其他的不速之客，出现一个，消灭一个，久久成习，那些纷至沓来的细分别心就渐渐少了。像咆哮的大海终究会平息一样，你的妄念会越来越少，最后，能观和所观就融为一体，达到了止观双运。你就会观中有止，止中有观，亦观亦止，亦止亦观。最后，你就连那正念也不再执著了。

5. 游动的蝌蚪

这时候，玛姆女魔之类的世间神灵，已经奈何不了你了。

当你达到那种空寂的状态之后，你会发现你没有了色声香味触的分别，没有了许多世俗的分别心。就在这种状态下，你变得无我相无人相无众生相无寿者相。心如墙壁，毫不动摇。你接着观想，你上师的心中有一片湖水，它非常明亮，犹如明镜，水平如镜，无丝毫波纹。虽然水无波纹，但水中却有只蝌蚪在游动。那蝌蚪如蚊蝇大小，似光似虹，似有似无，但清晰之至。那水也非常明亮，闪着明镜般的光芒。你专注地观察那蝌蚪。蝌蚪的游动很是轻盈，轻盈到看不到一点儿水的波晕。那蝌蚪其实是你先前的那份观照的智慧，你就在静水般的止中，用智慧的小蝌蚪观察你自己，观察你自己的本质，同时也观察你跟上师无二无别的那个心，当然也观察你心中上师的本质。注意，观察所占的比例，只是巨大的静水中很小的蝌蚪，不要叫那蝌蚪大起来，不要掀起大的波浪。

你首先观察你自己。你观察自己的那个“我”究竟何在，构成它的究竟是什么。是固体？是液体？还是气体？你终于会发现，你自己的肉体不过是地水火风的因缘组合，它曾经来于虚空，终将归于虚空。当你活着的时候，它似乎还有形色，但你一旦死亡，那四大就会分离，你就再也找不到那个“我”。你会发现，那个所谓的“我”，其实是一个巨大的骗局，它仅仅是个在一大堆因缘组合的假象之上安立的假名而已。当你一步步思维分解下去，你就真的找不到一个“我”的存在，你终于发现，你会进入一种落空的状态。你的禅修其实终究归于空性，你便破除了许多执著。当你这样观修下去时，你会发现无论是“我”还是“法”，都没有究竟不变的真实性，一切都是幻化的现象而已，并没有任何独立存在的实体。

记住，世上的诸多万象本质上还是你的分别心，它是虚幻不实的，它的本质是无常，并无永恒不变的本体。当你一次次观察，你就会发现一次次落空，你便慢慢地没了执著，进入定境。而在定境之中，万法更会显现出它本有的空性状态。无论世间法出世间法，无不如此。它们虽有因果显现的缘起，虽然因果不虚，但那因与果其实也是无自性的。当你一直追寻下去时，你会发现无一不归于空性。你就这样观察，恒常地观察，将空性和你的禅修融为一体。久而久之，你甚至无需着意观察，那种觉受和正见就会时时生起并观照你的人生。当你面对任何事物时，都能直观地认知到万法本空，并在能所俱空的状态下自如地入定，你就能做到止观双运，进而破除我执和法执。

要知道，人的习气是久久熏染而成的。环境可以改变一个人的习性。当你一直跟善知识在一起，久而久之，你就会染上善的习气，成为善人；当你老是和恶友在一起，久而久之，你就会染上恶习，变成恶人。一个最常见的例子是，当一个婴儿被狼叼入狼窝，生活几年之后，他就会变成狼孩。你即使把他带回人间，你也很难祛除他的狼孩习气。你想穷一生心力，让那狼孩完全改变狼的习气，定然会徒劳无功。由此可知习气是很难祛除的。不过，很难祛除并不意味着不能祛除，一个人既然能由人变成狼，同样，只要有好的环境，坏的也就有可能变成好的。观修的目的，就是为了对人进行善的熏染。当你在智慧观修中久久地浸入，发现世上并无一个值得你执著的东西时，你的许多执著就相应地破除了。有一天，当你真正发现自己的本来面目，见到空性光明，虽然也许只是很短的一个瞬间，但因为你已经尝到了那种觉受的滋味，你已经认知了它，你就可能将此正念保任下来，经过久久的训练，将它打成一片。

当你破除了对一切现象的执著时，你就能感受到万物的本质，那种空性之境就会自然显现出来。当你在这样的显现当中入定时，你就会进入非常殊胜的定境。

你会发现，万物在缘起的同时不离性空，性空的同时却示现缘起。万物并不是只有缘起或是只有性空，而是二者一体，并行不悖。这样，你就可以远离断常二边。

你就这样认真观察，无论那眼耳鼻舌身六根和色声香味触法六尘显现出怎样的现象，都会明白它们的无自性也即虚假性。这样，你就不会去执著它们，你就留意观察它们的本来面目，并契入空性。你会发现，世上万事万物无不如此，无论它有着怎样的缘起现象，其本质却都是归于空性的。当你在座上消除了断见常见和戏论，将正见智慧印入你的生命，哪怕你在出定之后，那种智慧仍然会观照你的人生，你会发现你眼前的一切都是虚幻无常的。它们跟水中月镜中花一样虚幻，跟海市蜃楼一样了不可得，跟彩虹一样只是幻化。你就会发现，诸种事物虽有不同显现，但其本性却归于空性，了无实质。那缘起的现象不离性空，那性空的本质不碍缘起。

6. 安住于当下

司卡史德说，概而括之，止是修定。止能使我们觉悟自心的究竟本性。扎实的止，是任何修炼的基础。修止的成功能使你圆满任何一个法门。有了坚固的定力，你才能进入观的境界，才能领受大手印心要，才能证入大手印之果。观是修慧。经过止的修习，我们就能了悟到一切现象不生不灭的本性，此即为观。要知道，世上万物，以及每个人所执持的“我”，其本质都是空性。众生却执幻为实认假成真。因为最大的无明即是我执，从无始以来，众生执著“我”的存在，便产生了执著，五毒习气，由此而生。如法地观，行者就会发现“我”并不存在，它不在身外，不在身内，不在细胞，不在幻想，“我”只是诸种因缘的聚合，自性本空，了无一物。法我亦然，诸法因缘而生，诸法因缘而灭。

司卡史德说，以自心直观自心的境界是超越一切的，能安止于这样的境界，即为“观”，亦是安止于大手印的自性。此时，不牵挂过去，不挂念未来，安住于当下的平衡之境，远离一切妄想，直观自心本性。它超越二元、能所等所有相对概念，它便是大手印追求的“究竟智”。

司卡史德说，直观自心时，有时也会妄念纷飞，但你不要执著它，也不要分辨它。任它来者自来，去者自去。不以善喜，不因恶悲，不压抑，不排除，你只要观照它的本质即可。这样，在刹那间，我们就能直接契入原始本然的清净本性。如果你明白如何安住于自心本性，能掌握住一个个刹那，这就是最高深的法门。

司卡史德说，安住于无念无执的禅定之中，绝不是不省人事的无明，而是要安住于自心本性之中。自性远离戏论，单纯一味，此为法身之境；自性清净明朗，为报身之境；而这明净并非有实体，有种种化现，虽是空性，但有诸多缘起，此为化身之境。换句话说，心的离戏一味是法身，心的明朗清净为报身，而心的无终无止则为化身。

司卡史德说，安止于自性，为诸法门之要旨。一法通晓，完全解脱，若能安止于此，无需再学他法。久而久之，烦恼渐消，智慧渐长，慈悲智慧也将更为广大。所有无明和贪嗔痴，都会像蛇解结那样自动地解开。

儿呀，为了进一步成熟你的心性，我带你去那空行圣地，让你进一步领受诸多空行母无垢的教诲。

7. 玛姆女魔的心咒

莎尔娃蒂去找空行母班蒂。

班蒂在尼泊尔很有名，从国王到寻常百姓，几乎无人不知。她修白金刚亥母法成就，长于除障息灾，遣除过许多人的障难。班蒂是生活在社会底层的空行母，以自己的实际修证赢得了广泛的尊重。那时节，尼泊尔有许多修密法的空行母，她们跟女神不一样。女神由国家认可和供养。女神崇拜类似于国教，而空行母只是赢得了底层的信仰。王家对女神多扶持，但对于班蒂这类空行母则不一样。王族既不敢得罪这类空行母，又不愿公开支持或是扶持。他们非常害怕空行母们的社会影响力，怕一些政治力量会借以挑战王权。那些空行母的身份有点像我家乡凉州的神婆，虽有广泛的信仰，但一直没有显赫的社会身份。跟凉州神婆不一样的是，空行母是证得了空性的圣者，神婆则仍是凡夫。

班蒂住在一个远离市区的山洞里。山洞常年敞开，里面有些法器，有些供品，此外别无他物。没有人敢偷班蒂的东西，再说她的洞中也没有一般人感兴趣的东西。据说，班蒂富可敌国，却又身无分文。她不爱财，曾有无数人供养她无数的珍宝，但她转手又送人了。她知道许多宝藏的所在，却从来没有想去开掘它们。

莎尔娃蒂剪下了自己的头发，拴在班蒂空行母洞口的铁环上。她用这种方式表示了自己的诚意，也等于完成了预约。空行母将根据预约来帮别人解除障难。

莎尔娃蒂想，班蒂究竟啥时候回来呢？

回去后，她又给琼波浪觉写了一封信：

我的夫君：

听说你病了，我非常担心。我又去找那位能禳解诅咒的空行母班蒂，听说她马上要回来了。她一来，我就去找她。我相信她会帮我的。当然，我会供养她很丰盛的礼物。

我打听清楚了，那些人布的坛城叫幻网。他们用一种奇怪的咒力将某个空间织成了奇怪的网。然后，再用一种特殊的方法将那些魔们勾摄入网，或进行供养，或进行蛊惑，然后放出他们，让他们追上你，去做咒士叫他们做的那种事情。

库玛丽说，那些咒士将玛姆女魔的心咒写在纸片上，画上女魔的像，放在幻网中象征须弥山的基座上。女魔像的四面有四个黑人，他们拖着溅着鲜血的辫子。还有四人，持着麻黄。此外还有很多东西，比如一百零八个替身，比如箭，比如二十四个装了鲜血的胫骨等等。总之，很是可怖。

每天，那些人将咒过的毒砂向你寻觅的方向抛打，并放出那些邪魔。按他们的说法，那些魔子魔孙就会追上你，施展魔力让你产生疾病、烦恼、业障等。

我不知道，你的疾病是不是跟这有关？

我一直很担心你。

这些天，我也老是发呆，喉咙也很痛。还是趁醒着的时候，多想想你，回忆我们相处的点点滴滴吧。

真的很累了，但我会坚持下去。你说，爱需要一种仪式。坚持就是一种仪式。因为我爱你，我不能失去你。

我说过，只要独处的时候，我就要给你写信。我要信守自己的诺言。这是我的选择。我要是留给你多变和不负责任的坏印象的话，那你一旦遇上另一个可爱又守信的女子，就可能动摇对我的爱。趁那个女子还没有出现之前，我得努力清除那一丝丝的习气，我不能给别的女子创造这个机会。我原是与世无争的人，我仅仅想得到爱人的心。

琼，你不知道，为了找你，我吃了很多苦，流了很多泪，走了很多曲曲折折的弯路。跟街头那个小女孩乞丐差不多，草鞋都走烂了。这是因为我愚蠢，没有练就一双慧眼，人海茫茫，不能识别谁是我今世的夫君。是我不小心把你丢了。我多焦急啊，一直在找你。终于有一天，我遇到了你。

在你炯炯有神的注视下，我猛然惊醒：我找到他了。我们的相遇，也许是神灵的帮助吧。直到今天我还是如梦如幻，如痴如醉，神思恍惚，不愿醒来。明知爱你很苦很难，还不知有多长的路要走，还不知一路上有怎样的风风雨雨，但我都会欣然接受。你也不要难过，这是我的事。

我心存感恩，感谢上天，让我们在还能相爱的年龄，认出了对方。否则，我的心一直还是悬着，无枝可栖。想想这世上多少人，浑噩不觉，任由至亲至爱的人擦肩而过。所以，我还有什么可求的呢？还有什么其他贪念呢？我又怎么可能放弃呢？

昨晚的梦中看到你了，我多高兴啊，雀跃得像只小鸟，扑棱棱地扇着翅膀飞过去了，停在你的膝上，专注地看着你，时而“笃、笃、笃”啄你的手（那是我在轻轻亲你，说“我，爱，你”），最后，看中你那茂密丛林般的一头乱发，就在上面筑巢栖息了。我会每天清晨在窗台上唱歌给你听。

我困了，迷迷糊糊的，也不知说了什么，别笑我啊。

谢谢你爱我。

你的莎尔娃蒂

又及：

再给你写一封信吧，灵鸽去一趟，很累的，叫它一次多带点我的爱。

做完父亲安排的事，回到房里，已很晚了。立在阳台上望了一会儿夜空，圆月似隐似现。想到你。一个女人，最应该做的事，也许是遥望星空，这样可以让自己不被生活琐事腌透。

我想这时候，你已经睡熟了。睡深了，睡香了，心里特别踏实。想到你安详入睡的样子，我就像重返了童年，宁静，无忧。

我又开始心痛了。我知道，你肩上承担的，心上承担的，有太多太多的责任、义务、使命……诸如此类，也不是谁强加给你的。明白了的人，理应要有担当，但也不要太累了。倦了，就放下来。我更愿当一个普通的女人。

我已经不习惯女神的身份了，也不再考虑身后的事，不想生命的意义之类。我死后人记不记得我，怎么评价我，我不在意。就像给你写信，那是我活着的需要，像呼吸一样，而不是为了身后留名。我只是个普通女人，喜欢一个好男人，喜欢就是喜欢，不为什么。喜欢看你开开心心，哪天要是懒得当瑜伽士了，那就不当。要是你的寻觅让你不开心，那就别再寻觅了。当和尚，或当牧民，你怎么舒心，就怎么来，凭什么总要你承担使命？你要是不乐意了，就缓一缓。缓了之后，再说。

爱你像登山，攀登越高，空气越稀薄，人迹罕至，挑战极限，前进或上升的难度也就越大。你不见，做一个满大街跑、平地上走的碌碌庸人哪有什么难度？

要是你觉得难、觉得累了，也是一样，你肯定是在上升，应当高兴才是。不过也得适时舒缓，放松放松。别太逼自己。

寻觅和跋涉太艰苦了。如果你不想再走了，就暂时缓一缓吧。

除了你自己，没人逼你承担使命。你就做个自由、率真、撒野、任性的野孩子吧，光着脚板一路狂奔，一路高歌……噢，我想起了，那时节，我家没有让你放歌的空间，憋着你了。

我跟你一样，是最不愿意上神坛的。你得降低期望，我绝不当什么女神。我只是喜欢你，做一个女人应当做的事，仅此而已。

我的信能写多长，就能陪你多久。

爱你的莎尔娃蒂

8. 不后悔跟你的相识

我的女神，听了司卡史德上师讲大手印，心中放下了许多，身体也好了很多。

虽然我的身体仍时不时出毛病，但我并没有将这当成是玛姆女魔的原因。其实，我眼中的玛姆女魔也是母亲，要是她需要我的命，我布施她便是了。

我也老是看到那些张牙舞爪的魔，我甚至相信，他们真的是那些咒士遣来的。我根本用不着他们动手吃我，我就将自己宰杀了，供养他们。我想，我就从布施那些魔来圆满自己的菩提心吧。怪的是，当初无论我如何观想防护轮——我能很清晰地观想出杵帐和烈火，却无法挡住袭向我的恶魔。而当我索性把肉体和生命布施给他们时，身体反倒好了许多。

看了你的信，我总是陶醉，浓浓的相思喷涌而出。行在旅途，感觉也变了。以前的我，是被上天流放到人间的罪臣。现在的我，是被巨大的幸福裹挟的男人。司卡史德上师开示心性之后，我的心已明广如天，不带一丝云彩。不成想，我所有的修为，总是被你的信冲得稀烂。

昨夜梦到你了。我搂着你，幸福地醉卧。梦光明里，一个空行母告诉我，莎尔娃蒂是你的女人，你应该坦然地接受她的一切。

你的至真至纯感动了我。要是以往，我会逃跑的。我怕害了你，因为爱上我的女人，可能会曾经沧海难为水的。这是巴普说的——我跟他谈起过你。他说，你即使在生活中遇上别人，也会在我的反衬下失去色彩，于是会痛苦地寻觅一生，但你再也不会找到我这样的人了。巴普这样说，不知有没有道理？

但我还是不后悔跟你的相识。虽然对你的心疼成了干扰我宁静的因素，但我同时还感受到席卷而来的巨大的诗意。它会陪伴我一生，融入我的生命。

爱你的琼波浪觉

9. 她真的是情魔吗？

看了琼波浪觉的信，我笑道：只看这信，你哪里像个追求解脱的成就师，简直就是风流倜傥的情种。难道前面司卡史德的那些开示，对你一点作用都不起？

老人笑了：孩子，我给你讲一个故事。在若干年前的某次轮回中，我化现为鱼。跟一般鱼不一样的是，我可以像人一样思维。我有着普通鱼没有的智慧。一天，我游到一个所在，忽然闻到一股香味。我一看，是鱼饵。我知道那是陷阱，我知道要是我上了钩，便是渔家碗中的菜。于是，我游开了。但那香味却像绳子一样拴了我，我一次次远离它，又一次次被它拉回来。我的理性告诉我不能吃鱼饵，但我的身子却不听话。后来，我身不由己地吞了鱼饵，结束了那次轮回。

孩子，这便是老祖宗说的“眼里看得破，肚里忍不过”。明白心性并不等于能安住心性。理上的明白，代替不了事上的安住。

虽然我明白了情的虚幻，但许多时候，我的心却不一定听我的话。

你一定要记住，在我漫长的寻觅过程中，最难的，不是越过千山万水，而是挣脱莎尔娃蒂的情。同样，在我眼中，那些诅咒其实并不可怕，但莎尔娃蒂的那一封封信，却老是能让我生起退转心。我虽然明白寻觅是我活着的理由，但一想到莎尔娃蒂，我便感到一种巨大的吸力要将我拉回到能让我安居乐业享受天伦之乐的所在。

因为这个原因，有人甚至将莎尔娃蒂视为我的情魔。

我问，在你眼中，她真的是情魔吗？

琼波浪觉不语。他只是长长地叹了一口气。